大雅

为一种品格注脚

拜德雅
Paideia

Jules Supervielle

苏佩维埃尔文集

主　编
曹丹红　尉光吉

Jules Supervielle

苏佩维埃尔 故事集

L'Enfant de la haute mer

L'Arche de Noé

Premiers pas de l'univers

宇宙的第一阵脚步

[法] 于勒 · 苏佩维埃尔 / 著

储春花 陈虹燕 姚雨含 / 译

王 云 张艺馨 / 校

广西人民出版社

目　录

总　序

曹丹红

于勒·苏佩维埃尔（Jules Supervielle，1884—1960），法国诗人、小说家、剧作家，生前出版的主要作品包括十九部诗集与诗文选、十三部小说与故事集、六部剧作。

自19世纪上半期乌拉圭独立以来，大批法国人到那里做生意。1880年，苏佩维埃尔的伯父贝尔纳（Bernard）在乌拉圭开设银行，并邀请苏佩维埃尔的父亲于勒（Jules）前去一同经营。于勒在乌拉圭结婚，其妻子玛丽（Marie）是贝尔纳的妻子玛丽-安妮（Marie-Anne）的妹妹。1884年1月16日，苏佩维埃尔出生于蒙得维的亚。同年，苏佩维埃尔的父母回法国探亲，却在奥洛龙-圣玛丽双双突发疾病去世（一说是死于铜绿中毒，一说是死于霍乱）。随父母回国的苏佩维埃尔当时只有八个月大，他先是被托付给在法国的祖母照顾，两岁时随伯父返回乌拉圭，由伯父一家抚养。儿时的苏佩维埃尔对父母去世的悲剧没有记忆，直到九岁才在无意中得知自己的身世。在一些批评家看来，幼年丧失双亲、之后又遗忘这一事件的双重悲剧在无意识之中对他产生了巨大的影响，这种影响后来以直接或间接的方式体现于他一生的文学创作中。

1894 年，伯父一家定居巴黎，苏佩维埃尔也随同返回法国，并进入著名的让松·德·萨伊中学学习，1902 年高中毕业。据苏佩维埃尔自己回忆，他在中学期间读到雨果、缪塞、拉马丁等法国诗人的作品，也产生了创作诗歌的念头，并取得了第一项实践成果，即十六岁时自费出版的首部诗集《过去的雾》（*Brumes du passé*）。1905 年，苏佩维埃尔加入法国国籍。1907 年，他与同样出生于蒙得维的亚的皮拉尔·萨维德拉（Pilar Saavedra）在乌拉圭结婚。1912 年，他正式定居巴黎，同年出版诗集《仿佛帆船》（*Comme des voiliers*）。1914 年，“一战”爆发，他应征入伍，由于健康原因，也因精通多门语言，他被安排在邮检部门工作。

1919 年，苏佩维埃尔出版诗集《悲伤的幽默之诗》（*Les Poèmes de l'humour triste*）。同年，他将先前的诗作合编为《诗集》（*Poèmes*）出版，引起法国诗坛关注。但他第一部重要的诗集《码头》（*Débarcadères*）要到 1922 年才出版。之后苏佩维埃尔进入了高产期：1923 年出版小说《潘帕斯人》（*L'Homme de la pampa*），1925 年出版诗集《万有引力》（*Gravitations*），1926 年出版小说《偷孩子的人》（*Le Voleur d'enfants*），1930 年出版诗集《无辜的苦役犯》（*Le Forçat innocent*），1931 年出版故事集《远洋上的孩子》（*L'Enfant de la haute mer*）和剧作《林中美人》（*La Belle au bois*），1934 年出版诗集《陌生的朋友们》（*Les Amis inconnus*），1938 年出版故事集《挪亚方舟》（*L'Arche de Noé*）和诗集《世界的寓言》（*La Fable du monde*）。

1939 年 8 月，苏佩维埃尔回蒙得维的亚参加大儿子的婚礼。他原本计划逗留两个月后返回法国，然而“二战”爆发，他被迫留在蒙得维的亚，在那里生活了近七年。在此期间，他笔耕不辍，与“自由法国”的多份杂志保持合作，尤其为罗歇·凯卢瓦（Roger Caillois）在阿根廷出版的《法国文学》（*Lettres françaises*）和艾田蒲（René Étiemble）在埃及出版的《价值》（*Valeurs*）供稿。1946 年，苏佩维埃尔被任命为乌拉圭驻巴黎公使团荣誉文化专员，得以重返法国。同年，他出版神话故事集《俄耳甫斯》（*Orphée*）。1950 年，他将此书与其他故事合编为《宇宙的第一阵脚步》（*Premiers pas de l'univers*）出版。1951 年，自传《饮于泉》（*Boire à la source*）出版。1959 年，诗人出版最后一部诗集《悲情的身体》（*Le Corps tragique*）。1960 年 5 月 17 日，苏佩维埃尔在巴黎家中病逝，葬于奥洛龙 - 圣玛丽。

1949 年，苏佩维埃尔获得“评论家奖”。1955 年，他凭借诗集《善忘的记忆》（*Oublieuse mémoire*，1949）获得“法兰西学院文学大奖”。1960 年，他获得“诗人王子”称号。“诗人王子”不是官方颁发的荣誉称号，也没有固定的选拔程序，但代表了法国文学界对同时代诗人的最高认可。在苏佩维埃尔之前，获此称号的仅有魏尔伦、马拉美和保罗·福尔（Paul Fort）等少数几位诗人。我们由此也可见苏佩维埃尔在法国诗歌史上的重要性。此外，苏佩维埃尔的影响并不局限于法国，他的作品也受到里尔克等诗人的推崇。《万有引力》出版后，里尔克给苏佩维埃尔写了一封热情洋溢的信，表明自己“非常高兴能够拥有诗人的这部杰作”，认为诗人的话语表现出“珍贵的天赋”，并将其与哥伦布相比，称赞他是“在空间之中搭建桥梁的伟大建筑师”。[1]

* * *

在名家辈出的法国现代文坛，苏佩维埃尔毫无疑问是一个不能被忽略的独特存在。法国诗歌研究专家让 - 米歇尔·默尔波瓦（Jean-Michel Maulpoix）认为苏佩维埃尔是“本世纪最重要的诗人之一”。[2] 在苏佩维埃尔的创作生涯中，有一个特别重要的元素，也就是朋友。法国《快报》（*L'Express*）在 2012 年一篇题为“关于苏佩维埃尔的三件必须知道的事”的小文中，将“他有很多朋友”作为必须知道的第三件事。朋友们对苏佩维埃尔的创作影响体现在各个方面，他在他们的

1 Claude Roy, *Jules Supervielle*, P. Seghers, 1970, pp.28-29.

2 Jean-Michel Maulpoix, « Jules Superveille, le réconciliateur », https://www.maulpoix.net/supervielle.html.

建议下修改作品，在他们的帮助下发表或出版自己的作品，在他们的赞美中树立信心，在他们的拥戴中成为‘诗人王子”。可以说，友谊是苏佩维埃尔创作生涯不可或缺的部分。

苏佩维埃尔步入文坛，既是他本人创作才华的必然结果，也借助了友谊的力量。尽管从小表现出写诗的天分，早在中学时代就出版了诗集，但苏佩维埃尔正式步入法国文坛，还要从 1919 年算起。那一年，苏佩维埃尔出版了《诗集》。从后世的评价来看，《诗集》并不是苏佩维埃尔最重要的作品，但当时的“诗人王子”福尔为其写了一篇充满溢美之词的序言，令这部作品受到文坛关注，特别吸引了安德烈·纪德（André Gide）和保罗·瓦莱里（Paul Valéry）的目光。经二人介绍，苏佩维埃尔结识了他们的朋友、时任《新法兰西杂志》（*La Nouvelle Revue française*）主编的雅克·里维埃（Jacques Rivière），并开始定期参加里维埃家中的星期三聚会。诗人的很多作品都是先在《新法兰西杂志》上发表，之后再结集于新法兰西杂志出版社出版。通过里维埃等人，苏佩维埃尔得以进入《新法兰西杂志》供稿者组成的作家圈子，结识了众多在当时深具影响力的作家，除了纪德、瓦莱里、里维埃，还有之后成为《新法兰西杂志》第二任主编的让·波朗（Jean Paulhan），以及瓦莱里·拉尔博（Valery Larbaud）等人。

拉尔博对苏佩维埃尔的影响尤其大。在很长一段时间里，拉尔博都扮演着苏佩维埃尔的导师的角色。拉尔博曾为著名的杂志《交际》（*Commerce*）工作。该杂志由巴夏诺公主玛格丽特·卡埃塔尼（Marguerite Caetani）赞助创办，于1924年至1932年发行，保罗·瓦莱里、莱昂-保罗·法尔格（Léon-Paul Fargue）和拉尔博担任主编，圣-琼·佩斯（Saint-John Perse）和波朗担任"执行"主编，是这一时期炙手可热的文学杂志。因为拉尔博的极力推荐和无私帮助，苏佩维埃尔得以在《交际》发表文章，逐渐获得文坛认可。也是在拉尔博的帮助下，《欧洲杂志》（*La Revue européenne*）等重要刊物也开始发表苏佩维埃尔的作品。

苏佩维埃尔的另一位挚友是亨利·米肖（Henri Michaux）。1920年代初，米肖移居巴黎，苏佩维埃尔接待了他，二人结下一生的友谊。1936年，米肖在苏佩维埃尔陪同下前往南美洲旅行，先至乌拉圭苏佩维埃尔家中，之后二人又一同前往布宜诺斯艾利斯参加国际笔会大会。苏佩维埃尔研究专家米歇尔·柯罗（Michel Collot）曾说："很长一段时间里，将米肖与苏佩维埃尔联结起来的亲密友情令人吃惊。他们的诗歌与他们的性格从表面看来非常不同。"[1]不过他也说过："这两位作家通过位于他们内心最深处至为隐秘的深渊相互交流。"[2]这种深层次的交流之所以可能，一方面在于二人诗

1 Michel Collot, *La Matière-émotion*, PUF, 1997, p.160.

2 Marion Simonin, « Ne ressembler à personne, toucher tout le monde: Supervielle et ses amitiés littéraires », https://www.fabula.org/colloques/document2509.php.

歌的某种相似性，也即内心“深渊”的存在，不少研究者确实指出，“无论在苏佩维埃尔笔下，还是在米肖笔下，从最初的作品开始，疾病、体弱和死亡的主题就频繁出现”[1]；另一方面可能还在于二人诗歌的互补性，仿佛米肖是极端版的苏佩维埃尔，而苏佩维埃尔是温和版的米肖。在二人的交往中，比苏佩维埃尔小十五岁的米肖似乎是受益更大的一方，他在提到苏佩维埃尔时，曾说后者“有一种巨大的愿望，想要安抚人心、让人平静、宁息事端，通过令现实变得无害的词语的魅力，他想要让事物变得简单、不再可怖”[2]，而他本人从苏佩维埃尔具有镇静力量的词句中获得了“驱除内心暴力的方式”[3]。但是，苏佩维埃尔未尝没有从米肖那里获得帮助。在很多人都认为苏佩维埃尔的诗歌简朴纯真、充满异域情趣时，米肖认出了他的“真面目”，说“他那时内心极度躁动”[4]，苏佩维埃尔的诗歌创作的确经历过一个风格相对暴戾残酷的阶段。或许苏佩维埃尔在米肖身上看到了一个知音，并由此获得慰藉。

---

1 Marion Simonin, « Ne ressembler à personne, toucher tout le monde: Supervielle et ses amitiés littéraires », https://www.fabula.org/colloques/document2509.php.

2 Henri Michaux, « Mil neuf cent trente », *La Nouvelle Revue française*, n° 20, août 1954, p.197.

3 Michel Collot, *La Matière-émotion*, PUF, 1997, p.160.

4 Henri Michaux, « Mil neuf cent trente », *La Nouvelle Revue française*, n° 20, août 1954, p.197.

如果说拉尔博是导师、米肖是志同道合的朋友，那么艾田蒲更像是苏佩维埃尔的忠实读者与批评家。艾田蒲比苏佩维埃尔小一辈，与其同时代人一样，他年轻时深受兰波诗歌影响。在巴黎高师念书期间，艾田蒲读到苏佩维埃尔的诗作，深受震撼，感到苏佩维埃尔的诗歌为其提供了走出兰波影响的可能性。在写给诗人的信里，艾田蒲提到，“感谢您，我们得以窥见一种没那么受酒神精神影响的诗歌”[1]，言下之意，将苏佩维埃尔比作日神精神的象征，代表着秩序、清晰，也就是古典主义倾向。但二人真正相识还要到 1938 年。那一年，苏佩维埃尔参加了“蓬蒂尼十日谈”，而当年主持该活动的正是艾田蒲。二人就此建立起深厚的友谊，艾田蒲成为苏佩维埃尔的忠实读者，甚至在苏佩维埃尔的剧作中扮演角色。不久后，艾田蒲赴美国任教，苏佩维埃尔也回到乌拉圭，但二人一直保持着通信联系，深入探讨诗人的作品。艾田蒲犀利的目光与中肯的建议促使诗人对自己的诗歌艺术进行反思，艾田蒲的“新古典主义”兴趣及其对创作之中智性与技巧的推崇深深影响了苏佩维埃尔的诗歌创作。1960 年，诗人去世后不久，艾田蒲出版《苏佩维埃尔》（*Supervielle*）一书，这是一部非常个人化的著作，一部集传记、回忆录、文学批评

---

1 Jeanine Étiemble, *Correspondance 1936-1959: René Étiemble, Jules Supervielle*, texte établi, annoté, préfacé par Jeanine Étiemble, SEDES, 1969, p.8.

于一体的作品，艾田蒲在其中充满感性地介绍了苏佩维埃尔其人其作，感人至深。

考虑到苏佩维埃尔作品的重要性，1954年8月1日，复刊后的《新法兰西杂志》第20期组织了“致敬苏佩维埃尔”专栏，保罗·克洛岱尔（Paul Claudel）、米肖、艾田蒲等诗人、作家发表文章。1960年，曾将苏佩维埃尔带入法国文坛的“诗人王子”福尔去世，《文学、艺术和科学新闻报》（*Les Nouvelles littéraires, artistiques et scientifiques*）在征求过波朗、安德烈·布勒东（André Breton）、让·科克托（Jean Cocteau）和米肖等人的意见后，将“诗人王子”的称号授予他们共同的朋友苏佩维埃尔，可惜他在一个多月后便离世了。同年10月1日，《新法兰西杂志》第94期推出专号“致敬苏佩维埃尔（1884—1960）”，纪念这位四个月前逝世的作家，莫里斯·布朗肖（Maurice Blanchot）、科克托、菲利普·雅各泰（Philippe Jaccottet）、乔治·普莱（Georges Poulet）、克洛德·鲁瓦（Claude Roy）、让·福兰（Jean Follain）等人撰写纪念文章。1966年至1987年，伽利玛出版社的“诗歌”（Poésie）丛书陆续出版了苏佩维埃尔的重要诗作。1990年，安葬苏佩维埃尔的法国城市奥洛龙-圣玛丽设立“于勒·苏佩维埃尔奖”，用以表彰当代法国诗人。1996年，由柯罗编订的《苏佩维埃尔诗全集》（*Œuvres poétiques complètes*）在伽利玛出版社的“七星文库”（Bibliothèque de la Pléiade）出版，主编在前言中提道：“苏佩维埃尔的作品被不断阅读，读者群体不断扩大，一代又一代不断更新，其作品多个再版的袖珍本与多种语言的译本即见证了这一点。但他的作品还没有在 20 世纪诗歌史中获得应有的位置。”[1]《苏佩维埃尔诗全集》的出版，既是对苏佩维埃尔作品的整理与回顾，以便让后世更好地接受诗人留下的遗产，也标志着苏佩维埃尔从此正式跻身 20 世纪法国主要诗人的行列。

* * *

因其出生地与个人经历，苏佩维埃尔常常被人与于勒·拉福格（Jules Laforgue）和洛特雷阿蒙（Lautréamont）相提并论，与后面两位一起被称为“三个蒙得维的亚人”。尽管长居法国，苏佩维埃尔始终与乌拉圭保持着密切的联系。他求学期间经常回乌拉圭过暑假；在乌拉圭认识了他的妻子皮拉尔（来自蒙得维的亚当地一个显赫的资产阶级家庭）；二人在乌拉圭结婚，婚后两年在南美度过；“一战”结束后，因经济条件优渥，他得以每隔四五年就回乌拉圭度假，在此创作了多部作品；“二战”期间又在乌拉圭逗留了近七年，直至 1946 年返回法国。

1 Michel Collot, « Préface: Supervielle entre deux mondes », in Michel Collot éd., *Œuvres poétiques complètes*, Gallimard, coll. Bibliothèque de la Pléiade, 1996, p.IX.

故乡乌拉圭及更广阔的拉丁美洲、将美洲与欧洲隔开的大西洋为苏佩维埃尔的创作提供了无尽的养分。苏佩维埃尔曾在讲座“我是如何成为诗人的”中提到，乌拉圭乡村的空间与自然给他留下深刻的印象，它们成为“他最早的诗歌课”[1]。从他开始写诗起，美洲与大海就自然地出现在他的笔下，诗集《码头》更是以“潘帕斯草原、一间乌拉圭茅屋、邮轮、距离、报警浮球”为副书名，通过这部诗集，“苏佩维埃尔首次成功表达出美洲自然的辽阔与野性”[2]。在之后出版的《潘帕斯人》、《万有引力》、《偷孩子的人》、《幸免于难的人》（*Le Survivant*，1928）、《无辜的苦役犯》等作品中，拉丁美洲为苏佩维埃尔提供了素材、背景、主题、故事、人物，甚至影响了他的创作风格。

但美洲对于苏佩维埃尔来说并非只是异域情调或思乡之情，从更深层次说，美洲为苏佩维埃尔提供了反思欧洲文学和文化的视角。从诗人的作品中，我们能够清晰地看到这种对比与反思的目光的存在，例如，在回忆录《饮于泉》中，诗人提道：“在世上所有的动物中……我最喜欢的是潘帕斯草原上的奶牛——瘦骨嶙峋的、血统不纯的、四处游荡的奶牛，

1 Michel Collot, « Supervielle l'Européen », in *Sujet, monde et langage dans la poésie moderne. De Baudelaire à Ponge*, Classiques Garnier, 2018, p.167.

2 Michel Collot, « Supervielle l'Européen », in *Sujet, monde et langage dans la poésie moderne. De Baudelaire à Ponge*, Classiques Garnier, 2018, p.167.

它们跟雨果笔下的奶牛没有任何一点相似之处。”[1]在诗集《码头》里《再回农场》一诗中，诗人写道：“我与不懂神话的潘帕斯草原融为一体，/ 与荒漠融为一体，它骄傲，因为它自上古起便已是荒漠，/ 却未听说过主宰着古老世界轮回的奥林匹斯诸神。/ 我一头扎进没有历史的平原，抻开那头露宿营外的母牛的硬皮，/ 所谓植被，只有几株盾柱木、刺桐和龙舌兰，/ 草木不知希腊语，也不识拉丁语，/ 却懂得如何用蛮荒之地的机巧 / 来抵御从极地吹来的吃人的风，/ 它们缩成一小团，浑身长着爬满茎刺的树枝和斧头般的叶子。”不识奥林匹斯诸神的美洲荒漠、不懂希腊语和拉丁语的美洲植物及它们的抵抗是一种隐喻，喻示着诗人作品中所有与欧洲传统格格不入因而无法被同化的“怪异之处”，也喻示着诗人从美洲汲取灵感，借以摆脱欧洲诗歌传统影响，实现诗歌创作的创新。

可能正因其深刻意识到异质元素的冲突所带来的创造力，苏佩维埃尔自觉充当起文化中介者，为法国文学与乌拉圭文学、拉美文学、西语文学的交流作出了贡献。除了用文学作品向欧洲读者介绍美洲，他还曾试图对美洲文学展开研究。1910 年，他向索邦大学提交了博士论文选题“西班牙语美洲诗歌中的大自然情感”，1910 年至 1912 年，论文片段曾在索邦大学西班牙语语言文学教授埃内斯特·马蒂南什

---

1 Jules Supervielle, *Boire à la source*, Gallimard, 1951, pp.57-58.

（Ernest Martinenche）创办的《美洲图书馆简报》（*Bulletin de la bibliothèque américaine*）上发表。遗憾的是，不久后，“一战”爆发，苏佩维埃尔应征入伍，不得不放弃博士论文的写作。但他向法国读者介绍美洲的意愿始终没有消失，得益于《欧洲》（*Europe*）等刊物，他获得了传播美洲文学和文化的阵地。1919 年，苏佩维埃尔结识《欧洲》的创办人吕克·迪尔坦（Luc Durtain）和勒内·阿尔科（René Arcos）。杂志的两位创办人一直希望它可以成为一份国际性刊物，苏佩维埃尔因与乌拉圭、阿根廷、巴西的先锋文学保持着联系，自然而然成为其理想的撰稿人。在迪尔坦和阿尔科的支持下，苏佩维埃尔在上面发表了多篇诗文，致力于介绍美洲文化。

此外，上文已提到，“朋友”是苏佩维埃尔创作生涯的关键词，除了法国朋友，苏佩维埃尔也有多位来自拉丁美洲和西班牙的朋友。1913 年，致力于法国与拉丁美洲文学和文化交流的马蒂南什教授创立巴黎大学西语研究中心，创建拉美文学图书馆，出版《美洲图书馆简报》，在身边聚集了一批南美知识分子与学习西语的巴黎大学生。苏佩维埃尔经常出入这个圈子，结识了一批西语作家，比如墨西哥作家阿方索·雷耶斯（Alfonso Reyes）。雷耶斯被认为是墨西哥文学史上文艺复兴大师式的人物。他与苏佩维埃尔的兴趣颇为相似，相比起向“新大陆”介绍巴黎与欧洲风情，他们更关注美洲大陆的自然风光与文学传统，这一点令他们有别于其他拉美作家，也将二人的关系迅速拉近。1927 年，苏佩维埃尔翻译了雷耶斯的诗作《新的爱情》，在《欧洲》上发表。此外，苏佩维埃尔还对当时在巴黎的阿尔弗雷多·甘戈特纳（Alfredo Gangotena）、贡萨洛·萨尔顿比德（Gonzalo Zaldumbide）和里卡多·吉拉尔德斯（Ricardo Güiraldes）等南美作家十分关注，向法国读者推介他们的作品，甚至被马克斯·雅各布（Max Jacob）称为甘戈特纳的"法国制造者"。

文化传播对于苏佩维埃尔来说是双向的。在将美洲文化带至欧洲人面前时，苏佩维埃尔也不忘将法国文学带至美洲，尤其是在被迫"流亡"乌拉圭期间，他曾在蒙得维的亚中美洲大学开展系列讲座，教授当代法国诗歌课程。其课程讲义之后以"诗学要素"（Éléments d'une poétique）为题发表在艾田蒲创办的杂志《价值》1946 年第 5 期上。

* * *

苏佩维埃尔是一位难以归类的作家。有些文学史研究——例如让 - 伊夫·塔迪埃（Jean-Yves Tadié）主编的两卷本《法国文学》（*La Littérature française*）——过快地将其列入超现实主义者名单，实际上，在同时代人眼中，"他通过给予重心理学的超现实主义以致命一击而庇护了我们，我们已经在超现实主义的氛围中挣扎了很多年"[1]，此外，苏佩维埃尔本

1 René Étiemble, *Supervielle*, Gallimard, 1960, p.87.

人也曾说过："我非常注重诗歌主线的透明性，这不会令超现实主义者感兴趣。"[1]

苏佩维埃尔难以归类，首先在于其作品类型的多样性，其一生的创作涵盖了诗歌、小说、故事、戏剧、游记等多种体裁。虽然苏佩维埃尔是"诗人王子"，但他的散文——诗歌、戏剧以外的所有作品——成就并不低于诗歌。《交际》的赞助人玛格丽特·卡埃塔尼最初对于是否要发表苏佩维埃尔的诗作有些犹豫，却被《潘帕斯人》吸引，主动向作家约稿，在她的推动下，拉尔博于 1928 年在杂志上刊发了苏佩维埃尔的《闭上眼睛的潘帕斯草原》。在与玛格丽特·卡埃塔尼的通信中，拉尔博提道："我看到苏佩维埃尔正成长为一位散文家，比写《万有引力》的诗人还要了不起。"[2]拉尔博还曾在《潘帕斯人》出版后为其撰写下热情洋溢的书评，发表在《拉丁美洲杂志》（*Revue de l'Amérique latine*）上，书评指出"这部小说代表着东方共和国（在我看来动静颇大地）走进法兰西文学的入口"[3]。他的评论将苏佩维埃尔的小说带入了大众视野，小说塑造的人物瓜纳米鲁成功地给法国读者留下了深

1 Jules Supervielle, « Éléments d'une poétique », *Valeurs*, n° 5, avril 1946, p.34.

2 Ève Rabaté, « Supervielle, Larbaud et la revue *Commerce* », https://www.fabula.org/colloques/document2505.php#ftn23.

3 Valery Larbaud, « *L'Homme de la Pampa* par Jules Supervielle », *Revue de l'Amérique latine*, n° 25, janvier 1924, p.41.

刻的印象，之后常常被等同于作家本人的化身，小说本身则成为法国文学史上的一部另类经典。

尽管如此，试图评判苏佩维埃尔的诗歌成就与散文成就孰高孰低无疑是不明智的。实际上，苏佩维埃尔的散文也充满诗意，以《远洋上的孩子》这个故事为例，作者在结尾写道："远洋上手肘撑着栏杆发梦的水手们啊，千万别在黑夜里长久地思念所爱的一副面容。你们可能会在荒无人烟的地方创生出一个存在，它有着人类的全部情感，它不能活、不能死、不能爱，却又仿佛活着、爱着、一直濒临着死亡，它是一个在水造就的孤寂之中被无限剥夺的存在，就像这个大西洋上的孩子一样。这个孩子是夏尔·利埃旺某天在脑海里创生出来的。利埃旺来自斯滕福德市镇，是四桅船勇敢号的船员，他失去了自己年仅十二岁的女儿。某次航行的一个晚上，在船驶至北纬五十五度、西经三十五度海域时，因这个孩子所遭受的大不幸，他凭借惊人的毅力久久地思念着她。"读到这个结尾，我们不能否认这是诗，只是采用了散文的形式。因此有评论家认为，在苏佩维埃尔的作品中，"散文与诗歌合而为一"，并指出"在一位作家身上，诗人的一面与散文家的一面能够取得完全的平衡，这是很罕见的，苏佩维埃尔是其中一个例子"。[1] 不过，试图在其诗歌中寻找散文的痕迹，

1 Franz Hellens, « Où prose et poésie ne font qu'un », *La Nouvelle Revue française*, n° 94, octobre 1960, pp.676-681.

或者反过来在其散文中寻找诗歌的韵律，这同样是不明智的，正如“散文与诗歌合而为一”这个说法所表明的那样，或许对于苏佩维埃尔来说，不同体裁只是诗的不同表现形式，这里的“诗”当然应该理解为诗意，而非仅仅指体裁。苏佩维埃尔的某个举动也许是最好的证明：诗人在创作时会不停地修改自己的作品，甚至进行体裁的转变，有时将诗歌改写为短篇故事，有时又将小说改编为故事或戏剧。《远洋上的孩子》起先是《万有引力》中的诗作《波涛上的村庄》。

反过来，难以归类也意味着可以属于多个群体，意味着同时具有多种特征，这些特征有时甚至可能互相矛盾。苏佩维埃尔作品的这种两级甚至多级性已被很多批评家分析过，例如，柯罗为《苏佩维埃尔诗全集》撰写的前言即以“位于两个世界之间的苏佩维埃尔”为题。在这篇前言中，柯罗指出“苏佩维埃尔被两个地理、语言、形而上学和文学的世界撕扯”[1]，进而归纳出其身上存在的五对矛盾，生与死、欧洲与美洲、平常与不同寻常、黑暗与光明、古典与现代，最终将其诗学总结为“含混的诗学”[2]。

从生与死、黑暗与光明的矛盾来说，苏佩维埃尔作品中

1 Michel Collot, « Préface », in Michel Collot éd., *Œuvres poétiques complètes*, Gallimard, coll. Bibliothèque de la Pléiade, 1996, p.X.

2 Michel Collot, « Préface », in Michel Collot éd., *Œuvres poétiques complètes*, Gallimard, coll. Bibliothèque de la Pléiade, 1996, p.XXX.

充满了死亡、死者、幽灵、梦的主题与意象，雅各泰说：“终其一生，苏佩维埃尔都在专心致志地书写各种祈祷词，书写《亡灵书》片段。”[1]这一点或许与他父母的死亡有关。“苏佩维埃尔最初写诗，是为了将一个空洞填满”[2]，例如，他最重要的诗作之一《肖像》（收录于《万有引力》）便是一首献给母亲的诗，这首诗以“母亲，我十分不解人们是如何找寻亡人的，/ 我迷失在我的灵魂、它瘦削的脸庞、/ 荆棘和它的眼神里”开头，词句简单，却充满无限忧伤。里尔克读到这首诗后，主动给苏佩维埃尔去信，表明他从此以后“知道自己会喜爱”苏佩维埃尔“所写的一切”和“即将写出的一切”[3]。

但我们在他的诗作中也看到了同样多的“光明”与“晨曦”：“深海里的鱼 / 没有眼睛也没有眼皮，/ 为了满足自己的心，/ 它们造出了光明”（《外海之下》，收录于《万有引力》）；“被黑暗压抑的晨曦之声 / 却能够触摸到你的窗户 / 再让它开启”（《无论活着还是死去，噢，你都对我了如指掌……》，收录于《无辜的苦役犯》）。这些诗句表明了诗人对生活的热爱，对生命的礼赞，不仅赞颂人类的生命，不仅赞颂动物和植物的生命，也将生命赋予大自然甚至宇宙中的一切。例如，

1 Philippe Jaccottet, « Le cœur de Supervielle », *La Nouvelle Revue française*, n° 94, octobre 1960, p.635.

2 Jean-Michel Maulpoix, « Jules Superveille, le réconciliateur », https://www.maulpoix.net/supervielle.html.

3 Claude Roy, *Jules Supervielle*, P. Seghers, 1970, pp.28-29.

在《蒙得维的亚》（收录于《万有引力》）中："在面朝大西洋的乌拉圭，/ 空气如此随和、亲切，/ 引得海平线上的色彩 / 纷纷凑近来看那些房屋"；在《数学》（收录于《万有引力》）中："梯形画出坚实的护墙，/一个声音响起又静息，/ 那恼羞成怒的问题 / 扭身把自己的尾巴追咬"。这些诗句因诗人对世界保持的强烈好奇心、对宇宙万物的同等重视及诗人所采用的"陌生化"手法而显得妙趣横生，雅各泰因而说他"属于非常罕见的那一类诗人，他们有能力让孩童进入自己诗句的房间，而丝毫不显得愚蠢"[1]，福兰评价他的诗"是最慷慨的诗。对他来说，人类最小的动作都会在宇宙中留下细微痕迹。最不起眼的东西，他都会立即赋予其宏大的维度。在他充满友爱的视野中，身体与灵魂、空间与时间彼此融合"[2]。正是友爱与慷慨将一大批读者吸引至诗人的身边，令"所有诗人，甚至所有那些不是诗人的人都喜欢苏佩维埃尔"[3]，促使艾田蒲感谢苏佩维埃尔"包扎了兰波给我们造成的伤口"[4]。出于同样一种友爱与慷慨，"写作近六十年来，苏佩维埃尔始终感觉并自愿站在所有受侮辱、受折磨的人一边"[5]。"二战"

---

1 Philippe Jaccottet, « Notes », *L'Entretien des muses*, Gallimard, 1968, p.30.

2 Jean Follain, « Jules Supervielle », *Les Cahiers Max Jacob*, n° 5, 1960, p.63.

3 Jean Orizet, « Jules Supervielle, entre fable et mystère », *Revue des deux mondes*, juillet-août 1996, p.158.

4 René Étiemble, *Supervielle*, Gallimard, 1960, p.106.

5 René Étiemble, *Supervielle*, Gallimard, 1960, p.93.

期间，他曾写下多首诗支持、鼓舞各地被压迫人民的斗争，为“自由法国”的多份刊物撰稿，1940年在布宜诺斯艾利斯出版《苦难法国诗集》（*Poèmes de la France malheureuse*），与路易·阿拉贡（Louis Aragon）的《断肠集》（*Crève-Cœur*）遥相呼应。我们由此能够理解为什么吴岳添在撰写《法国现当代左翼文学》时会将苏佩维埃尔列入“抵抗运动文学”的作家行列。

在苏佩维埃尔身上，种种矛盾对立，包括欧洲与美洲的对立、古典与现代的对立、平常与不同寻常的对立……这些归根到底说的可能是一回事，是同一个问题的不同侧面。我们已在上文看到美洲之于苏佩维埃尔生活、思想和诗歌创作的重要性。然而，如果只强调苏佩维埃尔拉丁美洲的一面，就无法全面地了解这位诗人：诗人虽然出生于乌拉圭，接受的却是法国乃至欧洲的教育。从语言方面看，法语是他家族与创作的语言，西班牙语是他出生地的语言，他还懂英语、意大利语、葡萄牙语。从诗学方面看，中学时代开始，他先是被拉马丁、雨果、缪塞等浪漫主义诗人吸引，之后又受高蹈派、象征派诗人（尤其是马拉美、兰波、魏尔伦）的影响，在对前辈诗人的模仿中保持了与法国诗歌传统及其韵律的关系，柯罗说苏佩维埃尔写给妻子皮拉尔的情诗“非常符合法国趣味，甚至他的‘美洲印象’也主要受高蹈派的启发”[1]，

1 Michel Collot, « Préface », in Michel Collot éd., *Œuvres poétiques complètes*, Gallimard, coll. Bibliothèque de la Pléiade, 1996, p.XIV.

拉尔博在评价《潘帕斯人》时指出，诗人“毫无疑问来自伊齐多尔·迪卡斯[1]和拉福格出生的国家，他是那个国家的人，然而，他也是法国人”[2]。

我们当然还可以从苏佩维埃尔的作品中总结出其他矛盾对立。面对种种矛盾，柯罗认为，苏佩维埃尔有时似乎也试图逃离，“但更多时候，他寻求将其融合于某种不稳定的平衡中，正是这一点带给他的诗歌一种不可模仿的语调”[3]。“不稳定的平衡”，这一评价确实一针见血地指出了苏佩维埃尔作品的独特之处。

* * *

中文世界很早就关注到了苏佩维埃尔，最早的当属诗人翻译家戴望舒。1930年代，戴望舒在法国见过苏佩维埃尔本人。回国创办杂志《新诗》后，戴望舒接连翻译了苏佩维埃尔的不少作品，他自己的创作也受到苏佩维埃尔的影响，中国现代诗歌研究专家鲁阿夫人（Michelle Loi）指出，在戴望舒的《我用残损的手掌》中，可以看到苏佩维埃尔《苦难法国诗

1 即洛特雷阿蒙。

2 Valery Larbaud, « *L'Homme de la Pampa* par Jules Supervielle », *Revue de l'Amérique latine*, n° 25, janvier 1924, p.41.

3 Michel Collot, « Préface », in Michel Collot éd., *Œuvres poétiques complètes*, Gallimard, coll. Bibliothèque de la Pléiade, 1996, p.X.

集》的影子。1980 年代至 1990 年代，徐知免、郑克鲁、罗洛、葛雷和胡小跃也先后翻译过苏佩维埃尔的诗作。但总的来说，苏佩维埃尔的作品在中国译介得并不多。此次拜德雅图书工作室与广西人民出版社旗下图书品牌大雅联合推出五卷本“苏佩维埃尔文集”，对于拓展我们对苏佩维埃尔这样一位重量级法国诗人、作家的认识来说意义重大。

编　按

尉光吉

本书收录苏佩维埃尔的三部故事集：《远洋上的孩子》《挪亚方舟》和《宇宙的第一阵脚步》。前两部故事集分别于 1931 年、1938 年由新法兰西杂志出版社出版，后一部故事集于 1950 年由伽利玛出版社出版。

* * *

《远洋上的孩子》收录了苏佩维埃尔自 1924 年以来创作的八篇故事，其中五篇在刊物上发表过：《远洋上的孩子》发表于《周刊》（*La Revue hebdomadaire*）1928 年 6 月号（第 37 卷），《马槽边的牛和驴》发表于《新法兰西杂志》1930 年 12 月号（第 207 期），《塞纳河里的无名女子》发表于《交流》（*Échanges*）1929 年 12 月号（第 1 期），《天上的瘸子》发表于《新法兰西杂志》1929 年 7 月号（第 190 期），《小道和池塘》发表于《欧洲》1924 年 5—8 月号。此外，《小道和池塘》还于 1927 年由巴黎的平行线出版社推出过精装单行本。《远洋上的孩子》和《天上的瘸子》则于 1929

年收录进故事集《三个神话》（*Trois mythes*），由艺术书友协会出版。

苏佩维埃尔曾在访谈中声称，《远洋上的孩子》“也许是我最好的故事”，而他所谓的这个“海上构思”明显源于诗集《万有引力》中《波涛上的村庄》一诗，它与《塞纳河里的无名女子》一起构成了苏佩维埃尔的“溺水者神话”。1941 年，这篇故事还由布宜诺斯艾利斯的圣图绘工作室推出过单行本，并配有玛丽埃特·莉迪斯（Mariette Lydis）绘制的插图。《马槽边的牛和驴》是一篇具有基督教背景的故事，起初是为让·格勒尼耶（Jean Grenier）策划的丛书“名兽传”（La vie des bêtes illustrés）创作的。《赛马后续》后经苏佩维埃尔自己改写为一部同名剧作，并由让 - 路易·巴罗（Jean-Louis Barrault）于 1956 年执导上演。

对于这部作品，弗兰茨·海伦斯（Franz Hellens）曾这样评论道：“在苏佩维埃尔这里，每个词都获得了一种魔法的价值。一道波浪创造了另一道波浪，一个词召唤出另一个词。就这样，诗人，会魔法的散文家，迈向了远洋，途中没有丢失任何东西，也没有任何路线上的断裂，一切价值都得到了保留。在我看来，《远洋上的孩子》仍是童话故事的类型，其中的一切都是诗，但这必要的诗，凭借突然发明的逻辑，奇迹般地自动成形，而对诗人来说，那是唯一可能且可行的逻辑。对此术语，我没有别的想法。我把苏佩维埃尔的散文比作赋格。对音乐家来说，赋格就是逻辑作曲的典范：那是双节拍的连续运动，其对立的主题相互寻找、交织、缠绕并追随，如同两阵逆向的风相互追随，最终融为一体，又立刻重新开始。”

莫里斯·布朗肖则写道：“为了回应这个命运，苏佩维埃尔在一部单纯而奇妙的作品中写下了他自认为最纯粹的故事——《远洋上的孩子》。在那里，我们以一种几乎出人意料的方式接近了这被遗忘的生命；在那里，某种东西遭到了遗忘，却因这样的遗忘而愈发在场。处在遗忘当中的遗忘之在场；在自身遗忘的事件里无尽地遗忘的权力；没有遗忘之可能性的遗忘；没有遗忘的遗忘-被忘。我们要如何感激这个人啊？他用如此的举措让我们熟知了这个经验，并在唯一的意象中把它成功地给予了我们。”

* * *

《挪亚方舟》延续了《远洋上的孩子》的风格，且与诗集《陌生的朋友们》和《世界的寓言》创作于同一时期，有着较浓的动物寓言和《圣经》故事的色彩。其中，《逃往埃及》发表于《新法兰西杂志》1932 年 5 月号（第 224 期），后于 1947 年由艺术家之家推出单行本，并配有皮埃尔·加斯塔拉（Pierre Guastalla）绘制的九幅铜版画；《盛牛奶的碗》发表于《前哨》（*L'Avant-poste*）1935年的苏佩维埃尔专刊；《蜡人》发表于《新法兰西杂志》1933年5月号（第236期）。《逃往埃及》可被视为《马槽边的牛和驴》的后续，而《重逢的妻子》与之前的“溺水者神话”一样，属于苏佩维埃尔诗学中不断出现的生者与死者交谈的主题。在1953年的一次座谈中，苏佩维埃尔曾说：“当我以我的方式让那些传说中的存在活过来时，我总是体会到极大的快乐。尤其是在我创作的《马槽边的牛和驴》《逃往埃及》和《挪亚方舟》这样的《圣经》故事里。”

对于这部作品，阿尔芒·罗班（Armand Robin）曾这样评论道：“正是通过这份对动物的了不起的爱，苏佩维埃尔的作品摆脱了其往日复杂的殷勤；诗人从一场同野兽的单纯嬉戏走向了对其灵魂的认识，走向了对其思想，尤其是对其狂想的认识；他心中藏着一个华特·迪士尼。苏佩维埃尔离永恒的诗性恩典的状态不再遥远，在那恩典面前，离世界的开端最近的元素，首先是植物，然后是动物，拥有最多的美德，且绝不被其周遭世界的现实欺骗。圣约瑟犯了糊涂，圣母停留于错觉的表象；只有两个存在心无疑惑：幼小的耶稣，还有，尤其是那头牛。”

马塞尔·阿尔朗（Marcel Arland）评论道：“这些故事，既单纯又怪异，既宽忍又轻盈，既欢快又忧郁。在苦涩变得过于沉重，而温柔近乎痛苦的那一刻，一丝幽默浮现出来，仿佛作者害怕让自己陷于某种令人心碎的呻吟……但眼下现实的这一突然闯入，这些滑稽的特点，如此的奇想，或许根本不是苏佩维埃尔的作品最不苦涩的元素。我们能感觉到，那一奇想下面有着同样的苦恼，同样的诧异，还有同样放任的需求，正是它们刻画了其诗歌的特征。这些故事不是伏尔泰式的道德故事，也不是童话故事（苏佩维埃尔寻找的绝非惊奇）。因为其古怪又怀旧的姿态，因为其考究的单纯，它们接近——或许比安徒生的童话还要接近——里尔克、夏尔·德·奥尔良、玛丽·德·法兰西的故事，接近《敦·德·梅央斯》和《奥卡珊与尼科勒特》的某些篇章。但它们首先是一位诗人借以摆脱其幽灵的故事。”

若埃·布斯凯（Joë Bousquet）则写道："在这里，从第一页起，我们看到了什么？诗歌露着诗性的笑容：创造力用其源头的清爽来对抗想象力的永久着魔；精神覆在诗歌大地上的冰衣里传出色彩的窃笑。为何这一现象引发了如此意想不到的结果？在这里，白日升起只是为了搭建阴影的帐篷。仿佛诗人的内心突然变得比他的目光更大，而一个直觉的空间就在其思想重建了宇宙远景的地方等着他。我会用一个词作答……我会说：言语。语言最终让诗人从诗歌中解脱。在所有激情的极限处，当人与世界合为一体时，言语就获得了其自身的意识，并在生命的东边生长，仿佛它等着我们最后的气息来完成其自我揭示。于勒·苏佩维埃尔的故事得到了言说。当我们注意到这位大诗人的演化之后，什么也动摇不了我们。我们肯定，于勒·苏佩维埃尔已找到了莎士比亚的钥匙。”

* * *

《宇宙的第一阵脚步》由“神话故事”和“其他故事”组成，这两部分内容基本已在此前出版的两部故事集《小树林及其他故事》（*Le Petit bois et autres contes*）和《俄耳甫斯》中出现过。

《小树林及其他故事》于1942年由墨西哥的格查尔出版社出版，收录了十一篇故事：《小树林》《宇宙的第一阵脚步》《弥诺陶洛斯》《劫持欧罗巴》《冒牌的阿玛宗人》《卡斯托尔和波吕克斯》《刻耳柏洛斯》《牛背鹭》《女巨人》《世间的一位强者》《托彼特和多俾亚父子》。其中，《弥诺陶洛斯》最初发表于《新法兰西杂志》1939年5月号（第308期）；《劫持欧罗巴》后又发表于《法兰西文学与戏剧画报》（*France illustration littéraire et théâtrale*）1947年6月号（第4期）。

《俄耳甫斯》于1946年由十五和初一出版社出版，收录了六篇故事：《俄耳甫斯》《模范夫妻》《国王的樵夫》《伏尔甘离开铁匠铺》《创造动物》《带着三只绵羊的寡妇》。其中，《带着三只绵羊的寡妇》最初发表于《泉水》（*Fontaine*）

1946 年 3 月号（第 50 期）；《创造动物》后于 1951 年推出精装单行本，配有雅克·诺埃尔（Jacques Noël）绘制的素描插图。

此外，《巨人族》最初收录于 1949 年由子夜出版社出版的故事集《善意炸弹》（*Les B.B.V.*）。余下未发表的故事均为苏佩维埃尔在《宇宙的第一阵脚步》出版时所加。

远洋上的孩子

储春花　译

远洋上的孩子

这条漂浮的街道是怎么形成的呢？是哪些水手在哪些建筑师的帮助下把它修建在大西洋这片深达六千米的远海海面上的呢？这条夹在褪色到呈现出法式灰调的红砖房之间的长街，这些用岩板和瓦片铺就的屋顶，这些亘古不变的简陋商店，这座镂空的钟楼，还有这座里面仅有海水、四周筑了围墙、墙上嵌着玻璃瓶碎片、时不时有鱼从上面一跃而过、大概想要修成花园的建筑，这一切是怎么回事呢？

在海浪的冲击下，它们屹立不倒，甚至毫不晃荡，这是怎么做到的呢？

还有这个十二岁的孩子，她脚着木屐，孤零零地走在这条浮动的街道上，步子平稳，如履平地……这是怎么做到的呢？

我们将随着所见所闻把事情一一道来。而那些晦涩难懂、无法说清的也只能由它们去了，虽然这并非我们所愿。

在船驶近时，甚至在它出现于海平线之前，孩子就已经陷入了沉睡，村庄也完全消失在了波涛之下。因此，哪怕是用望远镜，也没有哪个水手见过这个村庄，他们甚至怀疑它的存在。

这个孩子自认为是世上唯一的小女孩。甚至，她知道自己是个小女孩吗?

她牙缝有点大，鼻尖也有点过于上翘，所以她不算很漂亮。但她皮肤白皙，上面点缀着一些可爱的斑点，也就是雀斑。她这个小小人由一双不大却炯炯有神的灰色眸子引导着，带给您一种来自时间深处的大惊喜，穿过身体，直至灵魂。

在这个小镇唯一的街道上，孩子时不时左右张望，似乎在期待有人朝她挥手或点头致意，做一个友好的手势。这是她予人的唯一印象，但她自己对此毫不知情，因为任何东西、任何人都不会到访这个随时都会消失的偏僻村庄。

她以什么为生呢？捕鱼吗？我们认为并非如此。她在厨房的橱柜和食品柜里找到食物，甚至每两三天还会找到肉。另外，她还在这儿找到土豆、一些别的蔬菜，时不时还有鸡蛋。

食物自发地出现在橱柜里。而每当孩子从罐子里取出果酱来吃，罐子却没有一丁点被动过的痕迹，就好像这些东西在之前某一天如此，之后便会一直如此，亘古不变。

每天早上，面包店里都会准备好新鲜面包等孩子来取，面包有半磅重，用纸包着放在大理石柜台上。而她从未见到过柜台后面有人甚至有手或手指将面包递给她。

她一大早就起床，拉开商店的金属卷帘门（这边是小咖啡馆，那边是铁匠铺子、现代面包店、服饰用品店），打开所有房屋的护窗板，小心翼翼地用防风挂扣固定，开不开窗则视天气情况而定。她在一些厨房里生火，这样，三四个屋顶上便升起袅袅炊烟。

日落前一个小时，她就开始合上护窗板，动作干脆利落。接着她又拉下瓦楞铁皮卷帘门。

孩子凭着某种直觉做完这些事，每天都有一个灵感驱动着她去关心这一切。天气好的时候，她会把地毯或衣服拿到窗台上晾晒，就好像要不惜一切代价让这个村庄看起来尽可能地有人烟气息。

而且一年四季里，她还得时时留意镇政府那面挂在外面的旗子。

夜里，她点上蜡烛，或者在灯光下缝缝补补。小镇上也有几户人家通电了，孩子优雅自然地打开开关。

有一次，她用黑色绉纱在门环上打了个花结。她觉得这样好看。

两天过后，她摘下这黑色的绉纱花结，藏了起来。

还有一次，像是要宣布什么消息一样，她擂响村里宣读公告用的鼓。她有一种强烈的渴望，渴望大声说点什么，让海的另一边也能听到，但她喉咙发紧，发不出声。她拼命使劲儿，脸和脖子像溺水者一样涨成紫黑色。过后，她不得不将鼓放回原位，也就是镇政府大厅左边的角落那儿。

孩子沿螺旋楼梯拾级而上，登上钟楼。无数素昧平生的陌生人都曾在这些台阶上留下过足迹。她以为钟楼有五百级台阶（实际上只有九十二级）。透过钟楼黄砖的隙缝可以将天空尽收眼底。而且，她还必须抬起曲柄给钟楼上的钟上发条，这样它才能真正报时，昼夜不停。

教堂的地下室，贴金一直剥落的祭台，发出默示的石雕圣像，排列整齐、几近无声、等待男女老少前来的椅子，所有这些既吸引这个孩子，又让她想要远离。她从未进入过这座高耸的房子，只有在无聊的时候，她才偶尔轻轻推开那扇软包门，屏住呼吸，迅速往里面瞥一眼。

她卧室里有只行李箱，里面装着家庭证件，还有一些从达喀尔、里约热内卢、香港寄来的明信片。这些明信片上的署名是夏尔或C. 利埃旺，收信地址是（诺尔省）斯滕福德市镇。这个远洋上的孩子不知道这些遥远的地方，也不认识这个夏尔、不了解这个斯滕福德市镇。

她还在衣柜里存放了一本相册。其中一张照片上的孩子跟这个大西洋上的小女孩长得很像。她常常谦恭地端详照片上的孩子。在她看来，这个形象一直都是真实存在的。照片上的孩子手持一个圆环。小女孩跑遍了村里的屋舍，去找一个类似的圆环。有一天，她以为自己找到了，那是个木桶上的铁环。但她刚试图滚着铁环在这条海上的街道跑起来，它就滑进了海里。

在另一张照片里，一男一女在小女孩左右，男人身着水手服，女人身材瘦削，穿着节日礼服。这个远洋上的孩子从未见过人类，无论是男人还是女人。她一直在思考这些人想要什么，甚至在深夜，当一丝清明偶然像闪电一般突现并让您顿悟时，她也不曾停止思考。

每天早上，她背着书包去镇立学校，书包里装着几本笔记本、一本语法书、一本算术书、一本法国历史书和一本地理书。

她还有本加斯东·博尼耶和乔治·德·拉扬的著作，前者是植物学研究所成员、索邦大学教授，后者是法兰西科学院奖得主。这本薄薄的植物志配有一百九十八幅插图，记载着最为常见的有益和有害植物。

她翻阅这本书的序言：“在整个宜人的季节里，没有什么比从田野和树林中找到大量植物更容易的了。”

历史、地理、国家、伟人、山脉、河流和边境，要怎么把这一切解释给她听呢？毕竟她所知的只有这条位于大西洋最为荒僻处空无一人的小镇街道。即使她在地图上看到了大西洋，她也不知道自己其实就身处其上。尽管她曾在某一天某一秒有过这样的想法，但她认为这样的想法既疯狂又危险，便又不予理会了。

不时，她会专心听讲，写下几个单词，然后再听、再写，就像是在做一位看不见的老师给出的听写练习。接着，孩子翻开语法书，屏住呼吸，视线一直落在她所喜欢的第六十页第一百六十八道练习题上。语法书像是能说话一样，直接向这个远洋上的小女孩提问：

您是 _____？您想 _____？您说 _____？您想要 _____？应该对 _____ 讲？发生了 _____？人们指控 _____？您能够 _____？您 _____ 有罪？事关 _____？您 _____ 拿着这个礼物？啊！您抱怨 _____？

（请在横线处填写适当的疑问代词，并视情况加上介词。）

有时，孩子会感到一种非常坚定的渴望，渴望写下某些句子。于是，她就专心致志地写了下来。

她写了好多句子，以下是其中一些：

“让我们一起分享，好吗？”

“您听我说。您请坐，不要动！”

“要是我这儿能飘点高山上的雪，日子就会过得快一些。”

“泡沫，我身边的泡沫，你最终会变得坚硬吗？”

“至少需要三个人才能手拉手跳环舞。”

“两个无头幽灵飘荡在尘土飞扬的路上。”

“黑夜白天，白天黑夜，云彩飘，飞鱼跃。”

“我以为听到了某个声音，其实那只是海浪声。”

或者她会写封信，介绍小镇和自己的情况。但这封信没有收件人，末尾也没有类似亲吻某人的问候语，信封上也没有名字。

写完后，她便把信扔进海里——这样做不是为了扔掉信，而是因为本该如此——或许她是在借鉴遇险水手的做法，他们在绝望中把遗言塞进瓶子后丢到海里。

在这个漂浮的小镇上，时间静止了：孩子一直都是十二岁。她对着卧室的镜子挺起胸，却徒劳无用。有一天，她厌倦了相册上梳起发辫、露出额头的样子，便对着自己和自己的照片发脾气，然后粗暴地将头发散开来披在肩上，希望这样能改变自己的年龄。她甚至希望周遭的海也会因此有些许改变，这样她就可以看到那些胡须上沾着泡沫的大山羊从海里跑到她身边来看她。

但大西洋还是空荡荡一片，除了流星划过，这里渺无人烟。

之后有一天，命运像是开了个小差，它的意志出现了一丝裂缝。一艘真正的小货船喷着烟，像条执拗倔强的斗牛犬，虽然载重不多，但在海上平稳地航行着（阳光下，漂亮的红绳在吃水线下忽隐忽现）。货船穿过村庄的海上街道，房屋没有消失在波涛之下，小女孩也没有入睡。

这恰是正午时分。货船拉响汽笛，汽笛声和钟楼的钟声分别响起，各自分明。

孩子第一次听到人类传来的声音，她冲到窗前，竭尽全力大声呼喊："救命！"

接着，她把自己的学生罩衫朝船的方向扔去。

舵手甚至都没有回头。一个水手嘴里吐着烟圈，若无其事地越过甲板。其他水手则继续洗着衣服。游弋在艏柱两旁的海豚急忙跳开，给快速行驶的货船让道。

小女孩迅速跑到街上，躺在货船驶过的航迹上面，长久地拥抱它，直到航迹消失不见，她才起身。海面上没有留下任何印记，就像从来没被探访过一样。回到家里，小女孩对自己刚刚喊出“救命！”惊愕不已。这时，她才明白了这几个字的深刻含义，恐惧也随之而来。那些人听不到她的声音吗？那些水手又聋又瞎吗？抑或，他们比海底深渊更冷酷无情？

于是，一片海浪扑过来寻她。很显然，这片海浪谨慎矜持，它之前总是同村庄保持一定的距离。这是片巨浪，它比周遭其他海浪飞溅得更远。巨浪的浪尖上有两只由泡沫仿制的精美眼睛。可以说它明白一些事情，但并不完全赞同。尽管每天它都会成百上千次地汇聚再消散，却从未忘记在同一个地方戴上这双明亮的眼睛。有时，当它遇上自己感兴趣的东西，人们会惊讶地发现它会在空中停留将近一分钟，它忘记了自己实质上是片海浪，本该每隔七秒就拍打一次。

很久以前，这片海浪就想为孩子做点什么，却不知道做什么好。它看到货船离开了，孩子还留在这里，它理解她心中的痛苦。它不忍心再看她如此，便仿佛用手拉着她一般，一声不响地把她带到离村庄不远的地方。

它像其他海浪一样跪在她面前，然后怀着最大的敬意将她卷至浪心，把她闷在里面好长时间，与死神合作设法将她吞没。小女孩则屏住呼吸，协助这片海浪实现它这一重大计划。

计划没有成功。它便把孩子抛至空中，直到它的身影比海燕还要小时，才把她接住，接着又抛出去，就像玩球一样把她抛来掷去。最终，她掉进了鸵鸟蛋一般大的浪絮之中。

最后，这片海浪发现自己所做的一切均是徒劳，它没法让死神把孩子带走。于是，它眼泪汪汪，连声道歉，将她送回了家。

小女孩毫发无伤。她不得不在绝望中像往常一样打开又合上护窗板，而且，在船桅出现于海平线的瞬间，她又暂时隐没入海里。

远洋上手肘撑着栏杆发梦的水手们啊，千万别在黑夜里长久地思念所爱的一副面容。你们可能会在荒无人烟的地方创生出一个存在，它有着人类的全部情感，它不能活、不能死、不能爱，却又仿佛活着、爱着、一直濒临着死亡，它是一个在水造就的孤寂之中被无限剥夺的存在，就像这个大西洋上的孩子一样。这个孩子是夏尔·利埃旺某天在脑海里创生出来的。利埃旺来自斯滕福德市镇，是四桅船勇敢号的船员，他失去了自己年仅十二岁的女儿。某次航行的一个晚上，在船驶至北纬五十五度、西经三十五度海域时，因这个孩子所遭受的大不幸，他凭借惊人的毅力久久地思念着她。

马槽边的牛和驴

在去往伯利恒的路上，约瑟赶着驴，驴驮着圣母。圣母不重。她一心惦念着自己肚子里的未来。

牛孤零零地跟在后头。

到了城里，这几位旅客进入一个废弃的马厩。约瑟立马拾掇起来。

牛想：这些人还真是了不起。瞧瞧他们的手和胳膊，能做多少事啊。它们肯定比我们的蹄子和系部厉害。而且，在把东西修缮规整，矫曲成直，变直为曲，无悔无怨地做该做之事方面，我们的主人无人能及。

约瑟出去，不一会儿就背着麦秸回来了。如此富有生机又充满阳光气息的麦秸，乃是奇迹的发端。

“他们在那儿准备什么呢？”驴自言自语道，“好像是在铺一张小小的婴儿床。”

圣母对牛和驴说：“今天夜里，我们可能需要你们帮忙。”

牛和驴对视良久，试图理解圣母的话，然后才卧倒睡觉。

一阵声音传来，虽然很轻，但穿越天际，很快就唤醒了它们。

牛站起来，注意到马槽里睡着一个光溜溜的孩子。它用呼吸有条不紊地温暖着孩子的身体，不遗漏任何一处。

圣母目露笑意，以示感谢。

一些长有翅翼的存在装作没看见墙壁，轻易地从中穿过，进进出出。

约瑟带着从一位女邻居那儿借的襁褓回来了。

“真是太好了！”他以木匠惯用的口吻说道，说话声在这个场合显得有点大，“现在是午夜，却亮如白昼。并且，天上不止一个太阳，而是三个太阳。不过它们正试图会合。”

天一亮，牛就起来了。它小心翼翼地放下蹄子，生怕弄醒了孩子、压坏了上苍之花或伤害了天使。一切都变得异常困难！

一些邻居前来看望耶稣和圣母。他们都是穷人，能送上的只有自己洋溢着幸福的脸。随后而来的其他邻居则带来了一些坚果和一支六孔竖笛。

牛和驴稍微挪身，给前来的邻居们让道。与此同时，它们还在想，自己与孩子尚未谋面，不知道会给他留下什么样的印象。孩子刚刚醒来。

“我们又不是怪物。”驴说。

“但你知道的，从外貌上看，我们既不像他，也不像他父母，我们可能会吓到他。”

“马槽、马厩和架着横梁的屋顶也和他外貌不一样，但他可没害怕这些。”

可牛并没有被说服。它想到了自己的角，反复思考着：

要以和善可亲而非气势汹汹的样子走近我们最爱的人身边，这真是太难了。我需要时刻小心翼翼，以免碰伤他人。然而，无缘无故就去攻击他人他物，这并非我本性。我既不作恶，也不会分泌毒液。但无论我走到哪儿，我的牛角都不会消失。在我醒来时，甚至累得睡着时，抑或失去意识而迷迷糊糊时，这对尖尖的、硬硬的角一直都在，不会忘记我。甚至在午夜的睡梦中，我都会感觉到它们的存在。

牛一想到自己在温暖孩子时离他那么近，它吓坏了。要是它一不留神，牛角撞到了孩子，那可如何了得？

驴猜到了同伴的心思，说道：“你不该靠孩子那么近。你甚至想都别想，你会伤到他的。而且你还可能把兜不住的口水滴到他身上，这不卫生。再说，为什么你一高兴就流口水呢？你没必要向大家显摆你的口水，还是留给你自己吧！”

牛沉默不语。

“而我呢，我要把我这双耳朵送给他。你知道的，这双耳朵会动，可以上下左右转，没有骨头，摸着软软乎乎。它们会激起恐惧又带来安心。逗孩子玩就需要这样，这对他这个年纪的孩子来说大有裨益。”

“是的，我知道，我从来也没有异议。我又不傻。”

不过，见驴那副洋洋得意的模样，牛又说道：“你可别在他面前发出驴叫。你会把他吓死的。”

“你个乡巴佬！”驴说道。

驴站在马槽左边，牛站在右边。耶稣诞生时，它们就待在各自的位置上。作为礼仪拥护者，牛特别喜欢这个位置。它们恭恭敬敬地站在那里好几个小时，一动不动，仿佛在为某位看不见的画家摆姿势。

孩子合上眼睑，很快就睡着了。一位闪闪发光的天使正在睡梦里几步远的地方等着他，要告诉他或问询他一些事情。

天使轻快地从耶稣的睡梦中飞了出来，出现在马厩里。他先是对刚出生的耶稣鞠躬，然后在耶稣头上画了一个纯净的光环，接着又相继给圣母和约瑟画了光环。之后，他便挥动着翅膀飞远了，那纯白的羽毛微微作响，就像不断拍打着的洁白海浪。

“天使没有给我们画光环。”牛注意到了这一点，“他这样做肯定有自己的理由。驴和我，我俩无关紧要。再说，我们做了什么配得到这光环呢？”

“你啊，你当然什么都没做，但你忘了我之前可是驮过圣母的。”

牛暗自想着：*圣母如此优美、如此轻盈的身体是怎么容纳下这个漂亮的孩子的呢？*

可能它思考时自言自语的声音过于大了，驴听到后回应道：“有些事情你是不可能懂的。”

“为什么你总是说我不懂？我年龄比你大，阅历比你广，我在平原、山区、海边都曾干过活。”

“这不是重点。”驴说。

它接着说道：“不只是光环。牛，我敢肯定，你没有注意到孩子沐浴在一种奇妙的尘埃之中，或者说，沐浴在一种比尘埃更好的东西之中。”

“这东西比尘埃精致得多。”牛说，“这就像是他小小的身体所散发出来的一束光，一种金色的雾气。”

“是的，但你这么说只是为了让人相信你好似见过这东西一样。”

“难道我没见过吗？”

牛把驴带到马厩一角。它在那儿放了一根树枝，用象征圣体光芒的麦秸仔细围了一圈，以表达它的崇拜之情。这便是第一个礼拜堂。这麦秸是牛从外面带回来的。牛不敢碰马槽里好吃的麦秸，因为它对此有着迷信般的敬畏。

牛和驴一起出去吃草，直到夜深。平日里，石头需要很长时间才能领悟，但这次田间的许多石头都已知晓了耶稣诞生这件事儿。它们甚至遇到了一块碎石，它微微改变了一下颜色和形状，告知它俩它已经知晓。

田间的野花也知晓了，因而幸免于难，没被吃掉。在田间吃草而不亵渎圣物是件相当不容易的事。吃草不渎圣。对牛来说，吃东西似乎越来越没必要了。幸福已让它饱腹。

喝水之前，它也寻思着：还有这水，它知晓了吗？

在不确定的情况下，它宁愿不喝这水，而是去远一点的水坑，那儿的水浑浊不清，显然毫不知情。

有时喝水，除了那股从喉咙流过的无限甜蜜外，牛察觉不到任何情况。

为时已晚，牛想，我不该喝这水的。

它几乎不敢呼吸。牛感觉空气也变得神圣了，而且也是知情的。它担心把天使吸进肺里。

因为不能总是像它想要的那样干净，牛为此感到羞耻：唉，必须比以前更干净。就是这样。只需要注意点。当心下脚的地方。

驴感到惬意自在。

阳光洒进马厩，这两头牲口为给孩子遮阳的荣誉争了起来。

晒点太阳其实不会有什么坏处，牛想，但驴又会说我对此一窍不通。

孩子没有醒，睡梦中他还时不时地皱着眉头思考。

一天，圣母在门口回答未来的基督徒们所提出的各种各样的问题，驴便趁机用吻部轻轻把小家伙转向了自己这边。

回到儿子身边的马利亚吓坏了，因为她坚持在她之前放下孩子的地方寻找他。

弄明白刚刚发生的事之后，她就让驴以后最好别去碰孩子。牛默不作声地表示赞同。它知道如何给自己的沉默加上节奏、分寸和停顿。天冷的时候，大家可以非常容易地从它鼻孔里呼出的气息的长度看出它的思想活动，并了解到很多事情。

牛自认为它只被允许间接服务孩子，比如，把马厩里的苍蝇吸引过来（每天早上它都会靠在野生蜂巢上蹭背），抑或把昆虫压死在墙上。

驴密切注意着外面的动静，一旦发现可疑情况，它就拦在入口那儿。牛会立即站在驴身后，紧靠在一起。它俩尽可能沉下身子，坚如磐石。只要危险还在，它们的头和肚子就如同灌满了铅和花岗岩一样。但它们眼神闪闪发亮，比以往任何时候都要警惕。

牛看到圣母一走近马槽，孩子就笑了。目睹圣母的这一天赋，它惊讶不已。而约瑟虽然蓄着胡子，但他只需要走过去，或者吹响六孔竖笛，也没费多大劲儿就把孩子逗笑了。牛也想吹奏点什么。总之，只需要简单吹吹气就行了。

我不是要说主人的坏话，但我觉得他的呼吸并不能温暖圣婴耶稣。至于吹竖笛，只要我单独和小家伙待在一起就行，这样我就不会慌张不安了。他就又成了一个需要我保护的对象。作为一头牛，我就仍能感觉到自己的力量。

一起在田间吃草时，牛常常离驴而去。

“你要去哪里呢？”

“我马上就回来。”

“你要去哪里呢？”驴追问道。

“我去看看他需不需要什么。说不定呢？”

“你还是别去打扰他吧！”

牛走了。马厩里有一个天窗，牛可以由此往里看（因此这种天窗后来被称为牛眼窗）。

一天，牛注意到马利亚和约瑟不在马厩里。它发现竖笛被放在一条长凳上，它的吻部够得着，而且离圣婴不远不近。

多亏了这个音乐媒介，牛才敢靠近耶稣耳边。“我能给他吹奏点什么呢？”它自言自语道，“一首劳动之歌？勇敢的小公牛或迷人的小母牛的战歌？”

牛时常装出反刍的样子，其实它是在灵魂深处歌唱。

牛轻轻地吹着竖笛，它丝毫不信自己是在天使的帮助下才吹出了如此纯净的乐音。孩子从床上略微抬起头和肩膀来看。但吹笛者对此结果并不满意。至少，它自认为外面没人听到它吹奏的乐音。但它搞错了。

它担心有人进来，尤其怕驴会进来，发现它离小竖笛太近了，于是它很快便逃走了。

“你过来看看我的孩子呀。”一天，圣母对牛说道，“在他还光着身子的时候，你曾细心地温暖过他。为什么现在你不再靠近他了？”

牛鼓起勇气，挪步到耶稣身旁。为了抚平它的局促不安，耶稣用双手抓住它的吻部。牛屏住呼吸，现在呼吸于它已没必要了。耶稣笑了。牛的喜悦是无声的，喜悦已经化成了它的身形，充溢它全身，直到角尖。

孩子一会儿看看牛，一会儿看看驴。驴对自己有点过分自信，而牛看着这张从内心被微微照亮的脸，就好像透过薄薄的窗帘看着远处小房子里灯光从一个房间洒向另一个房间，它觉得自己愚不可及。

看到牛郁郁寡欢，孩子哈哈大笑起来。

这头牲口不明白这笑声的意味，它寻思小家伙是不是在取笑自己。以后，它是不是要更持重点？甚至离远点？

这时孩子又笑了。牛觉得他的笑容如此灿烂、温顺，它明白自己留下来是对的。

圣母子常常靠得很近，互相看着对方，为彼此感到骄傲。

我觉得一切都应该欢愉。牛想，人们从来没有见过比她更纯洁的母亲、比他更漂亮的孩子。不过，有时候，他们母子俩看起来又是多么庄重啊！

牛和驴准备回马厩去。它们仔细查看，生怕出差错。

“你看天上这颗正在运行的星星，”牛说道，“它可真美，温暖了我的心。”

“那就让你的心平静一下吧，它和我们这几天经历的大事毫无关联。”

“你想说什么就说什么呗。但我呢，我认为这颗星星正朝着我们的方向移动。看，它在空中运行得多低！它好像往马厩的方向来了。而且它下面还有三个戴着宝石的人。”

这两头牲口来到马厩门槛前。

“牛，你认为接下来会发生什么？”

“驴，你这可把我问住了。我只想看看这是什么。而这就足够了。”

“我呢，我有我的想法。”

“好了，好了，”约瑟一边打开门，一边对它们说道，“你们难道没有看到自己挡在了门口，妨碍了这些人进来吗？”

两头牲口挪身，给博士们让道。共有三位博士，那位全身漆黑的代表非洲。起初，牛暗地里监视着他，它想看看这个黑人是否真的对初生的耶稣怀有善意。

当黑博士（他大概有点近视）弯下腰凑近来看耶稣时，他那镜子一样顺滑发亮的脸映出了圣婴的形象。看着他满怀敬意竟至于达到了忘我的境界，一股暖流便涌入了牛的心田。

他是个大好人。牛想，*另外两个人永远都不会这样做*。

片刻之后，它又想：*而且，三个人里就他最好*。

牛撞见两位白博士珍重地把刚从马槽里偷来的麦秸塞进行李箱。而黑博士什么也没想拿。

三位博士并排躺在床上睡着了，床是用从邻居那里借来的物什临时搭建的。

牛想：戴着冠冕睡觉，这太奇怪了。这坚硬的东西肯定比我的角还要碍事。而且头上戴着这么多璀璨的宝石，一定不容易睡着。

他们睡得安详，好似躺在坟墓上的雕像。他们的星星在马槽上方闪闪发光。

就在天亮之前，三位博士同时动作一致地起床。因为他们在梦中见到了同一位天使，天使建议他们立即动身离开，并且不要回到嫉妒心重的希律身边，不要把他们见过圣婴耶稣的事情告诉他。

他们走了，那颗星星却被留了下来，它继续在马槽上方闪闪发光，好让大家知道这地方。

牛的祈祷：

“上苍的圣婴啊，我看起来呆头呆脑，愚钝不堪，但请不要从外貌来评判我。难道就没有那么一天，我看起来不再像块游移的岩石吗？

“你得知道，这对角只是种装饰品，不是吗？我甚至还要跟你承认我从未用过它们。

“耶稣啊，请赐我一点你的启明，以消除我所有的贫乏和困惑吧！你的小手小脚如此精心地连着你的身体，请教我一点你的灵巧吧！我的小主人啊，你能否告诉我，为什么曾有一天我只要转头就能看见你全貌？卓异的圣婴啊，我多么感激能够跪在你面前，能够跟天使和星星自在地生活在一起！有时，我寻思你是不是弄错了，在这里的也许不该是我。你可能没有注意到我背上有块大疤痕，胸侧没有毛，这很难看。甚至都不需要在我的家族之外去寻找，大家本就可以指定我兄弟或堂表亲来这儿，它们都比我强多了。狮子或老鹰不是更合适些吗？”

“你闭嘴吧！”驴说，“你干吗这样唉声叹气？难道你没看见反反复复的唠叨会妨碍他睡觉吗？”

“它说得没错，”牛自言自语道，“我们是得在该沉默的时候保持沉默，哪怕幸福多得不知该往哪里安放才好。”

驴也在祈祷：“驾车的驴，驮鞍的驴，我们脚下的生活将会变得美好，小驴们在欢愉的牧场拭目以待。多亏了你这个小家伙，这些石头将会待在它们本该待的地方，也就是路边，这样它们就不会落到我们身上了。另外，为什么我们沿途会遇到山丘甚至山脉呢？处处是平原不是会让大家都满意吗？而且，为什么牛比我体力好，却从不驮人呢？为什么我的尾巴没有毛、耳朵那么长、蹄子那么小、前胸那么窄、叫声像恶劣的天气一样？但这也许不是一成不变的吧？”

在接下来的晚上，前来守卫马槽的，有时是这颗星星，有时是那颗星星，有时甚至是一整个星座。为了隐藏天上的这个秘密，总有一朵云停在这些缺席的星星本该待的位置上。看到这些无限遥远的星星把自己缩小了来到马槽上方，将多余的热量、光明和广袤留给自己，仅施与马厩必要的热度和光亮，且不会吓到孩子，真是令人赞叹。基督教最初的几晚……圣母、约瑟、圣婴、牛和驴保持着神圣的面貌。白天，他们原本的面貌慢慢消散，并在朝拜者中间四散开来，日落后又奇迹般安全地汇聚在一起，变得神圣。

好些动物通过牛和驴来请求朝拜圣婴耶稣。一个好天气的日子，在征得约瑟的同意后，牛指定了一匹以坚韧和速度著称的马，让它自次日起去召集所有想来的动物。

驴和牛寻思着要不要让那些凶兽进来，还有单峰骆驼、双峰骆驼、大象，以及所有因肉峰、长鼻、突出的骨头和多出的肉而显得可疑的动物。

同样的问题也存在于蝎子、狒蛛、大蜢蜘、蝰蛇之类的可怕虫蛇，因为它们日日夜夜，甚至于纯净的黎明时刻，都在腺体里分泌毒液。

圣母没有犹豫："你们让它们都进来，我的孩子在马厩里很安全，同在天上最高的地方一样安全。"

"一个一个来！"约瑟以近乎兵士的口吻补充道，"我不想要两个动物同时进门，否则就该弄糊涂了。"

最先进来的是毒兽，大家觉得应该借此机会弥补过错，向它们赔礼道歉。大家注意到毒蛇颇有分寸，它们尽可能离圣母远远的，避免去看她。接着它们便像鸽子或看家犬一样安静而庄重地出去了。

还有一些个头极小的动物，大家很难知道它们是已经进来了，还是仍在外面等着。大家给了这些微型动物整整一个小时的时间，让它们进屋并围着马槽转一圈。尽管约瑟通过皮肤上的些微刺痛意识到它们还没有全部走完流程，但时间一到，他还是下令让排在后面的动物进来。

狗忍不住表达它们的惊讶：它们没有像牛和驴一样被选中来守护马厩。大家纷纷抚摸它们以示回应。于是，大家看到狗满怀感激地退了出去。

当大家从气味上意识到狮子快要进来时，牛和驴还是没法放下心来。而且，这种气味在不知不觉中穿透了三位博士撒下的乳香、没药和其他东西的香气，它们就更是放心不下了。

圣母和约瑟豁达大度，信任狮子。对此，牛表示欣赏。但把这如同一道微弱光线的孩子放在一头恐怕一次呼吸就能吹灭这光线的猛兽旁边……

牛和驴明白自己在狮子面前根本动弹不得，因此更加焦虑。它们再也不可能想去攻击它，就像它们不可能想去攻击雷鸣闪电一样。由于禁食，牛的身子变得十分虚弱，它觉得自己就像空气一样轻飘飘的，没有一点力气。

狮子进来了，它那一身乱糟糟的毛只有沙漠的风帮它梳理过，而且那忧郁的眼神仿佛在说："我是狮子，我也无能为力，我只是动物之王而已。"

大家看出来狮子最关心的是尽可能少占用马厩的空间，这对它来说并不容易，而且要做到呼吸时不打扰周遭的任何东西，忘掉那伸缩自如的爪子和有着强劲肌肉的下颚。它垂下眼睑往前走着，藏起锋利的牙齿，好似得了什么可耻的疾病一样。显而易见，它非常谦逊，是那类有朝一日会拒绝吞食圣布朗迪娜[1]的狮子。圣母对它怜悯不已，就像对自己孩子那样微微一笑，以此来安它的心。狮子直视前方，语气比之前更加绝望："我究竟做了什么才会变得这样高大强壮？你们知道的，除非是在野外饥饿难当时，不然我是从不会捕捉其他动物为食的。而且你们也知道，还有幼狮的问题。我们或多或少都尝试变成食草动物。但草不适合我们。这行不通。"

于是，它耷拉着那巨大的脑袋，毛像爆炸了一般蓬散开来，它伤心地把头搁在坚硬的地面上，尾巴尖也像它的脑袋一样没精打采地耷拉着。室内一片静寂，大家触目伤怀。

轮到老虎时，由于不断禁欲和苦修，它摔倒在地，几乎

1 圣布朗迪娜（sainte Blandine，约 162—177），里昂基督徒殉道者。据说，宗教迫害者将她带到圆形竞技场内，把她捆绑在木柜上，放出狮子等野兽去攻击她，但这些野兽并没有做出伤害她的举动。

真正沦为了马槽下的一张地垫。不可思议的是，几秒钟过后，它便准确灵活地恢复了原形，什么也没说就走了出去。

长颈鹿把蹄子伸进门洞好一会儿，大家一致认为“这样也算数的”，就当它已经围着马槽转了一圈一样。

大象也是如此，它只是跪在门槛前，甩起长鼻，像是冒烟的香炉，大家纷纷表示赞赏。

一只绵羊披着一身厚重的毛，坚持立即剃毛献上。最终大家没有接受它的毛，但还是向它表示了感谢。

袋鼠妈妈硬想要把它的一只幼崽送给耶稣，声称这是它全心全意准备的礼物，而且因为家里还有别的小袋鼠，所以送出这一只也不会剥夺它什么。但约瑟不同意，所以它不得不把这只幼崽带走。

相比之下，鸵鸟就幸运些了。趁大家一时不备，它把鸵鸟蛋放到角落里，然后就悄无声息地离开了。大家第二天早上才看到这个纪念品。是驴发现了它。驴从没见过这么大、这么硬的蛋，便认为这是个奇迹。约瑟尽他所能来证明它是错的，于是，他用这个蛋做了一个煎蛋卷。

鱼离开水就不能呼吸，因此无法前来，便委托海鸥代替它们。

鸟儿离开了，留下了它们的歌声；鸽子离开了，留下了它们的热爱；猴子离开了，留下了它们的淘气；猫儿离开了，留下了它们的目光；斑鸠离开了，留下了它们喉颈处柔软的羽毛。

还有那些尚未被发现的地里或海里的动物，它们在没有星星、没有月亮、没有四季更迭的夜晚等待着命名，它们也想过来。

大家感觉到有灵魂在空气中跳动，是那些没办法过来的或迟到的动物，还有那些生活在世界尽头却还是赶了过来的昆虫。那些昆虫的脚很短，一小时仅能走一米。它们的生命很短暂，就算在运气不错的情况下，也没法走五十厘米远。

出现了一些奇迹：乌龟加快了脚步，鬣蜥放慢了速度，河马优雅地跪着，鹦鹉保持着沉默。

就在日落前不久，发生了一起令大家痛心的事故。约瑟一整天都在指挥队伍，没有吃一丁点东西，疲惫不堪，一时没注意，踩扁了一只毒蜘蛛，忘记了它也是前来向圣婴表示敬意的。圣人痛苦的神情让大家很长一段时间内都很沮丧。

有些大家本来以为会更加谨慎的动物一直待在马厩里不走。牛不得不赶走这些不想离开的鼬鼠、松鼠和狗獾。

一些在黄昏活动的蝴蝶，得益于身体的颜色和屋顶横梁的颜色类似，就留了下来，并在马槽上度过了一整夜。但第二天的第一缕阳光让它们暴露了，因为约瑟不想优待任何动物，便立即将它们赶了出去。

苍蝇也被要求出去，但它们想待在马槽这儿，并表示它们一直就在这儿，约瑟无言以对。

牛在超自然的显圣中常常喘不过气来。它养成了像亚洲的苦行僧那样屏住呼吸的习惯，它也能见到幻象。虽然身处荣耀并没有像身处卑贱那样让它更加自在，但它也有了真正的狂喜体验。不过还是有一丝顾虑引导它、阻止它幻想天使或圣人。只有当天使或圣人真的在附近的时候，它才能看到他们。

我真可怜，牛想（它觉得这些显圣既可疑又可怕），可怜的我只是头役畜，甚至是个魔鬼。我从没干过坏事，为什么我头上长了一对像魔鬼一样的角？也许我只是个可恶的巫师？

牛眼看着瘦了。约瑟并非没有注意到它的不安忧虑。

“你去外面吃些东西吧！”他大声说道，“你整天都困在我们身边，很快你就会瘦得皮包骨了。”

驴和牛出去了。

“你确实瘦了，”驴说，“你变得瘦骨嶙峋，全身都要长出角了。”

“不要跟我提角！”

牛自言自语道：“它说得对，是的，必须活下去。瞧，是吃这一簇美丽翠绿的草好呢，还是吃那一簇？你想象这是有毒的？不，我不饿。圣婴还是如此漂亮！还有那些拍打着翅膀进出、呼吸的伟大者。所有美丽的天界来客，其光临我们简朴的马厩，身上却一尘不染。来吧，牛，你吃你的吧，你不必操心这些。你不要让自己在漏尽更阑时被扯你耳朵的幸福弄醒，别单膝跪在马槽边太久，以免让自己受伤。你骨关节处的皮都磨破了，再过段时间，就该引来苍蝇了。”

一天夜里，轮到金牛座在上方黑暗天空的一角守护马槽。金牛座主星毕宿五近在咫尺，红色的眼睛闪烁着漂亮的炽烈光芒。牛角和牛腹也都装饰着巨大的宝石。见圣婴得到如此精心的守护，牛很自豪。所有人都安静地睡着了，驴的耳朵虽然耷拉着，却仍然信心十足。尽管这个来自天上并与它同族的星座显灵给牛鼓劲儿，但牛仍感到软弱无力。它想到了为圣婴所作的牺牲，想起自己在夜间徒劳无益的守护，想起自己不值一提的保护。

金牛座看到我了吗？牛想，这颗亮得让人害怕的巨大红星知道我在这儿吗？这些高悬空中的星星离我们如此遥远，我们甚至无法知道它们在朝哪一边看。

约瑟躺在床上翻来覆去，过了一会儿，他突然起身，举起双臂，伸向天空。平时，他言行举止颇有分寸，现在他却叫醒了包括圣婴在内的所有人。

“我在梦里见到了主。我们必须立马离开。希律，是的，因为他想迫害耶稣。”

圣母把自己的儿子抱在怀里，就好像那位犹太王已经手持屠刀站在门口了一样。

驴站了起来。

“还有它呢？”约瑟指着牛问圣母。

“我觉得它很虚弱，没法跟我们一起走了。”

牛想证明事实并非如此。它倾尽全力想站起来，但它从没像现在这样与地面连在一起。于是，它看向金牛座，向其求援，指望金牛座给它一些体力支撑。天上的金牛双眼像火焰一般赤红，它一动不动，侧身对着牛。

“它已经好几天没有吃东西了。”圣母对约瑟说道。

噢！我明白他们要把我留在这里了。牛想，这也很好，好景不常在。再说，我在路上只会是个骨瘦如柴又拖后腿的幽灵。我所有的肋骨都已经厌倦了这张皮，只想在天空下找个地方舒服地待着。

驴走向牛，用自己的吻部蹭了蹭这头反刍动物的吻部，告诉它圣母刚把它托付给了一位女邻居，而且在他们离开后，它什么都不会缺。但牛的眼半睁半闭，看上去筋疲力尽。

圣母抚摸着它，大声对它说道：“我们当然不会走多远的。刚刚只是吓唬你而已！”

“这不消说，我们很快就会回来，”约瑟补充道，“没有人会在深夜里就这样离开去远方。”

“夜色很美，”圣母接着说道，“我们趁着这美好的夜色让孩子出去呼吸下新鲜空气，这几天他脸色有点苍白。”

“千真万确。”圣人说。

这是善意的谎言。牛知道这一点，它也不想妨碍他们做启程的准备工作，便假装睡着了。这是它说谎的方式。

“它睡着了。”圣母说，“我们把马槽里的麦秸放到它旁边，这样它醒来就不缺吃的了。”接着，她又低声说道：“把六孔竖笛也放在它边上。它独自待着的时候喜欢玩这个。”

他们准备离开。马厩的门嘎吱作响。

约瑟害怕把牛吵醒了，想着：我本该给门轴上点油的。不过牛一直假装在睡觉。

门被小心翼翼地合上了。

当马槽边的驴逐渐变成逃往埃及的驴时，牛却依旧目不转睛地盯着圣婴耶稣刚刚睡过的麦秸。

牛知道自己永远都不会再去碰那麦秸和六孔竖笛了。

金牛座一跃回到天顶，牛角一撞就定格在了天上，永远不会再离开那个地方。

女邻居天亮后不久进来。那时，牛已经停止反刍了。

塞纳河里的无名女子

我以为溺亡者都会待在河底，但我现在又浮了上来。这个溺亡的十九岁女子漂游于两片水域的交汇处，百思不得其解。

刚过亚历山大三世桥不久，她便遇到了难缠的水警。他们将挠钩打到她肩上，想钩住她的裙子。虽然他们没有成功，但她还是胆战心惊。

幸而夜幕垂降，他们放弃了。

一旦被打捞上去，她想，就会躺到某个停尸间的木板上，身体暴露在那些人面前，却不能做出一丁点防御或躲避的动作，甚至都没法竖起小拇指。会感到自己死了，感到有人在摸您的腿。而且没有女人，周遭没有一个女人来帮您擦干身子，给您最后一次梳妆打扮。

她终于出了巴黎，现在正穿梭于两岸点缀有树木和牧场的河道。白天，她设法停在河道的某个蜿蜒处。夜里，当月亮和星星倒映在河里与鱼儿结伴嬉戏的时候，她才动身旅行。

要是我能抵达大海，那么现在最高的浪我也不怕。

她向前漂游，丝毫不知自己脸上露出了颤抖但坚定的笑容，比生前逆来顺受的笑容更加坚定。

抵达大海，现在这四个字在河里陪伴着她、支撑着她。

她双眼紧闭，双脚并拢，手臂随着水流而动。一只袜子缠在膝下，起了褶子，这让她恼火不已。她的喉咙还在寻索生之世界那边的某些力量。她在水里卑微地漂浮前进。这条古老的法国河流总是沿着同样的轨迹蜿蜒流淌，盲目地奔涌向大海。除了循此入海，她不知道还有什么别的途径。

在横穿一座城市的时候（我是在芒特呢，还是在鲁昂？），她被桥拱处的旋涡挡住了，一时无法动弹。幸而一条拖船从她身边经过，带动了这处的水流，她才得以继续自己的旅程。

我永远、永远都无法抵达大海了。在水里的第三个夜晚，她心里这样想到。

“但您已经身处大海之中了。”一个紧挨着她的男人说道。她猜想这个男人身材高大、一丝不挂，而且就是他给她的脚踝绑上了铅锭。

接着，他不容置疑地握住了她的手，让她无法抵抗，就好像她不是死去的女子，而是别的东西一样。

既然我自己什么都做不了，那就相信他吧。

于是，女孩的身体没入水中，水越来越深。

当他们沉入海底、摸到沙子的时候，几只发光的生物来到他们身边，但那个男人，也就是“湿透的大个子”，挥手将它们赶走了。

“您要相信我们。”他对女孩说道，“您看，您错在还想着呼吸。您也不要因为感到心脏不再跳动而害怕。实际上，只有出错时心脏才跳动。而且，您也不要紧闭双唇，像是害怕喝到海水似的。对现在的您来说，这就同不久前的淡水一样。您没有什么要怕的，您听好，您没有什么可害怕的了。您感到体力恢复了吗？”

“啊！我要晕倒了。”

“绝对不会的。您从脚边抓一把细沙，把它从一只手倒入另一只手，这样您很快就会适应了。没必要着急，慢慢来。像这样就好了。是的。您很快就会重新找到平衡的。”

她彻底恢复了知觉。不过，突然之间，她又感到一阵恐惧。这个海底深渊的水手在水里一句话都没说，她却懂得他的意思，这是怎么回事呢？不过这一恐惧并没有持续多久，因为她注意到这个男人是借助他的身体所散发的磷光来表达其所思所想的。她轻盈、裸露的手臂也发出萤火虫般的小光点来作为回应。而且，他们周遭的游流者也以同样的方式表达自己的想法。

“现在我可以知道您来自哪儿吗？”湿透的大个子问她。他总是侧身对着她。按照游流者的惯例，一个男人跟一个女孩说话时需要侧着身子。

“我对自己一无所知，我连自己的名字都不记得了。”

“好吧，那以后我们就叫您塞纳河里的无名女子，就这样。您得相信，我们不再会有自己的消息了。您只需要知道，这是游流者的大型聚居地，而且，您在这儿不会不开心的。”

她像受到强光刺激一样迅速地眨了眨眼睛。于是，湿透的大个子示意只留下一条火炬鱼，其他的都退散。是的，一些火炬鱼围绕着他们。这些鱼照亮了海底，并且常常一动不动。

大家纷纷满怀好奇地走了过来。他们年龄不一，但都赤身裸体。

“您有什么心愿吗？”湿透的大个子问道。

“我不想脱掉我身上的裙子。”

“姑娘，那您就不脱吧，没关系。”

从这些海底聚居者的眼里，从他们舒缓而礼貌的举动中，大家可以看到他们为这个新来者效劳的意愿。

腿上绑着的铅锭使得她行动不便。她想摘掉它，或者至少在没人看见时松松绳结。湿透的大个子知晓她这意图。

“我恳请您千万别碰它，一旦您越过鲨鱼形成的大路障，就会失去意识，然后浮出水面。”

女孩放弃了，她开始模仿周遭的人，做出赶走藻类和鱼类的手势。她身边有很多小鱼，它们像苍蝇或蚊子一样满怀好奇地一直围着她游来游去，直至触碰到她的脸和身体。

每个游流者身边都伴随有一至两条（很少有三条）大的宠物鱼或护卫鱼。这些鱼为他们做些小差事，比如，把各类物品含在嘴里，抑或清理游流者背上的海草。它们一看到手势，甚至在还没看到手势的时候，就会赶过来。有时候，它们的谄媚让人不快。但大家会从它们圆圆的眼睛里看到一种坦诚且纯粹的钦佩，这让人心生愉快。而且，大家永远不会看到它们吃掉那些跟它们一样执勤的同类。

我为什么跳进水里呢？这个新来者想着，我甚至都不知道自己在上面活着时是妇人还是姑娘了。我可怜的脑袋里如今只有藻类和贝壳。我真的很想说这太惨了，虽然我再也不知道这个字的意思。

看到她如此难过，另一个女孩便朝她走了过来。这个女孩两年前遇难，大家都叫她自然女子。

她对这个新来者说道："您等着看吧，待在海底将让您信心倍增。不过，您必须给肉身一些时间，让它重新构造，密度变得足够大，这样您的身体就不会浮出水面。别待在那里只想着像活着一样吃吃喝喝。这些幼稚行为很快就会消失。而且我觉得很快就会有一些真正的珍珠在您最意想不到的时候从您的眼睛里冒出来，这预示您适应这里了。"

"那大家在这里做什么呢？"片刻之后，塞纳河里的无名女子问道。

"做很多事情。我向您保证，不会无聊的。大家游览海底，收留孤零零地待在海底的人，把他们带到这里来，以壮大我们聚居地的实力。当发现他们当中居然有人以为在我们这个巨大的水晶监狱里注定永远孤独时，我们是多么震惊啊！他步履多么蹒跚，把海草抓得多紧啊！他藏得多深啊！他以为处处都能见到鲨鱼。之后会有一个像他这样的人过来，像战役结束后的护士一样，把他抱在怀里，带他到安全区域。”

“那您会经常看到沉船吗？”

“只有一次，我看到成千上万个本该在海面之上的东西沉入了海底。这一切迅速落入水中，来到我们这里：碗碟、行李箱、绳索，甚至还有婴儿车。我们必须去营救那些留在船舱里的人，首先是解开他们的救生带。一些健壮的游流者手持斧头去解救遇难者。之后，他们会藏起斧头，并尽全力去安抚遇难者。我们还在我们自己领地的海底仓库里存储了各式各样的食物。”

“可是，既然大家都不再有需求了，又为何要这样做呢？”

“我们假装有需求，以此来打发时间，这样时间才不会显得那么漫长。”

一名男子手持缰绳牵着马走过来。这匹马略微歪斜，但神采飞扬，流露出庄严郑重、彬彬有礼、接受死亡的神情，凡此种种，同奇迹一样。还有围绕在它身边那些闪亮的银色泡沫！

“我们所拥有的马匹很少。”自然女子说道，“在这儿，马是种奢侈品。”

那名男子走到塞纳河里的无名女子身旁，拉住这匹背上安着女士马鞍的马。

“这是湿透的大个子要求的。”他说道。

“噢！愿他原谅我，我觉得自己的身子还不够结实。”

被拒绝后，那匹漂亮的马便回去了，但它依旧风度翩翩、光芒万丈，仿佛世界上再没什么能改变或感动它。

“湿透的大个子是这里的首领，对吧？”塞纳河里的无名女子很有把握地问道。

“是的，他是我们当中最厉害也最了解这个地方的人。他很强壮，几乎可以浮出水面。一些头脑简单的人甚至声称他握有关于太阳、星星和人类的消息。但事实并非如此。能浮出水面遇见那些流浪的溺亡者就已经很不错了。的确，有些人在陆地上籍籍无名，但在海底却声名赫赫。在人类所教授的历史中，您找不到法国海军上将贝尔纳·德·拉·米歇莱特及其妻子普里斯蒂娜的踪迹，同样也找不到我们这位湿透的大个子的踪迹。湿透的大个子是做见习水手时溺水而亡的，那年他十二岁。海底的环境让他如鱼得水，迅速成长，并成为我们聚落的巨人。”

塞纳河里的无名女子依旧穿着自己的连衣裙，甚至连睡觉的时候也不脱下。这是她生前留下的全部。裙子的褶皱和水迹让她拥有了奇迹般的优雅，让她在所有这些没穿衣服的女人中脱颖而出。就连男人们也很想知道她乳房的形状。

因为不希望别人眼红自己的连衣裙，这个女孩以一种有点过于显而易见的谦卑姿态离群索居，整天给孩子们或那些卑微不堪、肢体残缺的溺亡者收集贝壳。她总是主动跟人打招呼，而且常常给人道歉，甚至在根本不需道歉时她也会道歉。

湿透的大个子每天都会过来看她，他们待在一起，身子散发着磷光，就像银河系的两片星云，规规矩矩地躺在一起。

“我们应该离海岸不远吧。”一天，她说道，“要是我可以顺流而上去听听城市的喧闹声，或者只是听听半夜里晚点电车的铃声，那该多好啊。”

“可怜的孩子，您记性可真差，难道您忘了您已经死了，忘了在上面您会被关在最可怕的监狱中吗？那些活人可不喜欢我们四处游荡，而且很快就会为此惩罚我们。在这里，您才是自由且受庇护的。”

“那您呢，难道您从来不会想起上面我们生前的东西吗？它们常常出现在我面前，一个接一个，不分先后，这让我十分不快。就在这会儿，一张上了清漆的橡木桌过来了，但只有一张。它消失了，接着，一只兔子的眼睛出现了。现在是沙地上的牛脚印。所有这些似乎都成了使者，它们带着使命而来，可它们出现后却一句话也不跟我说。当这些东西成对出现在我面前时，它们实际并不协调。在这里，我看见湖水中的一颗樱桃。这只在床上的海鸥，还有这只在冒着烟的大玻璃灯罩里的小山鹑，您想让我对它们做什么呢？在我的认知里，没有什么比这更令人绝望的了。这些生命的碎片，没有生命，就是我们所说的死亡吗？”

她接着说道：“那您又是谁呢？您侧身对着我，像是用冰块雕刻出来的战士。”

因为塞纳河里的无名女子从早到晚一直穿着那条连衣裙，那些身为母亲的人便一个接一个都不准自己的女儿与她接触。

有个遭遇船难的女人，她的理智直到她死后也动摇不定，她无法心平气和。

“但她还活着。”这个女人说道，“我跟你们说，这个女孩还活着。如果她与我们一样，那她就不会介意不穿裙子了。这些饰物与死人无关了。”

“闭嘴，您疯啦！”自然女子说道，“您怎么会认为她在海底还活着？”

“的确，人是不能在海底存活的。”这个疯女人回答道，她好似突然之间想起了很久之前学到的一课。

但这并没能让她闭口不言，过了一会儿，她便重复道：“我，我跟你们说，她还活着！”

“疯子，您能让我们安静会儿吗？”自然女子反驳道，“不管怎样，都不应该说这样的话！”

然而，一天，作为无名女子一直以来最要好的朋友，自然女子带着一脸“我也生您的气”的表情来到她身边。

“为什么在海底还穿着裙子？”自然女子问道。

“我觉得它可以保护我，让我不再害怕所有那些我至今还没有理解的事情。”

这时，一个曾指责过她的女人大叫道：“她还为自己能够这样与众不同而洋洋得意呢！她只是个小荡妇。我，我跟你们保证，在陆地上活着时我已为人母，要是我的女儿在我身边，我会毫不犹豫地对她说：‘脱下您的连衣裙！您听到了吗？’”她对无名女子说道：“你，你也脱下连衣裙！”她用“你”称呼无名女子，以示侮辱（在海底，以“你”相称是最大的侮辱）。她拿着剪刀威胁这个女孩：“小妞儿，不然你得当心这个！”最后，她愤怒地将剪刀扔到女孩的脚边。

“您要不要离开？！”被这番恶毒言行震惊到的自然女子问道。

无名女子留了下来，她形单影只，尽可能地把苦痛掩藏在沉重难行的水中。

她想：这不就是陆地上人们所谓的嫉妒吗？

看到沉重的珍珠悲伤地从自己眼里滚落而出，她说道：“啊！绝不！我不能也不想去习惯这一切。”

虽然腿上绑着铅锭，但她还是以最快的速度朝着荒无人烟的地方逃离。

生之丑恶嘴脸啊，她想，让我静静吧。就让我静静吧！当其余的一切都不复存在时，你们想要我拿你们怎么办呢？

当她把所有的火炬鱼都远远地甩在身后，发现自己身处黑夜时，她用自己拾到的黑色剪刀剪断了把她困缚在海底的钢丝，然后逃走了。

最终彻底死去。她在水中一边上浮，一边想。

在海洋的夜里，她身上的磷光先是熠熠生辉，接着便永远熄灭了。这时，她的嘴角再次扬起流浪的溺亡者的微笑。而那些她最喜欢的鱼也毫不犹豫地护送着她。我的意思是，随着她回到浅水区，那些鱼就会窒息而死。

天上的瘸子

生前栖居于地球的人变成了幽影，聚集在广阔的天界。他们在空中行走，就像活人在地上行走一样。

有个幽影前世是史前时代的男人，他自言自语道：“您看，我们需要的是一个宽敞而又隐蔽的洞穴，还有几块用来生火的石头。但多么悲惨啊，我们周遭没有任何坚硬的东西，只有幽灵和空虚！”

有个幽影前世是现代的一家之长，他小心翼翼地把他视为钥匙的东西插进锁孔，摆出一副谨慎的样子将门关上。

得了，我回家了。他想，一天结束了。我要吃晚饭了，然后安安静静地睡觉。

第二天，他用雾湿的剃须刷细致地在脸上刷上肥皂，就好像一夜之间胡子长长了需要剃一样。

是的，所有这一切，房屋、洞穴、门，甚至大资本家某天布满红斑痤疮的脸，如今都只不过是灰色的幽影。但他们记得身体的残疾，记得人类的往事，记得城市、河流和大洲。这是因为他们在天上发现了一个空中欧洲，这里有领土完整的法国（包括一直不愿割让的科唐坦半岛和布列塔尼半岛），还有满是峡湾的挪威。

大家在地上所做的一切，哪怕是在漆黑的街道上更换一块铺路石，都会反映于这片天空。

大家可以看到几个世纪以来车轿的灵魂从这里经过，比如，懒王[1]的马车、人力车、小型卡车、公共汽车、肩舆。

而那些只知道以自己的脚为交通工具的人就只用自己的脚行路。

有些人还不相信有电，有些人宣称很快就会有电，有些人打开了想象中的开关，以为这样可以看得更清楚。

不时会响起一阵不知从何而来的声音，这是大家在这些星际空间中唯一能听到的声音，它在每个人曾是耳道的地方说道："此外，别忘了你们只是幽影。"

四五秒内，大家就理解了这句话的意思，然后，就好像什么都没说过一样。幽影再次相信自己所做的一切，遵循自己的想法。

大家丧失了说话的能力，甚至连耳语也不能。

但也可以这样说：大家的灵魂透明，只需要跟对话者面对面，就可以开始一场对话。

大家可能会撞见一位在幼子面前思虑的母亲，就好像他真的有危险一样："当心摔死！"

抑或对身旁的女邻居说道："昨天我从学校回来时膝盖上血迹斑斑。"

1 指墨洛温王朝无所作为的国王。

可能的话，为了隐藏起自己内心的情感，大家必须迅速离开，独自待着。不过，大多数人养成了什么秘密都不去想、彬彬有礼地表达自己的习惯。

虽然每个人看起来都是一样的年纪，但这并没有妨碍父母去询问孩子将来的打算，去发现孩子已经长大了，真正地成长了，而且他们非常享受，乐此不疲。但当年轻人像以前一样拥吻时，他们却一脸冷漠。

在这里，盲人像其他人一样看得见东西，他们装出不用盲杖走路的样子，却仰着头，像是要避免障碍物似的，但实际上并没有障碍物。

那个在地上拥有过一段伟大爱情的男人经常换道，希望这样可以让自己更加走运。（夏尔·德尔索尔的情况就是如此，稍后您会看到。）

有时候，初来乍到的人把自己的心脏抽出来（却不会感到丝毫疼痛），那是个跳动着的灰色团块，他们把它扔到脚边，久久地看着它，然后踩在脚下。而那心脏从未改变，平静地回到原位，也就是人的胸腔处。这些人没有躯体，没法感受痛苦，也没法哭泣。

新来的人不知道如何处理自己的幽影、如何抬手打招呼、如何跷二郎腿、如何奔跑、如何急行跳远或立定跳远，不知道如何做那些先来者轻而易举就能做到的一切事情。他们就好像丢了钱包一样一直待在那儿，四处张望，踟蹰不前。

大家会安慰他们："这都会过去的，总有一天会顺利结束的。"

总有一天会结束的。

"不要抱怨，"大家告诉新来的人，"还有更糟的时候。"与此同时，他们还用食指指向地球在那一刻所处的位置，虽然地球不可见。连小孩子和新生儿都知道地球确切的位置，甚至半夜突然把他们叫醒询问时，他们也不会答错。

无论耳朵伸得多长，无论观察男男女女灰色的嘴唇多仔细，无论俯身于摇篮多近，无论盼望传来一阵声音的心情多急切，大家都还是听不到任何声音！

为了听一段由无形的大提琴奏响的乐曲，或者，为了每个人在家由着自己的想象、按照自己的喜好聆听一首四重奏、一支管风琴乐曲、一段长笛独奏或雨中穿过杉树林的风之声，大家今天在这个人家里、明天在那个人家里聚会。

一天，一个男人坐在他那架虚幻的钢琴前，邀请朋友们来听他演奏。他生前是位伟大的钢琴家。每个人都知道他即将演奏巴赫的曲目。鉴于演奏者的天赋和作曲家的才华，大家认为到时候是可以听到某些声音的。来宾们交头接耳，满怀希望。有人认为他就是巴赫本人。事实上，就是他。他来演奏托卡塔和赋格曲。大家兴致勃勃地欣赏这位艺术家的演奏，每个人都相信自己真的听到了声音。一曲过后，所有人都热烈鼓掌，但显而易见，什么声音也没有，没有乐声，没有掌声。明白没有奇迹发生后，大家便以最快的速度回家了。

不过，幽影最大的忧伤尤其在于他们什么也抓不住。他们周遭的一切似乎都是抽象的。他们多么希望可以拥有一片指甲、一根头发、一点面包渣……不管是什么，只要是实体的就好。

一天，一些闲逛者在被大家视作公共广场的地方散步时，看到了一个木制的白色长盒。在此之前，幽影常常被自己的欲望欺骗，因此他们没有立即意识到这东西的重要性，并且以为这只是幻觉，以为这只是个比平时仿造得更像一点的盒子。不过，当一个以机敏著称的包装工看向四面八方那些心存疑虑的人，并宣称这是白色的木头，就跟地球上的木头一样时，大家都惊呆了。

于是，不同时代的人和动物蜂拥而至，有哥特人、山羊、狼、西哥特人、匈奴人、新教徒、麝鼠、狐狸、野鸭、天主教徒、大头罗马人、小个子，还混杂着浪漫主义者和古典主义者、美洲狮、鹰及瓢虫。他们全都安静地围着盒子，盒子突然咔嚓作响。[1]

“将会有所改变，有些事情将会有所改变！现状无以为继，就是这样！因为这个盒子是用真正的白色木头制成的，

1 因为所有这些幽影都是透明的，所以无论在什么地方，哪怕是幼儿也不用踮起脚尖就能看见。——原注

难道太阳就不会突然现身散发光芒，接着永远取代这束不知从何而来的微光？这束微光一成不变，它既不是真正的白天，也不是真正的黑夜所散发出来的光线，而是天上的一种污垢。是的，鸟儿们偶尔会设法飞离这里的天空，但也应该看到它们如何气喘吁吁，无时无刻不被迫停落在虚无之中，甚至一旦坚持飞翔，它们身上的羽毛就会成片脱落，接着它们就会坠落，坠入永恒。”

由于没人能打开盒盖，十万多人便都请求去守护它，他们这样的行为也许是出于什么目的，也许是害怕什么东西，抑或有什么别的原因。这些假设并不可信，它们就像天上撒哈拉沙漠里的乙醚径流一样消失不见。

那些在地上活到了高龄的人说道：“不要因为这么个简单的盒子，而且可能什么都没有的空盒子，就这么快让自己陷入愚蠢的幻想之中！”

不过大家还是抱有希望。一个不知来自何处的幽影声称，下周日（虽然说是周日，但有时他们要讨论好久才能知道是否真的是周日），大家将会看到一头真正的公牛在所有人面前表演吃草，大家甚至可能会在结束时听到它发出哞哞叫声。

“听说这头牛体型漂亮，黑漆漆的身上点缀着些许白色斑点。”

“我呢，我想看的不是公牛，而是一匹在我们面前奔跑的盎格鲁 - 阿拉伯公马，哪怕只奔跑五分钟。如果能看到，我永永远远都会觉得幸福。”

“我呢，我想看的是我和我的狐狸一起在塞纳 - 马恩省乡间漫步。”

“啊！和您一起？”

有传言说，幽影很快就会看到他们在地球上时的身体，肤色和体重跟之前分毫不差。

“嗯，我敢肯定四天里总有一天早上，在我上班途中，或沿着夏特莱地铁站的台阶走下去时，大家会看到我。”

另一个人想：而且那天我赶车时，如果没有站长好意延迟一会儿吹哨，我肯定会错过去里斯本的火车。

就像婚礼那天一样，或像收到一封宣布父亲亡故的电报时一样，抑或像生前的任何一天一样，朋友间还可以相互邀约着打量彼此。

“得了，我们不会相信您说的这些。”

“为什么不信呢？我认为这一切很有可能。不可能总是一成不变。好吧，你们稍微再想想吧。”

“这一切都是因为一个无足轻重的白色木盒！”

“不过，这可不一般！想想看，到目前为止，数十亿幽影都无法看到任何坚实物体的存在。”

可是，除此以外，没有其他奇迹发生。几个星期过去了，几个月过去了，盒子一直被遗留在公共广场上，周遭的守护者们越来越少。最后，只剩下盒子。

美好的希望破灭后，幽影开始互相回避，以掩盖心中巨大的挫败感。他们从未因为空虚而如此痛苦过。他们独自离开，回避自己的兄弟、伴侣和朋友。

夏尔·德尔索尔不知道自己已经去世多久了，真正而言，他已经成了他自己的幽影。在去世的前几天，他失去了玛格丽特·德斯雷诺德的消息，不知道她是否还活着。他还记得在索邦图书馆第一次见到她的那天。她坐在他对面。就像飞快画下一笔一样，他迅速扫一眼，便知道她头发是棕色的。接着，在学习了一刻钟后（他是研究哲学的），他又瞥了一眼，想知道她眼睛的真实颜色。又学习了十分钟后，他仔细看了这女孩的手腕和手最后一眼。之后，他略加思索，便将这些不同的碎片整合成了一个活生生的整体。

每天，他都坐在她对面，也不跟她说话。因为走路一瘸一拐，他十分腼腆。尽管如此，他总是先走，而且走得很快。有一次，她起身去找书。她走路也是一瘸一拐的。

现在我更有勇气了。夏尔·德尔索尔首先想到。

然后，他又觉得这个想法不适用于他俩。

以后我和她的交流会更少。他想。

感觉到这个哑巴投在自己身上的目光，玛格丽特·德斯雷诺德很生气。而且，他看起来像会向她提议就一瘸一拐走路进行些交流！

三月的一天，在她将窗户全然打开的时候，她听到德尔索尔的邻桌低声对他说："如果您觉得冷，您所要做的就是要求关上窗户。这是合乎情理的，特别是您才生了病。"

"噢！我呢，我觉得闷，没关系。"德尔索尔说道。他并没有动弹。

虽说如此，他还是试图与寒冷作斗争，并开始做一些不易察觉的动作，绷紧肩部或腿部肌肉，或者在背心里摩擦掌心，来保持身体的热量。但那个女学生一脸恼怒地看着他，就好像他打扰了她学习似的。于是，他一动不动，甚至感到死亡在触摸他的肩膀、胸膛和小腿，向他宣称已经占领了他的身体。回到家后，他甚至连生火的力气都没有。三天后他便死了。

来到天上后，夏尔·德尔索尔在投射于广袤天空的索邦图书馆里开始继续他的学业。

一天，在他惯常坐的位置对面，他看到一个幽影坐在那儿，这让他想起了德斯雷诺德的身影。

他想：这个幽影不管是拎着还是打开公文包的方式，都跟德斯雷诺德一样，带着点粗暴。但她的脸怎么了？她还像在巴黎时一样披着一件小斗篷，却不再像在地上时那样关心我。可她为什么不再开窗了呢？他忘了，从他透明的灵魂里可以看到他的所思所想。那个全身灰色的女孩走了过来，用死者无声的方式对他说："先生，您告诉我，不是因为那天我没关窗户，您才……"

"噢！不是的，我是被一辆出租车撞死的。"

为了隐藏起自己的心思，他转过身去。

几天后，他们一起从图书馆出来。他们的同学议论纷纷："这两个人像情侣一样走路，到底是怎么回事呢？也只有同样都瘸腿的人才会有这样的想法！好像这样子做在这里有什么用似的。"而且，尽管他女朋友超大的公文包比最轻的羽毛还要轻，但德尔索尔还是主动提议来给她拎包。她笑了，而他呢，语气却十分认真。

尽管她觉得这有点可笑，尤其是这个提议竟然出自一个已经去世有一段时间因而经验比较丰富的学生，但最后她还是把包给了他。

但他一拎起公文包，就感到手臂上有了重量。一种幸福在他那个曾经是手的地方蔓延开来。夏尔·德尔索尔的身体仍然是灰色的，但却是一种明亮得几乎要发光的灰色，甚至可以说是一种让人觉得俏皮的粉灰色。而且，他感到双手就要长出来了，他赶紧把这两个即将分别长出五根手指的令人不安的东西藏进他的幽影之衣里。

"我觉得您今天很奇怪。"玛格丽特·德斯雷诺德说道，"您是不是身体不舒服？"

"您知道这是不可能的。"

当他做出反抗的动作时，他感到手腕处传来一阵剧痛，公文包从他手中滑落，基舍拉[1]和戈尔泽[2]的原版词典，还有那些编了号的标签纸，重重地从包里摔了出来。

女学生震惊不已，她眨了眨睫毛。那是这个女孩在地球上活着时真正的睫毛。那双跟从前一样蓝的眼睛出现在仍旧毫无生气的残余之脸上。仿佛经过了一番超常的努力，她保持不动，紧接着，她的鼻子、嘴唇、脸颊便一一出现了，而且脸颊比在地球上时更为红润。此外，她并非裸体，而是像在 1919 年她去世时那样，一身少女装扮。

她真正地呼吸着。天气有点干冷，这名年轻男子和这名年轻女子的鼻子呼出气息，形成漂亮的气柱。

虽然附近有几个幽影，但他们毫不顾忌，用重新出现的双唇接吻，久久不愿分开。接着，他们精神抖擞、兴高采烈地走向白色木盒所在的公共广场。对于他们来说，打开盒子毫不费力，只需要用跟从前一样灵活的双手掀开盖子就行。他们找到了几件自己在地上时所拥有的物什，其中尤为重要的是一幅无比清晰的彩绘天舆图。这幅天舆图变得活灵活现，两个年轻人的目光落在哪里，哪里就布满了叮嘱和建议，如此，他们就更加想去旅行了。

1　路易 - 马里 · 基舍拉（Louis-Marie Quicherat，1799—1884），法国拉丁语专家，拉丁语—法语词典编纂者。

2　亨利 · 于勒 · 埃内斯特 · 戈尔泽（Henri Jules Ernest Goelzer，1853—1929），法国拉丁语和古希腊语专家，拉丁语—法语词典编纂者。

拉　尼

虽然他是族中唯一在大城市里长大的人，但大家推选他当酋长只是因为他在斋戒比赛中获胜了。对手们接连弃赛，到第九天时只剩下拉尼一人，他像干柴一样孤零零地躺在牛皮中间。

对他来说，比赛一开始，时间的样子就是一个大钟，表盘周遭排列着六位姑娘的面孔。正是她们每隔四小时轮流给他送来水和古柯叶。因为已经没有力气咀嚼了，他只能勉强含着叶片。但他没有放弃比赛，他希望自己能坚持至再次轮到他未婚妻雅拉过来看他时。她会用眼神鼓励他："勇敢些，奇迹就要出现了。"

夜幕降临时，他觉得听到了远处骑兵的脚步声，虽然他们拼命想赶到他身边，但无济于事，距离还是一样没有变化。主持斋戒的人提着闪闪发光的篮子走进帐篷。其中一人轻轻将这个印第安人的眼皮合上，另一人又将其拨开。有的则将他的肝脏取走全部榨成汁，或是像做外科手术一般小心翼翼地将真空针头插进他的肾脏。然后，所有人聚在一起窃窃私语，好让那些象征死亡的弱小麻雀从拉尼的眼前经过。

第十个晚上的上半夜，他靠在床头，露出沙质牙床。在刚刚的睡梦中，他看到一头高大的单峰骆驼，它的蹄子几乎已经脱离肉体，却还是一连二十次试图站起来。这个印第安人害怕自己屈服于那些在内部和周遭窥伺我们、反过来以吃我们为生的野兽的进攻，于是，他用自己那一片发白、一片已然发紫的嘴唇示意他同意中断斋戒。

几天后，虽然身体仍然虚弱不堪，但这位新酋长还是想去迎见站在部落火堆旁的雅拉。但他在眩晕之下摔进了火堆，脸被彻底烧伤。毁了容的半边脸上红得像是还有火在烧，到底是哪个魔鬼在他脸上点的火？现在，每当他经过时，所有人都会低下头四散开去。当他看到未婚妻雅拉（不过，她还是他未婚妻吗？）一动不动地站在帐篷前凝视着他时，他认为她也在躲着他。但他仍抱有很大的希望，便立即去取了一担木头来，并任由木头从他肩上滚落到女孩脚下，以示爱意。最后两根原木掉下来时比其他的慢了点，发出微弱的声音，像是在发出疑问，这让这个印第安人倍感羞耻。当他抬起头时，定睛细看，雅拉已经不见了，而且他听到她发出了惊恐的尖叫声，就好像有一群坏人正在侵害她似的。

第二天，长老理事会的六名成员走向毁容男，然后同时背对着他，一言不发，他们用这样的态度和沉默向他宣布，他不能再指望当他们的酋长了。

他在森林里躲藏了整整几个星期，对羽毛、鸟蛋、苔藓和蕨类植物，以及所有那些不怕看见他，即使见到他也面不改色的脆弱事物产生兴趣。鸟蛋的颜色仿似黎明，羽毛的颜色仿似骏马一般在空中奔驰的小球状云朵，蕨类植物的颜色仿似清凉的黑夜，他本希望在其间把自己的脸从痛苦中解脱片刻。

鸟死后，其羽毛却光泽依旧，继续存活而不会腐烂。而拉尼喜欢这些捍卫自己的骄傲和希望的羽毛。他在它们纤细的羽轴和绒羽下寻找话语。确信没人看见，他把这些轻盈的东西、珍稀树木的叶子和闪亮的石头摆在面前，就好像他已经取得了成功一样。有时，他会自言自语："噢！就这样，这正是我要找的。"

或者，在这片望不到边的茂密森林里，他厌倦了这种仍然相信颜色和形式的痛苦，仰望着天空，就像一份年代久远、十分脆弱、几乎无法解密的档案。我时间很充裕，谁在催我？他想。

大家能听到从天上那骇人的深沉黑暗后面传来的一声轻微的猫叫或一个迷失于林间的男人的心跳声吗？大家又怎么知道通往天空的路径呢？那里没有前后，没有左右，只有深度。除了眩晕，那里没有别的引导，也没有别的支撑。

他打算在天上和地上的碎石里发现什么呢？是什么原因让他想要剖腹，以在身体的秘密中寻找答案呢？

会不会有那么一天，我不再这样丑陋呢？

是的，他渴望知道的只是这件微不足道的事，而且，他惊讶的是自己竟没有早点想明白。就好像他的手在来回触摸他那残缺不全的脸时还没有让他足够清醒。

他开始喜欢上蛇，它们将自己一圈一圈盘绕起来，嘴里一直备着致命的毒液。

拉尼想重返部落。他藏在灌木丛中，知道如何不被他人的肉眼甚至灵魂看见，如何为自己保留下我们的眼睛和皮肤所想要逃避的以便承认我们就在那里的一切。他从以草和泥构造的黑暗洞穴里看到了用来驱赶野兽的火堆，他想：今天是古里 - 雅生的火。我认得其生火的方式。但这与我何干呢？

看到同伴们在晚上睡觉前来回走动，他想：部落里的瘦子、胖子、乳房、肚子和脚，你们想从我这里得到什么呢？当你们只是呕吐物般的记忆时，为什么会有各种各样的形式？

他偷了以前同伴们的东西去献给树木、石头和所有不被言语玷污的东西。一天晚上，他用树藤和叶子遮住脸，潜入雅拉的帐篷，偷走了她的镜子。另一天晚上，他喝奇恰酒[1]喝醉了，想把自己钟爱的一棵树也灌醉，最终他用牙齿咬下两根手指献上。

血不再流时，拉尼才开始把自己看得更加分明：直到现在，我还不够丑陋。

1　原文为西班牙语，指拉丁美洲的一种发酵饮料。

他看着自己那只残损的手，将其与另一只手进行对比。另一只手在他当时看来特别漂亮。他忘了他禁止自己对着一面镜子来审视他的处境，借助火堆上几束最为明亮的火焰，他在雅拉的镜子前久久地打量自己。他看到自己的脸与不久前在族人惊恐的眼睛里映出来的脸一模一样。

没有吃的，拉尼便以树根充饥。一种奇异的力量缓慢而残酷地控制了他。这东西起初是流体，然后变得巨大，它控制了他的头和身体，直至蔓延到他的脚趾，他感到脚趾变得邪恶。

这比杀戮的滋味还难受。

毁容男举起缺了两根手指的右手，站在部落中心，两片破裂的嘴唇间发出依旧清晰的声音，他喊道："我回来了，你们走吧。"

他周遭的印第安人停下不动，那个正要砍树的族人也僵住了，斧头悬在空中。有两三个族人想用箭矢刺穿拉尼的心脏，但还没等他们瞄准，手臂便失去了所有的意志。

族里的妇女和姑娘不受控制地被毁容男吸引，像是被生拉活拽着一样走向他，她们紧紧抓住他的腿，全心渴望又满眼绝望地挠着。其中一个女人原本在厨房里舂玉米，她端着研钵便来了。另一个女人离开他的伴侣，颤抖地朝那张最可怕的脸走去，大家在远处都能感受到她在发颤。每走三四步，她们就紧紧抓住树干或树根，想阻止自己往前走，但无济于事。

雅拉也迷失于其中。

这个印第安人再次喊道："滚开！"

这时，每个人才有了逃跑的力气。

拉尼没有离开，他与帐篷、食物、箭矢做伴，这如此多的东西也逐渐感觉到换了主人。这个印第安人陷入无尽孤独之中。因为一切均安然无恙，他身边的余生之蛇便盘成一团。

声如琴音的女孩

除了眼睛大些，这个女孩与别的女孩没什么两样。但当我们想着是不是经常会看到这样的大眼睛时，便又觉得这双眼睛也并不是那么大。

自儿时起，她就从周遭的某种阴谋氛围中知道了大家瞒着她一些事情。她不去关注大家窃窃私语的对象，也几乎不为此担心，她觉得如果家里有个小女孩，情况就总是这样的。

一天，她从树上摔了下来，发出一声在她听来十分奇异的尖叫：不是人声，而是乐音。自此，她开始留意自己的嗓音，并认为从中辨别出了小提琴的声音，甚至有降 E 调、升 F 调，抑或其他一些不谐的声音，这些声音在她平时说话时响起……而当她说话时，她就会落落大方地看着您，仿佛要抹去这种奇怪的感觉。

一天，一个男孩对她说："那就请拉起你的小提琴来吧！"

"我没有小提琴。"

"在那儿，在那儿。"他一边说，一边试图把手伸进女孩的嘴里。

对于有小提琴嗓音的人来说，受邀去别人家里喝茶或去草地上吃午餐时，要抑制住喉咙里随时都可能发出的这种奇异嗓音，可不是件小事，哪怕是在说"谢谢"或"不用谢"

的时候。

而且，没有什么比人家的这句惊呼更让她厌烦的了：“她的嗓音多么美妙啊！”

我到底怎么了？她想，这些突如其来的和弦让我变得另类。就好像我在交谈时脱着衣服一样：“嗯，拿着，这是我的紧身胸衣，这是我的长筒袜。您现在高兴了，我什么都没有了！”

她不想让自己显得与众不同，因为没有什么比跟大家一样更让她高兴了。所以她常常沉默不语，穿着也朴素中性，而且总是在她那发出乐音的喉咙上系一条灰色的宽丝带。

毕竟不是非说话不可。她想着。

但即使她什么都不说，大家也不会忘记这随时都可能发出来的嗓音。一个听觉敏锐的女同学甚至声称她从来没有完全闭嘴的时候，即使她表面上沉默不语，但还是会有低沉的和弦声，甚至一些相当清晰的旋律传出来，这些只要稍加注意便可发现。如果说她的一些女性朋友为此感到高兴的话，那么其他那些女性朋友则为此担心，同时也是为她们自己担心。最后，所有的女性朋友都抛弃了她。

即使我不再沉默，情况也不会变化！

家人延请来一位外科医生朋友给她检查喉咙和声带。也许需要做个手术，不过应该给哪个部位做手术呢？

就像弯腰查探一口闹鬼的水井一样，医生俯身检查这个张开的嘴，然后放弃了手术干预。

一天，她和父母一起坐在饭厅里，他们责怪她回来晚了。“要是他们知道我是从哪里回来的就好了！”她自言自语道，“他们不知道我刚刚做了什么，这位拉长了脸生气的父亲不知道，还有你，母亲，你也不知道，你表面上看起来没那么烦躁，但会突然冒出三句尖酸刻薄的话。善良的人们啊，你们来来回回说着汤会变冷，你们是不打算让我安静下吗？今天也就晚了几分钟而已！”

吃饭的大部分时间里，她都沉默不语，但她必须回答父亲的一个问题。

她说完后，父母面面相觑，因为他们女儿的嗓音变得跟其他人的一样了。

“再说一遍，”父亲尽可能温和地说道，“我没听清。”但女孩涨红了脸，什么也不说。

饭后，父母去到他们的卧室里。父亲说道：“如果她真的不再有那种奇怪的嗓音了，我们需要告知家人。甚至，我们可以邀请亲近的朋友来举办一场小型庆祝会，当然，庆祝的由头不必说出来。”

“还是再等几天吧。”

“也许至少要等八天。我们谨慎点。”

父亲决定让女儿每天早上读报纸。他细细品味着这新嗓音的抑扬顿挫，就像在品尝来自另一个世界的美味。一想到女儿可能会重新像以前那样开口说话，他便有点飘飘然。难道他不喜欢这种感觉吗?

一天，在读一篇有关外交政策的长文时，女孩——不过她如今已是女人了——才发现自己的嗓音听起来跟同学们的一样。她忍不住抱怨起自己的男朋友，因为他毁了她所拥有的独特和弦声。

如果他真的爱过我……她想着。

“你怎么了？你哭了。”父亲说道，“孩子啊，如果是因为你的嗓音，你应该感到高兴呀……”

赛马后续

业余骑师鲁弗·弗洛爵士啊，您之前为什么用自己的名字给您的马命名呢？脸颊红得像是半生不熟的牛排的小个子男人啊，到底是谁促使您想要在这头身长且毛灰、跑起来快得几乎四蹄离地的牲口身上全心全意地重寻自我呢？

不过，正是因为它跟您长得不太像，您才觉得您可以更好地将它归为己有，把您的名字安在它身上，就像对它刺插火一般的斗牛标枪一样。

您不是那种只在给骑师称重时才去亲近自己的坐骑的马主人。在比赛的前一天夜里，您毫不犹豫地来到马厩，挨着您的马睡觉，并在它入睡前对着它十分灵敏的柔软耳道低声细语地给它第二天的具体建议。

在众人的注视下，身穿灰色骑师服，策马驰骋在与您的坐骑毛色一致的灰色赛道上，速度快得让赛道微微震荡，这是多么快乐啊！

在奥特伊业余骑师大奖赛上，鲁弗爵士从头到尾都处于领先位置，并且以六个身长赢得了比赛。但紧接着，马就脱缰了，顺着埃格泽尔芒大道而下，沿着奥特伊高架桥继续全速奔跑，每一步几乎比它的身长还要长。人们可以看到这两位鲁弗爵士冲进了塞纳河，骑手感到自己的马在他身下消散了。那一刻，就连马的耳朵也不见了！只有骑师脱险，他独自爬上对岸。这头牲口只给他留下了——至少他是这样认为的——手里的一撮毛和马刺上的一点血。

第二天，这位业余骑师去城里吃午餐，他在出租车的镜子里看到自己的眼睛与马的眼睛一样，他惊呆了。同时，他察觉到自己身体里有一个声音。

“好吧，当你心安理得地去城里吃午餐时，你难道不感到心中有愧吗？拜你所赐，我成了一匹淹死在塞纳河底的马。因为你无法驾驭我，你便卑鄙地把我淹死掉。”

“可是，话说回来，是你把我拖进塞纳河的。”

“再说一遍试试看！”

“你为什么用这种口气跟我说话呢？”身为人的鲁弗爵士战战兢兢地问道。

“我用我又大又黑的眼睛发誓，你不会忘记我的。”

确保自己的眼睛回到了原来的位置，也就是上下睫毛之间，这位业余骑师便下了出租车。既然不是个卑鄙的人，他便爽快地给司机付了钱，接着去按响了朋友家的门铃。应该说，他有点指望通过这顿午餐来让自己换换脑子。

但大家邀请他只是为了跟他谈论赛马的事。用餐时，三位女士和两位先生倾身靠近他，直把桌子弄得嘎吱作响。

“拜托，亲爱的先生，请告诉我们到底发生了什么！报纸上的说法各不相同。”

“要是还想让我们继续保持好友关系的话，你们就别再提这件事了。”业余骑师说道，“此外，我很荣幸地告知你们，我再也不会参与赛马了。所以，往后，马是马，人是人！”

从餐边柜的玻璃上看到自己那双小小的人眼闪烁着狡黠的光芒，他安心地笑了。

鲁弗爵士的这些话，尤其是他说话的语气，让所有来宾都觉得奇怪。虽然大家一致认为这是件挺严重的事，不过也都知道没有理由坚持去问那些没法解释清楚的原因。同样的道理：在不知道病人高烧的原因时，大家就会去谈论病人身上其他的东西。

午餐在愉快的氛围中结束。鲁弗爵士举止优雅，始终予人深刻的印象，大家已经完全忘记了他的那匹马。直到他温文尔雅、风度翩翩地感谢女主人的热情款待时，女主人发出了惊叫声，她在鲁弗爵士的背上看到了灰黑色的尾巴。那尾巴欢快地摇摆着，在西服上发出令人难以忍受的噪音，显然它非常渴望加入谈话中来。

鲁弗·弗洛爵士没有跟宾客们告辞便匆匆离开了。在街上，他发现自己又变回了人，而且接下来的几天都是如此。然后，在一个恶心又可怕的星期天，他觉得自己的肝脏和脾脏都不像人类的了。但当他对着最近买的大号三折镜看自己时，并没有发现任何异样。

他出门去见他的未婚妻。她是个美国人，不算富有，但也不穷。在这之前他一直深爱着她。但那天，只要一遇到母马，他就忍不住盯着看。于是，他放弃了跟未婚妻的会面。他更愿意去宽敞的马厩，那里有着十二到十五匹母马。要是在那个干净漂亮的地方，他能跟自己的未婚妻并排坐在一堆麦秸上，闻着马厩里既温暖又有点刺激的气味，握着她的手，他会多么高兴啊！

第二天一开始就很糟糕：他叫餐时没按铃，而是发出了嘶鸣，当女佣捧着托盘进来时，他就像一匹受过训练的马，做出千恩万谢的样子求她“加糖”——虽然整个罐子里的糖他都可以随意享用。

在街上时，他有意避开人行道，穿梭在车流中，并从中获得了一种可疑的快乐。

*人的世界变成马的世界已经有一段时间了！*他想。他希望这样说服自己：所有的路人都跟他一样。

一种想要坦白的强烈愿望攫住了鲁弗爵士。他必须把他所经历的一切告诉自己的未婚妻。

“您想变成马？”美国女人说道，“这倒是个问题！但您为什么要忍呢？应该顺其自然。正是这种尴尬让您难受。就算您永远变成马，我们也仍旧会像过去一样去布瓦散步。但以防万一，我会侧身坐在马上。”她热烈地拥抱他，笑着说道：“过来，让我吻吻您的鼻子。明天咱们在拉内拉格的林荫道见。”

由于如今再也没有什么会阻止他了，鲁弗爵士当晚就变成了马。天还没亮它就下了楼，而且没有弄出太多的噪音，接着他用头稳稳地压下门把手。但在街上，一匹没上马鞍或笼头的马就跟一个裸男一样可疑。而且要去哪儿呢？现在去约会还为时过早。天亮之前，他都像个罪犯一样避开警察，甚至路人，因为路人们总是那么蠢，一看见自由奔跑的马就会叫警察。

他终于顺利来到布瓦，准备在这里吃草。他一直想知道草是什么味道。这是个好机会。

实际上，我现在平静多了。他想，我在害怕什么？

一只蚂蚁爬过来，爬到他腿上。

它毫不犹豫就爬了上来，就像我还是人时爬上马背一样。

一只母鹿跑过来，仔细地盯着他看。

要是它知道就好了！但我宁愿不告诉它。我连自己是不是马都不确定，又怎么能让一只母鹿去弄明白呢？

母鹿娇媚地看着他，然后嗅了嗅他的气味。它以为他是只公鹿吗？不，它看起来好像有点怀疑。动物不是会互相嗅闻以确定它们不是在跟人类打交道吗？

母鹿后退着跑开了。

美国女人终于出现在了拉内拉格的林荫道上。看到自己的未婚夫变成了一匹如此完美的马，她还是万分惊讶。

一名布瓦的警卫从不远处经过，马自言自语道：“快走，得赶紧离开！”

但警卫没看见他。

一个可怜巴巴的男人往前走着，他破破烂烂的西装里连件衬衫都没穿。他胳膊下夹着根绳子，很明显，他想找棵树自缢。

为了引起这个年轻女人的注意，马朝着绳子的方向嘶鸣。

她问道：“好人啊，您拿着这根绳子要去哪里？”

流浪汉突然怒气冲冲答道：“这关您的事吗？”

“这当然不关我的事，但我想，也许……”她用最温柔的声音说道。

“好吧，您这样想就错了。就让我去找我的树吧。”

“亲爱的先生，您不该这样做。”为了让这个陌生人放下心来，年轻女人便说道，“我要买您这根绳子。”

“女士，这得花您一大笔钱，您会被宰的，况且它并不能带来好运。”

他试图从那厚厚的胡须中露出微笑，这种笑让他看上去比以往任何时候都要悲惨。

过了一会儿，女人、马、绳子和自缢未遂的男人朝着王妃门地铁站的马厩走去。男人用绳子牵住马，绳子变得舒适起来，温暖着他的掌心。

鲁弗爵士轻而易举地变成了一匹挽马。他经常带着他的未婚妻出去溜达，对他们来说，日子过得轻松惬意。

“去布瓦，我的朋友。”她像同车夫说话一样对他说道，“你从比若大道走。我得在洗衣店停一下。那要不了多久的。然后，我们去隆尚赛马场兜一圈，再从阿卡西亚街回来。”

她坐上马车，不再操心路线的事。

一天，美国女人不再是一个人坐在马车里。她年轻的男伴从口袋里掏出面包片，撒上烟叶后递给马．如此做法让马感到十分屈辱。

每次溜达，这个闯入者都在。马忙着听这对年轻男女的谈话，忘了抬前腿。不过，他看得出来，这个年轻男人只是个无足轻重的同伴，他们一起在布瓦溜达，仅此而已。

一天，在一个转弯处，当鲁弗爵士笨拙地走向人行道时，他听到这个小伙子气呼呼地说：“没有，没有人见过这般被戴绿帽子的男人！你说得对，我们一有机会就去给他绝育。我俩的事，他知道得太多了。他那双多疑的耳朵没有漏听掉我们任何一句话。”

听到这些话，马将一株小灌木撞翻，把这对偷情的男女踢向悬铃木，他们落得现在这般下场：小伙子颅骨粉碎，姑娘则掉在离她男伴几米外的草地上，她死的时候还沉迷在爱情之中，漂亮的食指指着男伴的方向。

鲁弗爵士重新变回了人，身上是一套全新的灰色西装，这颜色跟马的毛色相似。他还套着颈圈和颈轭，只能一动不动地站着，从车辕中间看着这幕惨剧。他尝试取下马嚼子和马衔索，不过还真不容易，因为他被皮带和缰绳缠住了，更何况他的行为举止还是有点像马。

小道和池塘

在潘帕斯荒漠中心地带的小道上，一个男人斜挎着两只包、提着一只小手提箱独自往前走着。尽管辽阔的地貌模糊了他的脸部轮廓，但大家仍能辨别出他有着东方人的特征。他不得不离开故土。有时，他会转过头去，仿佛有人在跟踪他。他带着一只小烟斗，烟雾像摇晃不定的建筑物，自发地在他身旁缭绕。

他听说几古里[1]外有个农场。于是，一大早他便不顾一切朝着地平线走去。他脚下的土地上有着数不清的动物足迹。他从中辨认出绵羊、牛和马的。这是片遍布动物足迹的荒漠，一个静止的世界，乃是运动的结果，如今充满了死后的麻木迟钝。

就这样，他走了好几天，从一个*棚屋*[2]辗转至另一个*棚屋*。他白天赶路，晚上便在可容一位异乡人躺下的地方睡觉。在他失眠的时候，那些负责夜里值守地球之睡眠的鸟儿，比如仓鸮和耳鸮，以及其他那些因为栖身空中而永远不为人知的鸟儿，就在月亮的同意下给他报时。

---

1 法国古里，一古里约合四公里。

2 原文为西班牙语。

他来到圣蒂武西奥农场时，大家正在羊棚里给母羊剪毛。剪刀闪着寒光，沿着羊毛茂盛的腹部快速移动，就好像要剪去它们娇嫩的乳房似的，母羊闭上了眼睛。其中一只不断嗅着一卷碰巧掉在它鼻尖上的毛。母羊们玻璃珠子般的眼睛似乎能相互交换，就像它们被压着的身体所传出的痛楚也可以互换一样。

这个土耳其流动商贩没有停下，他继续往前走。那只一路藏在腰带里的不见天日的含镍手表已经发烫，时间指向了五点，但他以为的时间比这更晚。他行色匆匆，就好像有人已经等候他多时，并且提前在房间里给他备好了椅子。

圣蒂武西奥农场的羊棚里，大家继续剪着羊毛。

胡安·佩乔，这个在您左边蹲着的男人，应该是雇主。他的上衣在劳作时被卷了上去，露出了里面的腰带，别在上面的刀比雇工们的更长。他个高体胖，笨重地剪着羊毛。巨大的懒惰在他身体里四处徘徊，即便在他假装劳作时也迷惑着他。懒惰自他醒来便依附在他身上，只有在他夜里睡着不再需要时，才会离开，出去兜一圈。他下嘴唇上粘着一个褪了色的烟头，似乎五六年来都没挪过地方。

他剪得不好，而且心不在焉。脏话时不时从他嘴边稀疏的胡须中冒出来。

他俯下的身躯、刀割的伤口和牛一般的喘息声构成了一片沉重的阴影，笼罩着他剪刀下的母羊，让它们无法忽视。他宁愿杀死这些母羊。这样会更快，而且，对忠于自己未婚妻的高乔人来说，血不就是潘帕斯草原上唯一的消遣吗？

最初的几声狗吠传入土耳其人耳朵里。在这之前的几小时里，除了潘帕斯草原的风，他一直是一个人，而且是个奇怪的人，因为在这个人人都骑马的地方，他却步行。胡安·佩乔和孩子们看到了他。大家对他的国籍和性格作出推断，并给出自己对他的看法。

这是个售卖小玩意儿的商贩。大家已经喜欢上他的盒子了。世上的男女老少都喜欢盒子。这是这个行星的一种需要，是命运形成、隐藏和耍花招的地方之一。

对胡安·佩乔来说，这是个相当好的机会。他起身上马，这匹已经上了鞍的马一直候在他身边，这么做不是担心浪费时间，而是他从未用脚连续迈出过十五步。

他卷起一根烟，走向那个陌生人。

“晚上好。[1]我是个商人，路过您这里，您想看一看我手里的货吗？都随您挑选。”土耳其人尝试用西班牙语说道，“我

1　原文为西班牙语。

是阿根廷共和国几家大型外国公司的代理人。”

“您是代理人？”农场主看着这人的挎包，露出坏笑问道。

因为之前的谎话，土耳其人垂下眼睛，饥饿和寒风让他变得富有创造力。

“跟我来。”佩乔掉转着马头说道。

他寻思着是否要把这个外国人带到羊棚附近或厨房一侧。直到他身材肥胖的姐姐弗洛里斯贝拉一脸严肃地出现在棚屋门口，他才作出决定。

“这是个土耳其人，他将睡在这儿。我们晚饭后来看看他带了些什么。从现在到那会儿，他是什么都不会拿出来的。”

然后，他低声说道：“要当心，他很会耍手段。”

问弗洛里斯贝拉要过水后，商贩便消失在插了铁尖的栅栏后面。

他洗完澡、刷好牙、喷了香水后才回来。然后，他面朝夕阳坐在板凳上，不远处的弗洛里斯贝拉正喝着马黛茶。

夜幕降临，他俩局促不安，谁也没说话。星星爬上天空，但余晖依旧刺眼，看不太清。因为要被剪毛，母羊和小羊羔分开了。暮光笼罩下，它们在天地之间寻找小羊羔，众多的羊叫声形成一片，在星星和萤火虫点亮的夜晚连绵不绝。

土耳其人开始感到疲惫。一个念头，像不知是谁射出的箭，从他的脑海闪过。接着他确认了手枪还在自己口袋里。胡安·佩乔的声音恰好传来。他返回棚屋，身后跟着弗洛里斯贝拉的三个孩子。最大的那个是十二岁的奥拉西奥，他有着成年男子的面孔，一瘸一拐艰难地走着。狗犬围着这几个人。

“不！不！”农场主用极低的声音说道，“就晚饭后！土耳其人会把他的东西放到桌子上，到时候我们会有时间来看。”

弗洛里斯贝拉同意了。商贩本也想立即把东西放到桌子上来，但他不太听得懂西班牙语，他在心里默默重复这些单词，几秒钟后才明白这句话的意思。

所有人都来到那个用作厨房和饭厅的大房间。

“这儿。”胡安·佩乔说道，他把这个外国人安排到角落的位置。

农场[1]里的八只杂交狗一只接一只嗅着这个外来者的气味，并试图把后腿抬起在他的箱包上。不过他做出手势，恭敬地阻止了它们。

棚屋里，大家说话声不大。弗洛里斯贝拉和她的父亲——一个看上去与众不同的胡须花白的高乔人——想让土耳其人跟大家坐在一起吃饭，孩子们也都异口同声地叽叽咕咕：“好呢！好呢！好呢！好呢！”

“他就蹲在这个角落里吃吧。”胡安·佩乔喘着粗气说道。

1 原文为西班牙语。

他想：这个外国佬[1]，这个只靠运气苟活于世的流动商贩，这个一来就要水洗漱以显示自己重要性的幽灵，我让他进我家门就已经很不错了。而且，他甚至在户外洗脚，就好像他不需要把洗脚之类的事情悄悄做好，不给别人看到一般。

胡安·佩乔之前在羊棚那边就关注着土耳其人的举动，并看着他在最后一抹余晖下用红色条纹的毛巾擦拭自己。

肉烧好了，农场主和他的家人坐在餐桌旁，土耳其人则可怜巴巴地蹲在角落里，跪坐在自己干净瘦削的脚上。（当我们出于职业所需而微笑时，应该藏起心里的悲伤。）

闻着烤肉的香味，这个外国人觉得这种游牧生活颇合他心意，同时也想起了自己的名字“阿里·本·萨勒姆”，想起了对父母和祖国的爱，想起了其他模糊的美好回忆和自己的人生经历。

他每时每刻都感到双腿和肾脏的疲惫。

晚餐由胡安·佩乔主持。在这个流浪汉面前，他们想让自己看上去对现状很满意、对未来有信心。于是，用餐时，他们故意显摆着叉子，因为仅有一把餐刀，他们只好用嘴切肉。弗洛里斯贝拉的孩子们坐在自己的座位上，一直盯着土耳其人的下巴看。

晚饭过后，不想显得急不可耐，胡安·佩乔在沉默了五

1　原文为西班牙语。

分钟后才终于开口："我们来看看吧。"

孩子们赶紧去寻雇工，不一会儿便回来了。他们和雇工一起围着商人的珍藏，包括弗洛里斯贝拉、她的老父亲和佩乔，他们全都站起身，一动不动，像荒漠一样严肃。

随着阿里·本·萨勒姆嘴边露出微笑，桌子上小纸板盒子里的包金金属（胸针、手镯、耳环、护身符）也默契地一起微笑着。看客们全神贯注，达到忘我的境界，最终才回归意识，让土耳其人把东西都放到桌子上。

这些包金饰物慢慢扎根在了他们的心里，覆盖住了他们的灵魂。他们左右两边摆满了各式各样颜色新颖的洗护用品、服饰和化妆品，在桌子上构成了一个杂乱又充满都市气息的春天。

"大家可以摸摸看。"土耳其人说道。

于是大家就看到农人们伸出了黝黑的手，仿似好些条围着一块面包的鲤鱼。

尽管大家的目光时不时迅速地在胡安·佩乔身上打转，但他还是一言不发。

直到他脸上的胡须比以往任何时候都更无精打采地耷拉着时，他才打开了一个装有刮胡刀的盒子。大家都安静了，他便让土耳其人来解释使用方法。他觉得，对他来说，下个星期天去未婚妻埃丝特·利亚诺斯家时剃掉胡须才是重要的。

"这把刮胡刀多少钱？"

“只要三皮阿斯特[1]。跟丝绸一个价。”

“三皮阿斯特！我只给一皮阿斯特。”佩乔粗声粗气说道。

土耳其人面带微笑，温和地重复着：“不行呢，不行呢。”他快维持不住这勉强的微笑了。谁知道他衬衫下毛发浓密的胸膛是不是也在试图装出和蔼可亲的样子呢？

农场主紧盯着刮胡刀，心想：三皮阿斯特，相当于一只羊的价格，而且是没有剃毛的羊，却只能买这么个发光的金属！可是，弗洛里斯贝拉、她的老父亲和雇工都在买东西。灯一直亮着，灯光下，银币从一个口袋进了另一个口袋。

胡安·佩乔无声的愤怒开始在空气中弥漫。

雇工们纷纷离开了房间。他们坐在自己的破床上等着。

土耳其人将他的东西都打包收拾好，除了那只剃须刀，他觉得农场主在冲动之下会问他买。

这位一言不发的老父亲，这个女人，这些孩子，所有人都一动不动，死气沉沉。

“你们都看着我干什么？”一家之主发怒了。

椅子移动发出声响。大家转过身，一个接一个从开着的门出去，然后消失在黑夜里。

房间里只剩下胡安·佩乔、剃须刀和土耳其人。

这个克里奥尔人寻思着是否要赶走商贩，但他必须给出

1　货币名。

理由，或者至少要组织下语言……他发现后退一步并将刀子贴在他面前的这个脖子上会更容易些。

土耳其人头朝前倒了下去，双手往前伸着，仿似突然摔死时做出的保护自己的动作。

一条狗进来。它是夜之神灵，被委以了重任。它嗅了嗅土耳其人的身体，确认他已死亡，然后踩着自己的影子离开。

佩乔握住刮胡刀，打开小手提箱，从里面挑了块肥皂，然后关门熄灯来掩盖血迹。

他来到隔壁房间，对着镜子小心翼翼地剃起胡子。看着镜子里的新面孔，他惊讶不已。镜子仿似那被遗忘了的、跨越千山万水而来的父母，给他塑造了一张新面孔。他时不时地转向门的方向，那扇门后面藏着一具尸体，这具尸体已经为一场原地不动的旅行作好了一切安排。剃完胡子后，他走近尸体，看到其西装纽扣开了，露出一条崭新的宽边皮带。胡安·佩乔突然皱起眉头：检查里面的东西是他的职责。他解开皮带扣，隐约传出金币滚动的声音，就象床罩下响起的沉闷的起床铃声。佩乔把金币放到桌子上数了数，价值二十英镑。金币的存在让他很不高兴：他杀人并不是因为金币，他可不是小偷。土耳其人行李中各式各样的物品也不重要：它们只是外用的消遣玩意儿，用来娱乐手和眼而已。

他不想拿这些金币，不想要这个死人和那些陌生人之间的媒介。那些陌生人可能会在夜里开始扪心自问，在床上辗转反侧，开灯看时间，然后意识到世界的某个地方正在发生严重的事情，而他们应该去了解下情况。

他想到了一个主意：他拿这些金币来做件好事。

他把金币一枚接一枚地塞进了他那残疾侄子的存钱罐。现在，纯净的金币自天使们身侧流溢。

至于土耳其人口袋里那些跟弗洛里斯贝拉和雇工们做买卖得来的钱，他没有动。良心发现后，他同情地看着土耳其人的挎包和小手提箱。然后，他把里面的东西全都倒在桌子上，码了好几堆。

他笨拙地在一小张纸上写道：

“给我最亲爱的姐姐弗洛里斯贝拉。”

“给小淘气马里基塔。”

“给我的小侄子胡安·阿尔贝蒂托。”

“给我尊敬的父亲。”

“给胡安·佩乔。”

佩乔用一条长皮带捆住土耳其人的脖子，然后骑上马，飞速穿行在寂静的夜里。他要把尸体扔到附近的池塘里去。两只野鸭被惊得朝南十字座飞去。

他没有忘记在那捆着皮带的脖子上绑上石头。回到棚屋后，胡安·佩乔立即就睡着了，直到黎明时分，猎禽飞进他的梦中啄食，他方从噩梦中醒来。

他像睡在水里一样全身冰凉，看着太阳从池塘边升起，他想说服自己土耳其人已经淹死在那儿了。

我没有把他的东西扔进水里，而是在我们中间进行了分配。要是扔进水里，谁都不会得到好处。

而且，我做得很好。

弗洛里斯贝拉听说有尸体掉进了水里。她朝着棚屋里被玷污了的地面撒了一点土，这些土昨晚曾在空中飞扬。然后她转过身去，开始祈祷。

没看到雇工去羊棚，胡安·佩乔这才慢慢感到吃惊。他们三个人甚至都没拿剪羊毛的工钱，便在天亮之前离开了。

四天后，弗洛里斯贝拉走向她的弟弟，在他耳边说道："他漂起来了。"

这个男人跳了起来，就好像他必须去把土耳其人再杀一次。

土耳其人全身苍白，肚子鼓得大大的，头往后仰着，自负地漂浮在水面上。

他脖子上被绑上了一块更重的石头，尤其是他充气的腹部被狠狠地刺了一刀，这个东方人向着不可见的冒险再次出发。

直至回到棚屋，佩乔才在杀人后第一次注意到地上散落着牙刷、梳子、发夹、肥皂、织物、顶针、珠宝和鞋油盒。

"你们去把这些给我捡起来！"他对着侄子们吼道，"一群小杀人犯！"

“你去看看尸体是不是漂在水上。”奥拉西奥对马里基塔说。

“该你去。”

“我刚刚去过了。现在该你去。”

大家不得不安排轮流巡视池塘。一个星期过去了，阿里·本·萨勒姆没有在地球表面进行新的游览。

第九天，两名骑警出现在棚屋门口。他们沉着冷静，身材瘦削，下垂的胡须就像是假的一般。他们肩负的相同使命让他们的胡须看起来极其相似。

“来吧，我的朋友。”拿着手铐的队长说道。

胡安·佩乔坐进警长的箱式小汽车。从池塘前经过时，他没看到土耳其人漂在水上。那么，警察是从哪里来的呢？……肯定不是那些雇工举报的，他们自尊心强，不会告发给他们活干的雇主，也不会是弗洛里斯贝拉或其他住在棚屋里的人。

当警长问克里奥尔人是不是没有谁看到他犯罪时，他突然想起来：“有的，先生，有一条狗。”

挪亚方舟

陈虹燕　译
王　云　校

挪亚方舟

大洪水来临之前，一个小女孩正在晾干她的作业，她发现自己的吸墨纸已经湿透了。这张纸片淅淅沥沥地滴着水，原本它总是易渴的！女孩（她是众多学生中最优秀的一名）自言自语到，吸墨纸可能正忍受着某种不同寻常的疾病。家境贫寒的女孩无力再买一张新的吸墨纸，她将粉红色的纸片晾晒在太阳下。可吸墨纸始终无法摆脱令人忧伤的潮湿。而作业本上的墨迹也拒绝变干！

羞于期待似乎完全不可能发生的奇迹，女孩心情沉重地出现在老师的讲台前，一只手捏着吸墨纸，另一只手拎着作业本，本子肆意翻开在不服帖的一页。她没有多作解释。老师看着难以宽慰的学生消失在自己面前，却无能为力，也不禁流下了眼泪。

其他不幸也令小城朱迪亚及其周边地区苦不堪言。人类使用的火始终是水最强大的敌人，可如今火也败下阵来。火焰失去了焰尖及其炽烈的性情，接近它的事物无法变干。到处都有人因为脑袋和肚子里灌入了太多水而死去。哪怕手指上出现一个不起眼的小水泡，也标志着毒液逐渐取代血液，浸透了整个身躯。

癫狂的大水很快攻占了植物王国。一天之内，草、树叶、树枝和树干中水的分量增加了好几倍。世间万物皆是如此，甚至连荒漠中的沙粒也浸满了水。容器已经完全盛不下内容物，上帝的愤怒如此巨大。

城中显贵流着拭不尽的汗，思忖着这一系列现象是否与传闻已久的大洪水预言相关。可深孚众望的智者不厌其烦地重复着："雨尽有时，希望亦有时。"一滴水落在了当地市长的头上，这位市长曾因责问上天而秃顶。人们必须明白，一切都要完了。那天并没有下很大的雨，但许多地区的雨水拥有匪夷所思的浸润性，以至于只需要几滴雨就足以淹没路上的农民及其马车和马。

挪亚并没有等到大洪水降临才建造方舟，他十分谨慎且狡猾地提前建造了它，以至于雨水拿这个邻居毫无办法，只得避开他，仿佛无事可做，甚至完全没有尝试的必要。

指定登上挪亚方舟的野兽都是成对到达的，有些甚至从很远的地方赶来。这些夫妇因为逃离了潮湿而欢欣雀跃，它们踏上方舟的台阶时说道："现在，未知世界万岁！"

船上弥漫着浓烈的潮湿皮毛的气味。甲板上的动物们压肩叠背，体型最小的动物也已经适应了这种拥挤。人们在看到这类奇观时陷入了沉思，大象竟然可以缩在如此狭小的角落，往常这里只够一只纽芬兰犬勉强落脚。无论你瞥向哪个方向，都能目睹极具教化意义的一幕幕：沉睡的小猪崽将脑袋枕在鳄鱼张开的大嘴里，鳄鱼温柔地摇晃着；褐毛猛兽与雪白绵羊也相处融洽，好似不再交谈的童年玩伴，不过它们仍旧乐于成为彼此的邻居；如果碰巧看见狮子为小羊羔舔毛，没人会联想到它是狮子的开胃菜；小羊羔则小心翼翼地衔着一小撮青草，它做得无可挑剔。包裹在皮毛、羽毛、鳞片下的动物们常常不会喜形于色，但此刻，所有动物从头到尾都散发着轻松自在的光芒。

码头上聚集了数不清的无法离开之人，他们乞求挪亚怜悯："让我们上船吧！我们发誓自己一点也不占地方。"挪亚回答道："如果方舟沉了怎么办？""它不会沉的！我们以脖子上的人头担保！"成千上万个被宣判了死刑的人嘶喊道。"珍重！"这便是挪亚的回答。

为了争取被允许上船的机会，一些人开始表现得更为机敏。比如这一家子穿着粉红色紧身衣的杂技演员，恶劣的雨天使他们的衣服褪了色。他们在整个地区都很有名——然而，在被洪水淹没的国度里，名望又能起什么作用呢？——他们只能指望借助自己岌岌可危的人塔来触碰这个世界上即将随方舟远航的幸福之心。形形色色的旅客倚在栏杆上，这家人在他们面前叠起一座人体金字塔，塌落，又重新叠起，塔顶是一个三岁小女孩，祖父在塔底支撑着整座建筑，她和祖父一样技艺娴熟。

"跳！""用力！""慢一点！"随着一声声命令，一次次跳跃踩断了长辈的腰，一个个完美的跟头翻得令人难以置信。他们一个接一个传递着潮湿的手帕，假意用它擦干湿淋淋但安全的双手，可这又有什么用呢？

这些高矮不一的杂技演员唇上始终挂着完美、谦恭的微笑，毫无哀求之意，只有严格的专业性。

“让他们上船吧！让他们上船吧！这能让我们的旅程有所消遣。”船上的成员喊道，“看看这个小姑娘，她多可爱呀！”挪亚挑选了一些坚硬的木材建造梁拱和整个船身，但此刻他感觉脚下的木板开始变软，这是危险的预兆。然而船上已经没有多余的空间来弥补这份遗憾，承重量也已经超出可控范围。挪亚的内心泪如雨下，但面容上仍旧一滴眼泪也没有，他下令解缆起航，放弃这一家子身体强壮且不知疲倦的杂技演员，他们仍旧快速且灵巧地从一个人跳跃到另一个人身上。天上倾泻而下的水不应该迟迟不来解脱他们，只需一下即可将他们从生者的名单上划去。但是过了很长一段时间，所有靠在栏杆上的生命都认为它们仍旧能够看见这家人在水底一次次叠起人体金字塔，一次次塌落，又一次次叠起。

有些动物不应该出现在方舟中，挪亚毫不犹豫地在出发时欺骗了它们。船舷被顶得拱起，露出了一头大地懒。

“自称挪亚的人不应该遗忘任何生命！”大地懒很清楚自己巨大的力量，它这样吼道。

“这不是遗忘，”方舟之父伤心地说，“您命中注定要成为大洪水以前的生物。现在大洪水来了，谁敢违背上天的旨意？”

“我、我怎么能不在方舟动物名单之列！我是最重要的啊！太过分了！挪亚，由于你的过失，将来的人们甚至都不知道我曾在这世上生活过！”

“放心吧，我伟大的朋友，将来的人们会根据您的椎骨化石认识您。”

大地懒跃上前赶上了方舟，舱门紧闭的方舟加快速度又甩开了大地懒，这个笨拙的庞然大物连同它的怒火迅速沉入了水底。

一群远古猛兽聚集在一起，企图掀翻方舟，阻挠挪亚启航，然而阻挠未果。它们要求鲸鱼加入阻挠队伍，正派的鲸鱼原本就可以活下去，迅速带领鲸鱼幼崽们离开了，鲸鱼说：“别回头，这是群目无法纪的恶徒。”

仍旧有许多生物和游泳健将围绕着航行的方舟呼喊。在宣判了死刑的生命组成的团伙中，我们看到暗绿色的动物和人类乱作一团，这些起伏不定的小岛忍受着方舟所激起的巨浪的折磨。一个六十多岁的老妇人在一头十角鹿附近扑腾，这是她生平第一次游泳。三个犹太人朝路过的河马大吼大叫。水面上其他小船无缘无故地翻倒了，那是大洪水将它们倾覆在雨水幻化的大手之下，帮助挪亚顷刻之间解决了它们。

一只蜂鸟呜咽地唱着：

我是岛屿上的一只小鸟，
但是岛屿消失了。
啊！我会变成什么呢？

“给我腾点地方吧，给我腾点地方吧。我是十二个孩子的父亲啊！”一个仍旧相信正义的男人踩在他的木筏上说。

“快走吧，您应该保持理性！”挪亚趴在栏杆上喊。

“理性？什么是理性？”上千个声音反驳挪亚。

漂浮在水面上的动物得不到回答，便向栏杆边的狮子抗议。它将头伸出栏杆。

“您说说看，给我们个理由，”四面八方的野兽朝它嘶吼道，“为什么登船的是您，而不是我们？”

百兽之王有些手足无措，当然也许并没有。它悲伤却又坚定地说：“必要的就是应该的！”

“什么是必要的？如果你还有那么点勇气，到水里来和我们说清楚！”

一只小白鸽吼道：“难道我不比船上的那条蛇更好吗？”愤怒使它好似一头正值壮年的老虎。

狮子重复道：“必要的就是应该的！”说不出其他理由令它十分羞恼。

即使是这样底气不足的论辩最终也让质疑者气馁了。这是一种宿命。放弃抵抗吧，饮下这阴沉苦水，它们在各地残酷地提供着服务。

大海长期被恳求者侵扰，挪亚认为只有方舟附近不再有生命时他才能睡着觉，这种想法令他面红耳赤。

最后的幸存者无疑是这位从头到脚都硕大无比的游泳健将，他跟随方舟一直游到外海。他大喊时，挪亚会捂住耳朵。“你们别担心我，我总能摆脱困境。你们知道，我可以在水里待上几周。到目前为止一切都还算顺利。我生来命好，有福星高照，这点雨水不会打消我的这种观念。而且你们知道，我总是心情愉悦。啊！我很同情你们被关在笼子里。我要对你们说：‘自由万岁！’”他在水中用力蹬脚来表明自己并不怀念这个地方。

大家开始在方舟上窃窃私语：“为什么他不能活下去呢？他值得活下去。挪亚的家庭成员里没有任何人的体能与智慧可以与他的相媲美。含甚至都不会游泳，就雅弗而言，他唯一感兴趣的是按大小将动物排列在甲板上，这几乎惹毛了所有生命。”

第二天，挪亚发现这个人仍然跟着方舟，这并没有出乎他的意料。面对这个顽固的游泳者，挪亚无计可施。有时候他会在夜间瞒着所有生命给他扔一块肉。其他动物也或多或少地做了同样的事情，以至于我们的这位朋友在温暾的水中日渐发胖。

将这位朋友孤独地留在水中，谁应该来承担这个错误呢？面对这样一个相信未来、热爱生命的人，严酷如上帝也不忍了，更何况这份信心还是上帝赐予他的。

大洪水时期沉默的警察大鲨鱼游向这位朋友，它绕着这位朋友游了一圈，用脑袋下方的眼睛仔细审视了他一番。鲨鱼没有责备他，它离开了，并且示意天使，让她用仙女棒温柔地敲了一下游泳者的脑袋。这个人一下子就被分成了两半，幻化成一对鼠海豚。这便是这类始终欢快的鱼的起源，它们无法完全生活在海里，会时不时游出水面看看船上的人们发生了什么。

陆地一片接一片地被雨水淹没，地平线上的挪亚不停地寻觅水手们通常极力避免的东西：山脉。但是雨下的速度如此之快，以至于在洪灾降临之前人们始终未能觅得山顶。

至少，流线型的方舟顺利地向前推进了：所有紧贴在它两侧的生命早就撒手了。只剩下没来由的焦虑漂浮在方舟的四周，甲板上的动物们开始议论蒙受恩惠的鱼儿们。

出发几个小时后，挪亚看到一只猴子在给自己挠痒痒，他才发现方舟里有偷渡者。

他说："无论多小的动物都必须雌雄分开。我不希望船上有任何寄生虫，你们听到了吗？"

一条狗问道："可怜的两只小跳蚤中只能有一只和我在一起吗？"

挪亚将动物们一个接一个地转移到方舟的黑色小房间里。这些闪耀着生命光辉的动物在黑暗之中会立刻甚至干净利索地死去。

在航行的最初阶段，动物们时常去观察短命的蜉蝣。不得不说，出于些许反常的好奇心，大家总是期盼看到它们死在众生命面前。但是第二天又不得不祝贺它们：它们还活着。

挪亚站在高高的舷梯上解释了这一奇迹：方舟被建造得如此睿智，它赐予所有身处其中的生命健康。

他的妻子私下里对他说："没什么好骄傲的。你本可以把方舟建得更大！现在要是有生命想在甲板上转个身，得经过二十种动物的同意才行！"

但是，大家仍然感到很自在，他们想证明这一点。雅弗整日不知疲倦地单脚跳，他还敦促其他生命也像他这样做，哪怕是四足动物。挪亚的女儿们相互打闹，身上都被掐出血痕了也丝毫感觉不到疼痛。

动物们在船上无事可做，只想着吃东西。极度畏惧饥饿的紧张感刺激着每一个动物的神经，大家都认为自己每天的配给完全不足。必须明白的是，挪亚由于担心船内空间不足，在储备食物时只得精打细算。

首先是心怀不满的杂食动物，它们要求每样食物都吃上一点。哪怕只是每样一点，挪亚又如何能提前考虑得面面俱到呢？相较于食物难题，这更是一个玄学难题。

船上有那么多彼此相邻却又饥肠辘辘的动物！这难道不会演变成一场最恐怖的屠杀吗？一场在密闭空间里的大屠杀！大型野兽打起了其他动物的主意，目光暧昧地打量着身边的朋友。这种含混模糊的柔情可不意味着爱情的降临，而是不怀好意地惦记着吃掉同类，或者吃掉它们身上的某一部位：后腿、里脊或腰子。

狮子将鼻子抵在方舟的地板上，以免闻到邻居羔羊的鲜美气味。经常出现在雪地里的圣伯纳犬以纯洁而闻名遐迩，它要求给自己戴上嘴套，一位路过的天使立即在所有生命面前为它把嘴套戴上，将它树立为榜样。但是狼认为这些场面很荒谬。

它说："只有肉才能解决饥饿，而且最好是活物的肉！"

"行了，行了，没必要非得吃活物的肉。"对所有生命仍然心存善意的狮子说道。

"饥饿就是饥饿，"狼回答说，"正是饥饿引发了革命！"

"我有一个克服饥饿的好方法，"很少进食的骆驼说道，"你只需要嚼上一小块木头。"

"有一个办法效果显著，"蛇补充道，"使劲想想呕吐物的气味。"

"好吧，我连呕吐物都想吃。"狼说，"这就是我现在的处境。在此期间，大家都留心着点自己身上的肉！"

狮子毫不费力地让所有生命聚在一起，它发表起演说：

“朋友们，让我们向身边的榜样学习，并保持冷静。壁虎在搏斗的危急时刻会做什么？它放弃了自己的尾巴来节省大部分体力。多么生动的一课！在我们当中，不少生命长着不打紧的身体器官，这些器官并不是为维持生命而必须存有的，难道不该谴责它们吗？为什么松鼠的尾巴几乎和它的身体一样大？这条尾巴跟着它实在是多此一举。母猪为什么要长这么多乳房？它确定一半还不够多吗？”

“它非常确定。”母猪在自己的位子上回复道。

“那就让它拷问一下自己的良心！”

“良心叫它好好休息。”

“这就是我们所看到的。”狮子十分克制地说。

每个动物都只从自己的角度考虑，它们说：“我绝对没有多长一点肉。我珍惜我身上的一切。”

狮子继续说：“我们还会发现在我们亲爱的兄弟中，有些生命身上还长着一磅或两磅赘肉，这对它们来说并非必不可少。”

“那么你呢？为什么你的头长得这么大？”突然，一头巨熊问道，此前它一直保持着沉默。

“我必须有足够的空间来顾虑你们每个生命，”狮子回答，“但是，为了向你们展示我的奉献精神，我愿意将自己象征着国王的狮鬣交由所有人支配，无论你高大威猛，还是娇小柔弱，都可以使用我的狮鬣。小型动物优先使用。”

兽群中爆发出的哄笑声令狮子十分沮丧，它继续说道："你们让我很难过。"

它的讲话被迎接天使和食物篮的欢呼声打断了。是的，如果没有这场无休止的降雨，一切都会峰回路转。一天二十四小时中，天空没有一秒是干燥的。是大地和栖息在上面的人类使苍穹如此痛苦！挪亚和他羸弱的船员们又如何才能安慰这整片天穹？

有时，黑暗会消散一些，大家认为降雨会停歇，天空将逐渐放晴。但是天空的哭泣声又不计后果地响起，并且愈演愈烈。

终于有一天，天空似乎竭尽全力地从泪眼婆娑中挤出了一丝微笑。一束沉闷的光逐渐变得清晰起来，突然之间，所有好天气的颜色都聚集在这里：一道彩虹！

但是情况并没有好转，水面还在持续上升，似乎打算升至天穹，将所承受的全部还给天空。

出色的船长挪亚担心将天地分开的空间会越变越窄。

方舟上的每个生命都在思考："我们必须做点什么！绝对要做点什么！但是能做什么呢？"

"请大家放心！"挪亚站在舷梯的最高处喊道。

可是挪亚也没有十足的把握，有一件事足以展示他的惶恐，他偷偷地将船上最黑暗的东西派遣给了上帝：一只乌鸦。

这只鸟离开后再也没有回来。

曾看见挪亚放走乌鸦的妻子说："啊呀，派只乌鸦去是什么主意？这已经败在了起点上。"

两人同时将手伸向一只鸽子，鸽子意味着光明的前景，对未来充满信心，这也是支撑着人类世世代代存留不息的信念。

挪亚抓住那只鸟，在它耳边喃喃地说："陆地！陆地！陆地！"挪亚希望它成为一只信鸽。

鸽子径直向前飞去，直到第二天才飞回船长的肩膀上。我们知道它的喙里衔着一节橄榄枝。

水势开始下降，挪亚驾驶着他的船向彩虹驶去，期盼着能够有像陆地一样的东西从水中升起。

终于，某一天的黎明时分，一道彩虹闪耀在亚拉腊山的山巅。方舟驶近山峰时，人们看见整座山散发着某种活泼的气息，以往这是一种狂野且令人生厌的气息。它以沙哑的石质嗓音向方舟上的动物们喊道："在这儿，看看我，我是一座善良的大山！你们这些野兽这段时间都在做什么？我还以为今后不得不过上没有动物陪伴的日子。我都已经考虑让树木进化出四肢和皮毛了。"

方舟停下后，挪亚指挥旅客们成双成对地从舷梯上走下来，最弱小的动物最先下船。旅客们需要踩着木板走向陆地，可两只蜉蝣在木板上止步不前。

"走呀！飞呀！"船长朝它们吼道，"你们看不见后面排着队吗？是谁把这种笨拙的闷虫塞上船的？”

可它们仍旧一动不动。方舟之父摘下了帽子，大家都知道他再次恢复成血肉之躯了。

愉快的挪亚船长嗓音不再含着哭腔，他说：“快前进吧，我们的小飞虫！”

蜉蝣仍然醉心于升腾至头顶的宛若新酒一般的大地气息，它们犹豫了片刻，突然向前飞跃，在观众的欢呼声中安全地降落在亚拉腊山上。

“快走吧，快走吧，安静一点，”挪亚大喊，“这可不是什么表演。其余的生命都快下船。我们一分钟也不能耽搁。”

逃往埃及

出发之前，骑着驴的圣母将圣婴从约瑟的怀里抱过来，这时他已经醒了。

“他睡了吗？”不一会儿，木匠问道。

“噢！是的。”

“可怜的小家伙，这是最好的选择。”

新月闪耀着明暗适宜的光辉，他们趁着月色赶路。星星不动声色地看着这一家人走过，连设备齐全的天文学家也看不出整个夜空有何异动。

约瑟担心旅途中圣婴的脑袋会像在马槽里那样被一圈圣光环绕，幸运的是没有出现此类圣光。上帝允许他们在黑暗中前行。天使们表现出异乎寻常的谨慎。明目张胆地护送是绝对不行的，如果人们时不时看见形似天使一样的云彩如此小心翼翼地守护这一家人，他们会理直气壮地指责上帝。

晨曦轻抚着地平线。路上一个人也没有。除了一棵可怜的、枯萎的棕榈树，什么都没有。

“很好，”约瑟说，“我也不信任那些聒噪的人，即使他们心怀善意。”

他们走过的时候，棕榈树弯下自己唯一的膝盖，匍匐在尘土中。

这个姿势逗笑了刚刚被第一缕阳光唤醒的圣婴，圣母觉得这一幕十分美丽。

“但是这会引发更多危险！”约瑟喊道，他试图压低自己的声音，却也徒劳，“如果树木都开始向我们致意，那就糟了，我不会给希律王两个小时的时间来重新找到我们。”

圣母说：“上帝会庇佑我们。圣光的消失就证明了这一点。”

“当然，上帝庇佑我们。但是没脑子的树也不能朝我们画十字，这会引起所有人的注意。”

地平线上有一片小树林，靠近一个大规模的市镇，这让一家之主忧心忡忡。这些树木知不知道该守在自己的位置上？还是会突然冲出来表达它们致命的爱戴之情？

走近小树林后，圣婴开始打量棕榈树，目光中带着一丝丝狡黠，似乎是在督促它们效仿自己虔诚的伙伴。

“把圣婴藏在你的大衣里。”约瑟咕哝道。

马利亚什么也没有做，她信心满满。树木纹丝不动。只有三只白鸽陪伴圣家庭前行了一段时间，它们过分洁白的羽毛可能会引发人们的疑虑。

人们的内心从未安宁过。约瑟思索着，如果邻里间传着闲言碎语，那一定是有关圣婴的话题。

然而，暴君为了铲除耶稣，宁可错杀一千，也绝不放过一个，无数无辜者惨遭屠杀。

希律王的密使们三三两两地闯入平民家中，随行的还有残忍的小孩，他们负责搜寻同龄孩童。看似无足轻重的造访结束后，他们会像对待毒蛇一样当场杀死您的儿子。接着他们便离开，边走边审视人们是否对他们心怀不敬。在伯利恒，希律王有一个还在吃奶的儿子，密使们也是听从了他父亲的命令将他杀害了。

刽子手一旦得知有关孩童的消息，很快就会有人看见他们乔装打扮成乞丐或牧羊人、商人或女慈善家前来。

玩具、小衣服、小鞋子……任何可能暴露童年的东西都被小心翼翼地藏到了屋子里。把这些最小的玩意儿四处乱丢，就等同于说："立刻杀了我的孩子，求你了。"一些疏忽大意的父母把木马、小喇叭丢在家门口，邻居们会对他们说："你们不觉得丢人吗？杀人犯！"他们这样说并没有错。为了骗过掌权者，母亲们经常给孩子穿上成套的男士西服。甚至有人看见十六岁的胆小鬼粘上了假胡子，小女孩则利用一些小把戏露出假喉结，任何一个理智的人都不会把他们看作小孩。

掌权者夜以继日地屠杀孩童。年幼孩子的鲜血溢满了难以置信的暴力，十倍于可怕伤害的暴力加诸孩子身上，这种暴力立即让一个个幼小的身体失去了未来和记忆，这一切着实令人心痛。

圣母和约瑟熟知这一切：走在犹太地区道路上的人们不

会谈论其他话题，在这里，每一个婴孩都像街头恶棍一样吸引着人们的目光。

约瑟一行则匆匆忙忙地沿着偏远、迂回的小径赶往埃及。

然而，在圣婴离开不久后，牛的灵魂避开了圣家庭出逃的大门，从马厩的天窗逃了出去。[1]

一逃到外面，它就自言自语道："我没有头也没有腿了，我现在只是牛的灵魂。"过一会儿它又说道："我就像天空中的一阵微风。我不再需要吃草，也不再需要睡觉了。"说实话，它还不知道如何应对这种不可思议的轻盈。

没有了空气的阻力，灵魂移动的速度比肉体快得多。没过多久，牛的灵魂就在路上发现了圣母、约瑟、圣婴和驴，他们还在为迫不得已遗弃在马厩里的牛伤心。

"他们来了！"牛欢快地说道，"就是他们，这些熟悉的老伙计就在那儿。噢！他们安然无恙地走在路上，像往常一样，一个也不多，一个也不少。能够看到这一切，我付出的痛苦都是值得的！"

它从一个人蹿到另一个人身边，静悄悄地数着人数，亲切地用"你"来称呼他们。可无论一个人多么不愿意现身人前，还是会有那么一刻希望别人知道自己的存在、看到自己的身影、听到自己的声音。

1　参见《远洋上的孩子》中《马槽边的牛和驴》一文。

牛绕着驴转圈，它心想：我俩那么熟悉，它绝不可能认不出我。但驴并没有注意到身边有什么跟牛相关的东西。于是，这头牛就像最轻的鸟儿一样落在了小家伙的肩膀上。现在它只是一缕空气，没有丝毫可以证明自己存在的证据。

圣母对约瑟说："将如此虚弱的家伙留在马厩里，我还是于心不忍。"牛想到：也许可以由此引起一场谈话，最后大家会发现我。但圣母接着说："到了现在，这个不幸的老伙计肯定已经死了，已经不在了。除非这个善良的家伙也是有灵魂的。"

"不要说傻话，可怜的女人。"

圣徒很快为自己的错误忏悔，他立即补充道："请原谅我的愚蠢。"

"也请宽恕可怜的女人。"圣母补充说。

圣婴耶稣时不时环顾四周，仿佛是在路上寻找牛。但是牛就在他面前。牛自言自语道："难道我永远也无法让他们明白我就在这里吗？啊，也许这样更好。死亡是一回事，活着是另外一回事。一个亡灵应该懂得有尊严地守在自己的位置上，而不是想方设法地离开。帮助他们忘记我吧。遗忘可以成为礼貌与仁慈的最好体现。但是，一个孤魂野鬼始终停留在同一个地方，多么没有安全感啊！在这个暴风雨频发的国度，一阵大风或一场雷雨都可以随心所欲地摆布我。毫无疑问，现在什么也摧毁不了我，但是路人随便轻吸一口气就可以把轻飘飘的我吸进去再呼出来，刚才驴就差点把我吸进鼻子里。”可是，与这个物种的其他成员一样，身强体壮的牛一向表现得十分稳重，它怎么可能不被这种令人不安的吸进呼出折磨呢？

然而，圣母因突然离开伯利恒而心神不宁，她不能如愿以偿地给圣婴喂奶。当然，耶稣没有哭泣，而是在偷偷地吮吸自己的大拇指，圣母看得很清楚。但是，向农场讨要牛奶会引发最大的危机，人们会立即要求查看您的行李箱，看看里面是不是藏着一个孩子。

牛徒劳无果地从一个旅行者蹿到另一个旅行者身边。它活着的时候吃了很多苦头，没能为小家伙做什么正经事，现在死后也一样帮不上忙。

它在田野里游荡，目光依然跟随着旅行者们。不经意间，牛被远处奇怪的嬉闹声吸引了，视野里出现了一头小母牛。它走近小母牛，心想或许同类更能理解它。不料它居然在陌生牛的耳边低语道：“小母牛，您能不能帮我找一个容身之所呢？在您的身体里给我腾一个小小的位置。我不会伤害您的。”它听到小母牛回答说：“您是谁？”这让它很惊讶。

“我是一头沉浸在痛苦中的牛的灵魂。”

“您凭什么要求我在自己的身体里给您腾位置？牛，您要知道，我的灵魂占据了我身体里的所有空间。皮肤完全是一个私人的外壳，哪怕是我最好的朋友，我也不会借给它。”

“您甚至感觉不到我的存在！此外，我们可能需要其他人的陪伴。有时候独自待在一副躯壳里会很孤独。”

“不，不，这是属于痛苦灵魂的故事。牛，赶您的路吧。我不认识您。”

小母牛开始退让了。牛的灵魂认为可以飘到小母牛的鼻孔边上试一试。趁着母牛吸气的瞬间，它毫不费力地钻进了母牛的脑袋。

“噢！你在我的身体里，我感觉到了。”小母牛说道，“但我警告你，你要是给我添麻烦，我会立马赶你出去。”

可能没那么容易，牛的灵魂在一旁暗暗思忖（但是从今往后，牛还能有自己的小心思吗？），我只是一个借住在别人肉体里的灵魂，走一步看一步吧。

牛立刻对这头粗暴又有些疯狂的母牛的身体产生了影响，为了给大家谋求最大的福利，牛动之以情、晓之以理地教育母牛。由于始终占据着女主人的内心和大脑，牛很快说服了女主人，它们一起飞奔着跨越田野，去加入旧主的队伍。

“别转身！”约瑟对圣母说，“我们被盯上了。”

而约瑟出于责任不得不转过身。小母牛立即在圣婴身边停下，用牛角指向自己奶水充盈的乳房。

圣母说：“你可以从这头勇敢的小母牛身上挤点奶。”

“可它看着我们的目光有些不同寻常。”

“给，这里有一个碗，我的小家伙饿了。”圣母只是如此回答。

满腹狐疑的约瑟藏在一个斗篷后面，不停地给小母牛挤奶，他还尝了一下牛奶，仿佛碗里是一种奇怪的药。圣母从他手中接过碗，喝了两口牛奶，她表示碗中的液体没有被恶魔施加巫术。圣母让圣婴喝下牛奶，但是圣婴扭头看向了别处，表示自己不着急。

可约瑟的担忧全都写在了脸上，他思量着口中来路不明的可疑牛奶，为圣婴这个小家伙忧心忡忡。

“一切对你而言都是自然的，”他有些生气地对圣母说，“哪怕是一百头母牛突然跑来给我们提供乳房，你也会认为是好事一桩。”

“可是并没有一百头，只有一头。”

“当然，马利亚，我会数数。就算小母牛表现得很有诚意，可我不知道是否应该接受它的服务。你回想一下，圣婴出生之后，所有动物都来向他表示了敬意。如果鸵鸟、长颈鹿、狮子等都开始跟着我们上路了怎么办？这对希律王的警探来说是什么迹象？”

圣婴仔细端详着小母牛，异常欢喜。

“别朝那儿看！”约瑟说，仿佛他们已经置身恶魔面前，这个恶魔长着四只蹄子、一只牛鼻子。

“可怜又无辜的小牛，为什么你不希望圣婴看看它呢？”

耶稣看到牛走近，开心地笑了，他像对待马槽边的牛那样抚摸这只牛的鼻子。真的，对他来说，马槽边的牛就是眼前这头小母牛。孩子身上奇妙的迷糊感反倒让他看得如此清晰。

恢复平静的约瑟说：“终有一天我们会向他解释清楚真正的殉道者与普通人的区别，像牛这样的动物也许是善良的，但称不上真正伟大。”

然而，圣母也已经开始抚摸善良的小母牛。小母牛从这一刻起成了旅途中的一部分。尽管牛的灵魂始终劝导着小母牛，但在挤奶的过程中，小母牛有时也会烦躁不安。一天，约瑟被小母牛的不耐烦激怒了，为了不给大家树立不好的榜样，他像圣人们在不高兴（但也不想犯下罪过）的时候所做的那样狠狠地踹了空气一脚。

牛的灵魂默想到：*优秀的约瑟，如果您知道我看见您踢了一脚，您的内心会受多大的煎熬啊?*

驴向来不喜欢母牛这种动物——它认为它们烦躁不安、喋喋不休，并且过分自满于自己的乳房——但它突然发现，有小母牛的陪伴，自己很快乐。它们之间与其说是建立了友谊，不如说是欣然接受了强加的邻里关系。自从与牛分离之后，它认为自己没有必要再与其他动物交流。它像是一个决定了在余生默默抽烟斗的男人，那一缕缕从鼻子里呼出的难以察觉的烟雾仿佛来自灵魂而不是肉体。

旅程继续，圣婴安然无恙。约瑟终于看到了这位追随者带来的奇迹，他甚至承认小母牛为他们三人提供的服务远比之前的牛更多。当然，被抛弃在马厩里的那头牛同样劳苦功高，这一点在他眼中丝毫不减。

这头牛从未像在小母牛的身体里这样自在过，即使从前在自己的身体里也比不上现在，它现在所具备的功能甚至使它摆脱了几乎病态的谦虚。它对过去的牺牲并不后悔，它认为现在可以让这些牺牲发挥更大的效用。它甚至认为，与其痛苦地死去，不如趁着自己还有力气，秘密地潜入耶路撒冷，在某天早晨散步的时候用头上的角杀死希律王。但是，这其中有多少是牛自己的主意呢？这难道不是与它共享一副皮囊的同伴提出的建议吗？

然而，路上遇到的罗马官兵征用了这头小母牛，他们还审问约瑟是从哪里把它弄来的。约瑟不想撒谎，他红着脸说："旅途中它自己跟上了我们，还向我们提供牛奶。"他们威胁他说，如果给不出更合理的答复，就会把他关进监狱。幸运的是，士兵们看见圣母那深邃无邪的目光后纷纷丢下了武器，散落的武器在四周围成了一个圈。

"他们都是头脑简单的人。"最后，罗马军官说，"把牛牵走，其余的人继续赶路吧。"

人们用绳子绑在牛的脖子上，鞭打它，给它指了指北面的方向，踢得它满地打滚。牛想要摆脱朋友的身体，留在圣婴的身边，却无能为力。它真的与小母牛合为一体了，感觉自己像胶水里的苍蝇一样被困在了小母牛的身体里。它只能一边催促着小母牛把头多转向小家伙几次，一边尽自己最大的努力分担这个被虐待的动物的痛苦。

约瑟和圣母继续心神不宁地赶了一两天路。随后圣光自然而然地环绕在他们头顶——圣婴头顶的光环也出现了——这让他们明白已经没什么可害怕的了。此外，路上的人不再说起屠杀无辜者的事情，遇到的旅客中埃及人也越来越多。

沙漠里的安东尼

一天，隐士安东尼正要在埃及埋葬一位亡者，他听到有什么东西坚持不懈地抓挠他的门板。那是两头狮子。

“先生们，请进来吧。”出于必要的礼貌，他对它们说。

可这两头狮子待在门的两边一动不动，继而开始帮助隐士挖掘坟墓。它们用前爪迅速地刨挖，后爪也以更高的频率挖掘，它们用泥土掩埋了尸体，甚至不给安东尼躺在亡者身边的时间，好让他为即将迈入无尽黑夜的死者带去片刻光明。

尼罗河的鳄鱼也不甘示弱，纷纷为隐士效劳。安东尼走近河边时，鳄鱼们立即你争我抢，想要获得驮他过河的殊荣。

尽管如此，魔鬼并没有放过这个美丽的灵魂。“动物们都站在你那边。那又如何？”魔鬼对安东尼说，“难道光凭这点你就值得被人们称为隐士？照照这面镜子，瞧瞧你是否结束了自己放荡的青春。”诅咒者让隐士从镜子里看见了一头猪。为了与魔鬼对抗，安东尼买了一头真正的猪，他走到哪里这头猪就跟到哪里。

同样，人们也看得出隐士并没有彻底安心。有人凝望着隐士深邃的眼眸，调皮地问道：“您过得好吗？”

隐士诚恳地承认：“噢，如果我没有欲望就好了。”

接着他便再次离开。始终干瘦如柴的隐士让人不禁好奇：

沙漠里的太阳怎么没有点燃他呢?

安东尼深爱着他的猪，他对待这头猪就像对待一个尚未充分发挥潜力的人，他用毫无保留的友谊鼓励着它。他会很气愤于有时听到旁人指指点点：“对于一个稳重的人而言，这样的结伴让人感到诧异！”抑或：“既然猪唯一的用途是被加工成熟食，那就应该让猪长得又肥又快。”

隐士每天早上都要花一个多小时擦洗他的小猪，好让它变得清爽洁净。

这头光鲜亮丽却忘恩负义的小猪似乎总觉得安东尼做得不够好，它经常蹭主人的腿，要求得到更多照料。散步时小猪不止一次地夸大自己的疲惫，或者佯装一瘸一拐的样子，让安东尼把它背在背上，安东尼则认为完成艰巨的任务是代价很低的苦修方式，是难能可贵的好机会。又或者，这头假装有些心不在焉的小猪会先吃掉安东尼的饭菜，然后再表现出对自己碗中食物的兴趣。小猪甚至想方设法让主人觉得可怜的四足动物应该睡在床上，而安东尼应该躺在地上。

魔鬼并没有放弃与隐士争斗。他为自己“皮条客”的名声感到骄傲，不厌其烦地把一个个忠实于自己的女人引入孤独者的梦中。一天晚上，隐士被邪恶的念头百般煎熬，这个不幸的人从床上跳下来，毫不犹豫地吞下了三大勺沙漠里的沙子，希望能从中得到些许解脱。

“啊，吞下整个撒哈拉都不够。”他喃喃自语地重新躺下。他重重地捶击了胸口很长时间，心中一个声音训斥这个正直的男人。“去吧，你的好日子到头了！”这个声音说，“用你的四肢行走吧，肮脏的畜生。更准确地说，拿你的猪当例子，在它面前羞辱你自己吧。”

猪没有待在它以往习惯过夜的房间尽头。顺着它的足迹，安东尼听到远处传来了满足的鼻息声。安东尼推开门，借着微弱的烛光，他看见自己的动物躺在一头母猪身边。

隐士失望的情绪并没有持续很久：它没有发过誓言！能责备它什么呢？它只是顺应了自己的天性。

安东尼对他的小猪还是有些怨念。但真的是这个四足动物的错吗？安东尼过于悉心地照料了它、美化了它、喂饱了它，难怪它能引起异性的注意和欲望。第二天小猪走过来要求安东尼帮它洗澡的时候，隐士对它说：“你自己想办法解决吧。”

他决定带这头猪走进沙漠，踏上漫长的净化之旅。小猪注意到了一些准备工作，在出发的那一刻和母猪一同出现了。

“你希望我怎么处理它？”安东尼说道。

他从没有用过这种语气和小猪讲话，这预示着他要用棍子敲打母猪的背。之后他们离开了，把母猪留在了那里。

他们踏入了寸草不生的沙漠深处，在那里偶然会碰见几个孤零零的隐士，友好地为他们提供稀疏的遮阴处。“沙子上的沙子等同于宁静。”安东尼自言自语道，“太棒了，这里没有女人、没有肉、没有蔬菜，什么都没有。在这里，不再有任何东西可以阻挡我对天空的热爱与深情。不过，我刚才把母猪打得确实有点太狠了。私下里讲，很显然它是邪恶的。”

至于小猪，它预见到在这片粒米不见的无垠荒漠中不会发生什么好事。它想着：虽然我强大的胃可以消化掉最粗陋的食物，但我也不能吃自己映在沙子上的影子啊。走了一古里后，它悄无声息地折返了。安东尼觉得自己被沙漠之风净化了不少，他转过身去，想让猪见证自己的喜悦。他费了好大劲才找到它，它离得很远，在一堆被灼焦的草丛后面。小猪呼吸困难，它的脚刚刚被蛇咬了一口。安东尼的震惊逐渐转变为巨大的不安。他担心小猪受折磨，只能为它祈祷，用唾液涂抹伤口，他认为这些来自纯洁心灵深处的唾液能够起效。小猪注视着安东尼，目光已经变得像针一样尖锐，具有穿透力。这双眼睛只能指望笨拙的安东尼帮助自己恢复成完美健康的眼睛，让人不禁心生悲悯。隐士自言自语道：“上帝啊，厄运这么快就击中了它的身体！”

他感觉到沙漠里现在有三种东西：猪、蛇毒和他自己。这三者中只有一方在明显地行动，扩张自己的领域，在黑暗与血色的迷宫中寻索小猪的心脏。

可怜的男人给小猪涂抹了毫无希望的唾液，但是小猪的脚始终痛苦地肿胀着。他知道应该用刀割下这块肉。但仅仅是看一眼刀就让小猪甚至安东尼痛苦地呻吟起来，这让他们都失去了勇气。

此时，那头母猪仿佛早有预感，飞奔到小猪身旁，一路上它的乳房因急速奔跑而疯狂颤动。它吮吸伤口，吐出毒液，用鼻子蹭小猪疼痛的腿，让那里的血液循环流动。小猪毫无怨言地忍受着这种治疗。它看着母猪说："没有你，我早就一命呜呼了，勇敢的女性。"

我果然一无是处，安东尼心想。

"不，不是的，"小猪和母猪打破了耐人寻味的寂静，对他说，"你只是不擅长处理蛇咬过的伤口，仅此而已。"

安东尼明白从今往后不可能再把猪和它的同伴分开了。

他们三个折回到了没那么干旱的地带，隐士认为自己在那里能有用武之地。有时人们会从大老远的地方呼唤这位真正与魔鬼打过交道的专家，向他咨询。他注意到一个没穿衣服的黑人小孩，他的头巾下藏着两个犄角，这个小孩正在和村子里其他的孩子玩耍。而这位被诅咒的隐士不得不为自己的蜕变付出代价，他只能立即悄无声息地消失。

每当安东尼带着小猪和母猪抵达一个村子时，当地所有的猪都会去迎接他们，欢迎自己的同类。养猪人也会加入他们。这种场景太棒了。但是，屠夫们也希望隐士是他们的保护者。"别过来，屠夫，安东尼不吃你那种面包！"如果安东尼立马反应过来，他会这样告诉他们："原谅他们吧，他们也是人。"

在沙漠村民眼中，安东尼的到来往往是他们一年中唯一能够见到的奇观异景。晚上，人们会一起偷窥独行者煎熬的睡眠。他睡觉的姿势相当滑稽，拳头含在嘴里，他总是紧紧地咬着拳头，希望借助身体上的疼痛让甜美的女孩远离他的梦境。

一天晚上，有人把一个彩绘的沙娃娃放在了隐士的床上，这个娃娃代表一个苦命的女人。安东尼醒来后看到了这一幕，但是坦荡的安东尼只看到了一个刚出生的婴儿形象。他承诺永远不会离开这个被沙漠之风收养的沙女。沙女也会小心守护自己纯洁的情感。人们冷笑地看着他重新出发，怀里抱着他的沙娃娃，后面还跟着一头小猪和一头母猪。母猪怀孕了，它丝毫没有掩饰自己圆滚滚的肚子。

隐士最后才注意到母猪的肚子引发的各种威胁。

走向一个废弃小屋时，他对追随者们说：“因为这件事，我们得去那里躲一躲。”他的书中记载着一位学者曾在那里逝世。屋内，闪闪发光的骨骸仍然保持着认真读书的姿势。

这天，安东尼在死者的脚下还发现了一沓草纸文稿，这是一项关于养猪的研究。安东尼打开一看，上面写着：“母猪很贪婪，它经常吃掉自己的幼崽。因此必须时刻保持警惕，尤其要警惕那些初次怀孕的母猪。”

*它是第一次怀孕吗？*安东尼不安地思忖着，*啊！我们得到的信息怎么总是不足！*

安东尼接着读下去：“如果幼崽的数量超过了乳房的数量，

您最好牺牲掉最弱小的幼崽。这是一个明智的预防措施。”

他看了看母猪安静的肚子。那里面一定有许多小猪。现在，知识同样也是一种慈悲，告诉他需要杀掉好几只小猪。而安东尼为了避免杀戮，只以树根为食！

“啊！”他自言自语道，“生存就是面临越来越多的困境。”他跪倒在地，想让自己看得更清楚些。

当他祷告完毕，小屋门外出现了一朵云。它不像其他那些不断移动的云。这朵云显然在等待某个人。

“踏上来吧。”云里传出一个声音对安东尼说。

“小心！”另一个声音反驳道。

“既然有人喊您上去，那就上去吧。”天使的声音从外面传来，对他大声说。

圣徒踩上了云。他在里面感觉好极了！如果云朵留给他一点时间感受，安东尼一定会因此涨红了脸。不过，安东尼裹在云彩里，他们已经飞上了天空，天空似乎急着要把隐士迎入它的怀抱。

还没到死亡的时候：安东尼飞过地中海上空。他的云，像狗一样忠诚，像鸟一样灵敏，像羊一样毛茸茸，像人一样殷切，快速地飞往加泰罗尼亚首府，不让其他云接近他，因为这些路过的云总想嗅一嗅他的气味，看看他在干什么。

这轻巧的交通工具在市政厅将隐士放下，那里的人急忙向隐士说明此行的目的：加泰罗尼亚王后和她的孩子们被恶魔缠身，他们希望安东尼帮助他们摆脱恶魔。国王和他的大臣们虔心祷告，从埃及的天空中求得一朵云送往隐士的身边，这朵云将他带到了巴塞罗那。但就在隐士即将踏入王宫的时候，有人扯住了他粗呢外衣的衣角。

“啊！”圣徒认出了他的小猪，还有那头母猪，“你们从哪里来的？”

它们趁隐士心醉神迷时爬到了云朵的一个黑暗角落里，母猪在那里生下了四只巨大的猪崽，其中三只的体型非常完美。另外一只既没有眼睛也没有腿，母猪把它叼起来交给隐士，以示愧疚。

大法官想要赶走入侵者，但是安东尼毫不犹豫地拉住了这个人的手，并在新生猪崽的身上画了一个十字，“那里没有眼睛也没有腿”。片刻之间，猪崽长出了活泼的眼睛，它满怀感激之情，飞快地四处乱窜。安东尼的灵魂已经变得十分灵敏，所有的工作都由他的灵魂完成。

治愈了国王的家人之后，隐士带领着他的动物再次乘坐那朵云回到了埃及，很快他就成了众人眼中“沙漠里的圣安东尼”。但不得不说，甚至在他前往加泰罗尼亚之前，已经有不止一个敏锐的基督教徒指出了围绕在隐士头上的金色圆环，这个圆环一天比一天亮，盗贼们想半夜从他身上偷东西都是徒劳。

少 女

这个十六岁的女孩在自己的家中——一个工人家庭的小砖房里——已经持续一段时间感受到来自某个未知事物的威胁，她想要直面这个事物。

平日里，她和姐姐一样谦恭地承担着家务，大家都认为她的温柔、谦逊值得信赖。

但是有一天，她给父亲端了一杯咖啡，里面的勺子却不翼而飞了，没人知道这是怎么一回事。母亲恳求丈夫不要触碰那杯咖啡，仿佛那是鬼魂看不见的食指。父亲耸了耸肩，这个行为表明他觉得并无不妥。

还有一次，女孩刚看了一眼报纸，正准备把它交给父母时，报纸却凭空消失了。

平静的两个星期过去后，这天盘子突然从少女手中滑落，掉到厨房的地面上，它在诡异的寂静中摔碎了，以至于父亲转过头来的一刹那仿佛是被某种不寻常的声音击中了。

如果这些事发生在房间凌乱、疏忽大意的富贵人家，或许不会被注意到，但是发生在法国北部L郊区一个捉襟见肘的穷人家中就显得格外扎眼。那里的人最值得称道的就是他们严谨、认真的生活态度。

这些事对母亲产生的影响最大，她的脸上爬满了皱纹，叫人不禁好奇她是如何在脸上为皱纹腾出这么小的地方的，这张脸记录着家中大大小小的操心事。

父亲是当地一名运货马车夫，他似乎并不是一个会对往事耿耿于怀的人。

他如此粗犷，胡子拉碴，而他的妻子只顾着打理艰难生活里的千愁万绪，他们怎么会生下这样一个女儿？难道是命运使然？几天来，这种怪异、执着的命运似乎在这个简陋屋舍的空气中留下了痕迹。是的，一男一女顺理成章地结合在一起组建家庭。谁敢阻拦他们？他们的言行举止规规矩矩，从未做出什么震惊四邻的出格事。但这并不是他们的每个孩子也能克制自身怪异，让这种怪异只在身外世界蔓延的理由。

少女对父母隐瞒了自己都不愿承认的事情：几个星期以来，她总是发现早上仔细整理过的床铺转身一看又凌乱不堪；衣柜里收拾得整整齐齐的衣服，再打开看时又变得乱七八糟。仿佛大多数时候，这些完全不是她深信自己已经小心翼翼完成了的事。

两姐妹中，姐姐做饭并不精细，但富有营养，而近些时日，妹妹的厨艺充满了奇思妙想，以至于有时候大家会怀疑自己是真的在吃饭，还是嘴巴开始做梦了。有时父亲会说："我喜欢吃没有牛犊胸腺味道的芦笋尖烧鸡。"可他最终还是会承认："这道菜的口味很好。"

一天，父亲邀请他所供职的马场场主来家中做客（此人——以贪婪著称——对他的升迁起着关键作用），母亲本想让大女儿准备菜肴，但父亲的意见占了上风：“我相信小女儿会给我们做出一些不一般的东西。我们应该相信她。”

少女不敢告诉父亲自己多么害怕准备这顿晚餐，父亲的大嗓门让她不寒而栗。她心惊胆战地准备着晚餐，觉得命运在玩弄她这个卑微的小人物和她的一举一动。

晚饭开始了，先上桌的是开胃菜，极为精致的开胃菜吸引了食客们的注意，但只有开胃菜还不够，随后，一盘色香味俱全的欧鲌鱼出炉了，至少看起来是这样。就在不善掩饰骄傲心情的父亲准备亲自为客人上菜时，所有鱼都纵身越过窗口跳进了屋檐下流淌的河里。其中一条鱼还卡在窗户上好一会儿，但这并没有阻止它在清澈的溪流里愉快地赶上其他伙伴。酱汁在众人惊愕的目光下分解，菜肴的热气又偷偷回到炉子上，还不忘顺便烫一下父亲和客人的手。盘子里依旧空空如也，亮晶晶的，就像刚刚洗过一样。怒火中烧的父亲只好匆忙拿出罐头给客人吃。

客人一走，他就严厉地呵斥女儿说：“你不觉得羞愧吗？”女儿则把脸埋在了围裙里。

“这下可好，下次你就能放心了，不会再让你做饭了。”

父亲认为有必要继续责备小女儿：“你太骄傲了！这就是为什么你啥都做不好。”

唉，这就是生活，女孩独处时暗自想着。

“你听我说，”妻子对丈夫说，“你对这个孩子说话的时候应该亲切一点。你对她太冷冰冰了。”

“啊！难道现在你要说这都是我的错？”

某天，夫妻二人聊天。妻子说：“小女儿或许该结婚了。”

“但是哪个倒霉鬼会想和她结婚呢？我们也才开始知道她一无是处。你怎么能指望一个勤快的老实人同意娶她呢？”

“但她是个好女儿。”

“我宁愿要一个会煲汤，能让你把汤喝到肚子里的坏女儿……”

“……而不是那些会从窗户逃走的天花乱坠的菜。”父亲补充道。他总是把心里的话反复说两次。

女孩对自己的种种举动感到懊恼，她甚至都不敢哭了。是的，哭泣并不是对生活彻底绝望，而是无论如何都对眼泪的功效和它的温度抱有某种晦暗的信心。这不正是我们内心的那一点点自我同我们一起暴露在难料的世事中吗？

女孩日渐消瘦，脸色也很苍白。忧心忡忡的母亲说：“可怜的女儿瘦得还剩下什么啊？过不了多久，我再和她说话时，回复我的可能只有几件空荡荡的衣服和两只勉强睁开的大眼睛。”大家尽可能地安慰着女孩，但她现在很敏感，人们一旦靠近她，她就会感到撕心裂肺的痛苦。

她很担心成为父母的负担。母亲为了打消她的这种念头，有时会在女孩床头柜的抽屉里放上几枚五十分的硬币，甚至一两枚两法郎的。

“这些是给你的，拿着吧。”一天，她对女孩说。

但是女孩不敢碰这些钱。

有时她会在马厩旁边徘徊。她经常走近父亲的马匹，享受这些高大、神秘的生物的陪伴。她在黄昏时分赶到，那时，结束劳作后返回马厩的动物们正在享受食物。牙齿间传出咀嚼燕麦的嘎吱声，马儿竖起它们的耳朵。马槽里被吃得什么都不剩后，这些从沉默寡言的世界深处探出来的目光十分触动她，尤其是它们会把头转过来，长久地停留在她身边，而不是忽视她的存在。一天，其中一匹马无缘无故地咬了另一匹马的脖子。躲在角落里的少女任凭自己想着伤心事，感觉就像是在向它们倾诉。

“你做了什么刺激它们的事？”父亲突然推开了马厩的门，“你在外面没有足够的空间吗？有必要来折腾这些可怜的动物吗？”

还有一天，父亲在院子里遇见了小女儿，对她说道：“说吧，你有真正努力让自己变得更好吗？还是说你把自己当成了吃年金的人，就这样放任自流？”

她没有回答，而是决心马上离开父亲的家。

第二天一大早，在黎明前的黑暗中，她开始穿衣服，她穿上房间里多余的长筒袜，以及一天到晚都穿着的连衣裙。她不知道姐姐会不会突然醒来对她说：“这个点你要上哪儿去？”

这个小女孩走在街上。

她之前攒了八十七法郎，都是五十分或两法郎的硬币。她打算好了，这些钱能够维持多久，她就活多久。之后她就会跳河，河水可不仅仅为欧鲌鱼而存在，不是吗？

她不希望水流离开自己的视野，所以沿着河走了很久。十点钟左右，她走进一家远离公路的小旅馆，接待她的是一个身材高大但又温和谦卑的女人。

“可以告诉我您的名字吗？”尽管她们素不相识，但这个女人仍旧很有礼貌地和她说话。

女孩上楼走进房间，打开行李箱，惶惶不安地将随身物品整理到柜子里。

一刻钟过去了，半小时过去了，一切都还是井然有序的样子。于是，她被周围事物和顺的姿态鼓舞，也为此感到兴奋，她立即决定为旅馆老板提供服务。

直到这时，始终温和的老板娘改变了声音和语气。

“您是以顾客的身份还是以佣人的身份来这里的？这一点您要搞清楚！”

“我只有一百来法郎……”

“那您先把这些东西吃了，以后再说。”她凶巴巴地说道。

女孩心想：唉，夫人，您没有理由如此生气啊。难道您没听说过有缺陷的人都想掩饰自己的不幸吗？

女孩交了一周的食宿费后，在第七天的前一晚，本性不坏的老板娘对女孩说："我想带您去厨房，我需要一个帮手，但我想先看看您能做什么。您知道如何准备鱼吗？"

飞鱼的故事结束了吗？正当她着手开工时，女孩在心底问自己。

"您为什么发抖？这样可做不好菜。您喝酒了吗？"

"噢！我天生就是这样。"

"您是不是不喜欢别人看着您工作？"

晚饭很成功，有两三个旅客用餐，其中还有一个陌生人，他们走进厨房称赞了小女孩的厨艺。

她试着不去想父亲，也不想知道是否真的怨恨自己选择离开的父亲。他的严厉不是完全有道理的吗？晚上，她独自待在女佣房间里时常常自言自语："我忘记父亲了，我竭尽全力地忘记了他。我不想再谈论他了。"

孩子的离开对父亲影响很大。他不知道究竟为什么感到自责，但是他的良心并不好受。如何找到女儿呢？他和妻子都认为没有必要通知警察，甚至也没有告诉邻居。

他们说："我们的女儿去了她表姐家。"大家也礼貌地没有追问这个他们从未提及的亲戚是谁。

但有时家里来的朋友会一直盯着那条阴森森的河看。

每天早上父亲都赶着马离开。其中一匹马叫"暴风雨后"，另一匹叫"宁静"。马车夫对它们的爱都是一样的，但很容易认错它们。力量与温柔是它们的座右铭，尤其是在女孩离开之后。

啊！父亲想，内心能够有所信任，无论是人、动物，还是工具，都是劳动者的快乐。这个男人信任自己的佩尔什马，就像信任马路上树木的智慧一样。

我的女儿在哪里？我是在离她远去吗？我那体弱多病的可怜女儿在哪里啊？她可能已经死了，谁会接受她呢？这个不幸的男人，他违心地希望永远不要再见到她。

一天，马儿不知怎么回事在靠近小女儿工作的地方脱缰逃跑了。父亲可能是第一次来这里。

马车夫被甩出车外，额头上鲜血淋漓，距离客栈门前的台阶只有几步之遥。众人跑上前去，小女孩取来一些绷带和纱布包扎父亲的额头。每个人都称赞她治疗伤员时娴熟的动作。至于忘乎所以的马儿们，它们正在五月的草坪上无忧无虑地吃着草。

“可怜的孩子，”父亲说，“原来你还活着！现在你给我包扎的伤口会把我送到另一个世界。啊，你会杀了我的，你信任你的双手，可它们做不成任何事，我会因为失血过多而死亡……”

他没能把话说完就晕倒了。人们给他喝了点白兰地。事后，他不得不承认绷带系得非常好，甚至称得上完美，上面不是还有一个穿着珍珠的回形针固定着绷带吗？

回家的那天晚上，小姑娘惊喜地发现自己的声音如此欢快，她想亲自动手准备饭菜。

“别麻烦了，”母亲对她说，“经历了这么多事，你一定累坏了。”

但是少女已经穿上了围裙，她信心满满地走进厨房。“你们晚饭吃什么？噢，欧鲌鱼！我曾经给小旅馆的客人们做过这道菜，他们很喜欢吃。”

母亲和姐姐想帮助粗心大意的女孩一起准备。父亲拽着她们的裙子，把她们推出了厨房，他低声对妻子说：“让她自己来。我告诉你，你可以相信她。她现在是个大姑娘了，她知道该如何做事。”

这顿祥和的家庭晚餐就像世界各地成千上万的家庭晚餐一样：父亲、母亲、两个长大的女儿，大家围坐在圆桌前，灯光均匀地映照着四个人的面庞，整个家庭又恢复了往日的幸福。

盛牛奶的碗

一个苍白消瘦又顽强坚毅的年轻人端着一大碗牛奶穿过巴黎，给住在偏僻街区的母亲送去，他小心翼翼地不让满满的牛奶洒出来。母亲只能喝牛奶。每天早上她都在窗前期待着盛牛奶的碗的到来。

年轻人步履匆忙地往回赶，母亲已经饿了，他知道这一点，但是担心牛奶洒出来，他也没有过分着急。他时不时将落在牛奶表面的一些烟尘吹到碗的边缘，再仔细地将它们拨出去。

有时候，贝里街和彭蒂耶夫街拐角处的杂货店店主会想：“时候不早了，端着牛奶碗的小伙子已经过去好一会儿了，可我还没整理好我的架子。”

“别难过，我的好孩子。”母亲看着碗里剩下的牛奶对年轻人说，“今天的牛奶比昨天的少。可怜的小家伙，路上一定有人推你了吧？”

“我再去找一些。”

“你知道这是不可能的。”

“是啊。”男孩低下头说。

他被禁止用瓶子装运牛奶。是谁禁止用瓶子装牛奶的？

年轻人一进家门总是第一时间说：“喝吧，妈妈。”这是他和母亲打招呼的方式。他还会补充说：“快喝吧，不然牛奶会一点一点蒸发掉。”为了确保牛奶一滴不漏，母亲喝牛奶的时候他会看着她的喉头一上一下地移动。

看到母亲喝牛奶的力气一天比一天弱，男孩悲伤地想着：妈妈坚持不了多久了。

“不过这个大碗还是不错的，对于我这个年纪的人来说也许绰绰有余。而且我身强体壮，如果我感觉不舒服，我就去睡觉。”

母亲已经去世很久了，她的儿子仍然每天早上将吹去了烟尘的牛奶带回来，可他不再说：“喝吧，妈妈。”他会去厨房把碗里的牛奶倒掉，像从前孝顺母亲那样小心翼翼，直到将最后一滴牛奶倒入水池。

街上与您擦肩而过的人，他们从城市的一个角落赶往另一个角落，您确定他们总有一个可以理解的理由吗？当然，您可以采访他们。他们会说“我要去上班”或“我要去药店”之类的话。但是，如果您不厌其烦地继续询问他们，他们会不会像这个不幸的男孩一样不知该如何回答您的问题：为什么无论刮风下雨，每天都会在同一时间做同样的事情？

蜡　人

戏剧导演是个十分和善的人。即使当着作家的面撕掉一部分手稿并揉成一团，他的举止间依然保持着风度，以至于人们从这个动作中看到的只有他对作家的谅解，而没有别的什么含义，这是他特有的关心剧本的方式，仅此而已。整个过程中，他始终用刚毅但不乏柔情的目光注视着作家。是的，没有错。这种眼神像是在说："嗯，我很欣赏您才会在您面前撕掉这张纸，这样您才不会生气，必须相信我们的友谊！"

彩排那天，作家看见人们聚集于此只是为了了解他在寂静的工作室中写出来的东西，这让他在某一刻感受到一阵痛苦：真的有必要把它搬到舞台上，而不是让它停留在脑海或书本的隐秘角落里吗？那些人紧盯着垂落的幕布，仿佛那是作家的额头，而我们则许诺他们揭开"额头后面发生的事情"。

最信任的朋友们的面孔对他来说还是一种真正的安慰。看到他们都出现在这里，在同一个屋檐下，他们是有思想、喜欢深度的人，是作家童年的朋友、战友和成年后结交的朋友。那天晚上作家有一点发热，在他看来甚至每位朋友都想做点什么来证明这一天对他们而言也是大日子。一个似乎比平时高一点，另一个肩膀宽一点，这一个的确更胖了，另一个却异常瘦削。这位金发男士生平第一次一瘸一拐地走路。

毫无疑问，他们觉得穿上燕尾服还不够，还得作出点个人牺牲。他们似乎正彼此交谈着（这些人基本都坐在一处）：“现在不管行不行得通，都不是我们的错。我们已经做了一切能做的。”

这件事对作家而言至关重要。他不是曾在二十家报纸上宣扬过他所创作的这类诗歌体裁的戏剧很可能引起普通民众乃至文人墨客的兴趣吗?

第一幕结束时，作家注意到舞台前面某些一直声称是自己朋友的观众十分用力地鼓了掌，但没有发出丝毫声音。他不得不承认此前一直拒绝相信的事情：有人在更衣室——在总彩排和首演的日子里——出售一种特殊橡胶材质的手套，这种手套的外观完全类似于人的皮肤。坏朋友们戴着这种手套在可怕的寂静中热情鼓掌，这种寂静让演员士气低落，使评论家丧失热情。只需要在更衣室跟领座员说一声：“给我一双。”她就会把用纸巾包好的手套塞到您手里。有些人明目张胆地戴着这种手套跟作家说话，挥舞的手在他的鼻子下散发出刺鼻的橡胶味。其他人把手套塞进西装上衣的口袋，手套的两管指套露在外面，同时表达他们对这出戏的喜爱，这是不是一种消遣呢?

作家发热得越来越严重。可这些还不是唯一打击到他的虚伪表现：在此期间，有人在前台夸奖他，解释为什么喜欢这部作品，一条正好穿过鼻梁的分界线将这人的脸一分为二，他的脸色是不是正沿着这条线逐渐变得一半红一半白?

如何看待这些用半红半白的嘴唇向他人吐露赞美之辞的人的诚意?作家心想。他用怀疑的眼神看着他的对话者，与此同时，这个人却继续使用连盲人都听得出来的谄媚语言谈论着这出戏。

作家的朋友中有一个坦率的正打算离开。他可能找过我，想告诉我他的感受，作家想，或者他实在是太腼腆了，他觉得现在告诉我还不是时候，他更愿意给我写信。就在对方自以为可以避开作家，即将踏出剧场大门时，作家轻轻碰了碰他的肩膀。“嘿，您觉得这个作品如何?”作家自信中掺着一点痛苦地问道。对方立刻回答说：“您知道我平时多么喜欢您的作品，但我必须承认，这个剧本在我看来，怎么说呢，不如您其他的作品重要。”这番话让这颗赤诚的心灵付出了沉重的代价，他开始在作家面前自我贬损，作家让他冷静下来，尽可能地安慰他，申明他是第一个认识到自己作品缺陷的人，并告诉对方自己不打算再创作戏剧了。不幸的是，这些保证只能让对方感觉自己更加渺小，他甚至急急忙忙地承认自己微不足道，同时继续表达他对作家其他作品的崇拜，他手足无措得像一个溺水的孩子，在无形的水面上扑腾着双手。他就这样消失在作家眼前，如果不是突然看到对话者那高大的身躯和倔强、亲切的男性面孔再次出现在另一个群体中，脸上挂着“做好自己该做的，其余的由别人说去”的习惯性神情，作家一定会因为对他无意中造成的伤害感到沮丧。

回家后，作家不得不承认他几乎完全没有观看演出内容，回想舞台前那一个个出席者的脑袋，仿佛臭球一样即将在城市里散播他们对于这场演出的痛苦印象，他陷入了沉思。

经历了第一场、第二场、第三场演出后，导演在作家的办公室里和他讨论“拥有观众”的必要性和满座的困难。

确实如此，始料未及的作家思忖着，剧场里有很多座位，一个挨着一个，前后左右都是座椅，但这似乎还不够，还有许多藏起来的折叠座椅，它们进一步证明了剧场里就应该坐满观众。

作家的妻子煞费苦心地推销免费观看演出的门票。矮小、瘦弱、苍白的她走到哪里都不会引人注意，她利用了这一优势。她很清楚自己在剧院里的任务，她看到报刊亭老板站在靴匠旁边，位于乳品店老板和洗衣工之间（他们的站位正好符合各自店铺的位置）。

卖衬衫的商人果断地用大家不熟悉的坚定语气回答说：“我宁可告诉您，夫人，我不会去。”

送挂号信的邮递员则给出了理由：“噢，夫人，周内每天我都在东奔西走地工作。”

“那星期天呢？”

“星期天我得照顾我的母亲。”

由于第五场演出当天到场的人实在太少，导演找了作家来商量。“从今晚开始我们得在剧场里放些蜡人了。”他说。

作家回答说：“嗯，好吧……”他仿佛对这种干预措施的有效性持保留意见。实际上，他根本不知道这是怎么回事，导演只好向他解释，一段时间以来，当各个剧场里的订座率过低时，主办方就会搬出地窖里的“预留观众”。它们的做工无可挑剔，并不满足于单单拥有金色或棕色的头发、肥胖或苗条的体型，它们完美地模仿了人类的外观。有人说，这些蜡人可没有那些装模作样的真人观众荒唐，比如，这个外表纯良的人竟然也会去偷窥女人，那个人则会毫无忌惮地签空头支票。但所有观众，无论是外省来的亲戚、军人、地道的巴黎人，还是取得了法国国籍的外国人，无论他是欧洲人还是美国人，这些人首先看上去是个捧场叫好的观众，他们总是按照自己最明显的兴趣追戏，眼神里仿佛流露出担心演出很快结束的感觉。不得不承认，在幕间休息时，这些没缘由的眼神让大家有些担心。但是，该如何处理呢?

演出开始前一个小时，蜡人会被放置好。它们懂得等待时机，有些蜡人还会在需要时鼓掌。一根巧妙安装的电线在允许它们鼓掌时提醒它们。如果其中一个蜡人用它那双破旧的机械手胡乱鼓掌，观众们也只是会心一笑，就像看待一个挤在大人堆里突然开始吹小号的孩子。一个穿着剪裁拙劣的燕尾服的机修工会走近这个冒失的蜡人，按下一个隐藏的按钮，然后一切恢复正常。这些会拍手的蜡人价格不菲，所以剧场里摆放得并不多（大约十个中有一个）。为了使演出效益最大化，它们被巧妙地放置在剧场各处。当然，这些蜡人的存在并没有欺骗任何人。导演说，比起半空的剧场大厅，观众更愿意看到这些替身，并感谢管理方的这笔花费。

只有我们的作家没有习惯这些不速之客。他把这一百张面孔看作一种可怕的惩罚。绝对是不应该承受的惩罚。一天，作家心情特别糟糕（比起他的戏剧，他自己的状态也好不到哪儿去，剧场里空旷的区域越来越大，他内心的裂缝也越来越深）。“噢，求您了，”他哭喊道，“今天别把蜡人拿出来了。这样做欺骗不了任何人，相信我！”

“您这么说可真是太好心了！”导演讽刺地说，“但我不能强迫我的剧团给空座椅表演。蜡人是用来使用的，既然这已经是惯例，我不明白为什么要放弃它们可以提供的帮助。就由我这样做吧，如果您的剧本还有救，这是唯一的办法。至少我会尽我所能地挽救这出戏。”

缩在包厢最里边的作家不得不再次接受每天晚上看见这些用蜡捏成的资产阶级端坐在它们的位子上。观众越来越少，蜡人似乎一天比一天多。作家最后甚至感觉到嘴里有一股难闻的蜡味，他的思维在痛苦的混乱中纠缠不清。

以至于一天晚上，他决定不再观看演出。

他要了一些当季的水果——是的，大自然向人类持续提供简单、多汁的水果，那不是戏剧的果实——然后把自己关在房间里。锁上门后，他独自一人在四面墙之间吃一个橙子，一个观众也没有，无论是有生命还是没有生命的；他把橙子籽一粒一粒吐在盘子中间，没有任何掌声；他咽下果汁，但没有告诉门房、剧场楼厅里的工作人员、领座员……

第二天，他拒绝离开他的床。他甚至都不想理睬进屋的妻子，他看得很清楚，妻子的眼神仿佛一个与他有利益关系的观众。作家二十四小时锁着门，他的隔离似乎越来越受到影响和监视。他的脉搏依然平静，但是发烧仍在持续，他喜怒无常、举止夸张……

接下来的几天里，他不愿意碰别人给他的食物，妻子被三个躲在帷幕后面的咨询医生推着进入他的房间，但是他也不愿意碰妻子端给他的那杯简单的清水。他拒绝参与这种外部世界对自我世界布下的阴谋，而自我世界变得越来越封闭、越来越沉默。

人们越是想让他睡觉、吃饭、排泄，这种不可抗拒的需求增加得越多，他就越是想要像使用橡皮擦一样把自己擦除掉，把自己尽可能地用毯子和被子裹紧，把自己藏在一堵巨大的隔墙旁边，他开始用死亡的指甲到处乱抓乱挠。

一天，主治医生见他昏迷不醒，但他的额头上有一道皱纹，这说明他的生命还没有完全结束。

医生用高级军官判断军事演习那样明确的声音对作家的几个密友说："九点零三分，心脏停止跳动。这一点毫无疑问。

我亲眼确认了作家的死亡，我愿意在任何人面前声明，我们的朋友已经不在我们身边了，虽然他的额头还是热的，他的大脑还在运转，也许这还会持续片刻。这种现象也曾在一些极罕见的情况下发生过，我曾见证过一些杰出的艺术家或一些严谨的伟人，即使在心脏停止跳动的情况下，他们的大脑仍然继续思考。”

医生在撒谎。他从来没有见过这样的事情，但他不是一个会大惊小怪的人。“这些现象，”他继续说，“或者说表象，不会持续太长时间。我在这里的作用，唉，已经到头了。我们亲爱的作家已经去世了，而且是真正地去世了。我们可以毫无疑虑地哀悼他了。”（最后这句话与其余的话分开，独自停留在空气中。医生比他看起来更激动，他的思想还停留在真实表达的半路上，真实表达出来的内容比他希望表达的多，也比他希望表达的少。）

作家额头中间的那条褶皱总是在友好的手刚刚抚平它时又形成了！眼见他忍受这样的折磨，周围的人异常痛苦，在所有生者看来，也可以说在所有死者看来，这个人现在有权利得到安息了，即使是犯下滔天大罪的人通过救赎也应得到安息。

半夜，妻子屏着气凑近丈夫的额头，低声叫了他几声。

他能听到我说话吗？她想，他与我们仍旧同心协力吗？还是说，他在与我们作对，用那些可怕的毒药、用那些可怜的人类尸身知道该如何准备其全部长度的暗器来对付我们?

忽然，她听到丈夫沉闷的声音，这个声音仿佛有人在鲜嫩的草地上残忍地挖了一个洞：“剧场里再也没有蜡人了，再也没有蜡人了，对不对？人们是不是看不见它们的样子了？”

作家弯曲着双腿，就像那些坐在剧院座位上的假观众一样，他的眼睛死死盯着正前方的一个点，盯着一个看不见的舞台。

她尽量让他平静下来。

“安睡吧，亲爱的，”她说，“蜡人三天前就离开剧院地下室了。”

的确如此。这出戏已经不再上演了，作家离世前只剩下能够理解这件事的气力。放下心来之后，额头上的高烧立刻消失了，他的双腿终于决定坦然伸直，接受离开人世的安逸。

朋友们在隔壁房间等待，作家的妻子带着紧张、颤抖的笑容进来了。

她一句话也说不出来，立即转身趴在墙上，掩饰脸上跃出的大颗大颗的泪珠。此时，作家的朋友们还没有完全了解发生了什么，蹑手蹑脚地走进他的房间。

重逢的妻子

舍曼是一个留着黑色山羊胡子的小个子男人，每天晚上，他都会心满意足地入睡：他总在临睡前仔仔细细地给鞋子擦鞋油，他认为这样做过之后无论第二天去哪里鞋子都不会被弄脏。

他有一个比自己小十五岁的妻子，对此他很是骄傲，只有一个地方让他感觉不舒服：妻子总是忍不住说出些对丈夫而言不合时宜的评价，这些评价会像唾沫一样突然从嘴巴里飞溅出来。事后她又微微一笑以示这不过是玩笑话。但真的能一笑了之吗?

尽管如此，他还是活得很开心，直到那个夏天，她对他说："保罗，你越来越老了，你的鼻子也越变越大了。"他与往常心事重重的时候一样，什么也没有说。但第二天，他一声招呼也没打就乘坐前往英国的渔船离开了，目的是给妻子一个教训，可最终还是自己承担了后果，他遇到了海难。

抵达天上之后，人们让他许一个愿望，他连忙说："我想要一个小鼻子，其他的我都不在乎。"

有个人给他提供了各种各样的鼻子模型，他从中挑选了一个，一个小巧但意义像眼睛一样重大的鼻子。

推荐鼻子模型的人说："您可别把它想得太好了！"他

曾经是个制帽匠，很清楚什么适合舍曼，什么不适合。

“噢，这个肯定很适合我……”

保罗·舍曼时不时地用手摸摸鼻子，手感真好！这真是一个神奇的鼻子。不幸的是，他在灰暗的天街中引起了人们的注意，就像没有阳光的日子里一顶过分明亮的帽子。

第二天，他又去找了那个拥有成千上万个鼻子模型的人。

“您说得对，”他对他说，“我想要个简单点的鼻子。”

“您当时选择它的时候我不想坚持劝阻您。在这里，我们不强迫任何人。不过现在我知道您需要什么样的鼻子了。”

他们找了另外一个鼻子，这一个与舍曼原先持续长大的鼻子几乎一模一样。“有了这个鼻子，”供货商对他说，“您不会有任何烦恼。”

离开的时候，舍曼自言自语道：“一定要让妻子看看现在的我。”

这个不幸的男人认为他可以在天上找到她，但这是刚去世的人常犯的一个错误。他们死亡的时候承受了记忆的打击，以至于总想象着自己还能常常和刚分开的人见面。应该用各种委婉的方式告诉他们，他们以现在的形式永远存在着，而活着的人以他们的方式存在着。事实上，在所有的亲戚朋友中，几乎只有他们去世了。

舍曼环顾四周。在天上这个地方看不见一根天使的羽毛，也没有上帝、圣徒。有人说他们曾经存在过，但没有人记得他们。这是上帝创造出来以供片刻静息的地方吗？难道上帝正暗中谋划一场浩大的进攻？大家开始对此产生怀疑，尽管天上依然存在着超自然的力量，而亡者们正利用这股力量。因此，人们可以选择自己的气候，无论您走到哪里，您的气候都会跟随着您。但这并不会打扰到别人的气候喜好。您可以躺在温暖的草地上，而您用胳膊肘碰触过的人却在西伯利亚的雪夜里坐着雪橇。

这里还有其他好处逐渐向相关的人显现出来。一天，舍曼发现过去的一点一滴被投射在他的面前，仿佛面前有一块银幕。想要再次看到曾经发生在自己身上的片段，只需要稍微花一点精力回想一下就可以。这就是记忆电影院，他之前听同伴提起过。

舍曼的银幕上再现了他遭遇海难的那一天。画面如此清晰、真实，他邀请了几位同伴一起观看。这是天上无所事事的闲人之间常见的礼节，这个世界里的人不需要为了谋生而工作，这也是他们为数不多的消遣之一。

目睹一场海难总是震撼人心的，尤其当您是故事里的主人公时！当您看着自己在暴风雨中挣扎时！此前，他一直在想自己的死亡到底是如何发生的，现在他可以看到整个过程的所有细节。他是为了救那艘该死的渔船上的小水手而死的。身边的观众们开始为他鼓掌。人们赞扬他英勇的牺牲。啊！是的，真的，他的妻子始终不懂得欣赏他。

记忆就这样泄露了它的秘密。我们能感觉到记忆在一种半意识的状态中运行。许多本以为已经完全遗忘的事情却再次投射出生命本身的鲜活与光辉。可是人们只想邀请关系亲密的朋友观看人生中重要的、预先受控的时刻。播放者不得不相当谨慎：正如他们所说，最不希望看到的就是出现一些私密的事情，放这些还不如放在家里洗脏衣服的画面。此外，每个人的生活中都会有重复、冗长的部分，为了让记忆加速运转，播放者不得不持续用食指按住额头中间，哪怕是在最好的朋友之间，这也会产生不好的影响。

舍曼决定在没有旁人的情况下观看投影，即使有需要，他也不想被安慰。起初，他有意避免看见妻子，他仍旧怨恨她。只要她一出现，他就会按住额头中间，他更愿意关注自己，比如上课时站在学生中的自己，或者和市镇学校里的同事玩勃洛特纸牌的自己。可他唯一真正感兴趣的问题其实是妻子在他生命中扮演的角色，一天，他决定找出这个答案。

显而易见，镜头里的妻子太美丽了。他从来没有见过她这么漂亮。妻子丰满得恰到好处，而他则过于干瘦。多么清新的早晨。妻子立刻醒了过来，然而怎么有这么多女人一大早花大量的时间聚在一起扯东扯西。

他们竟然连个佣人都没有。他现在才注意到这一点。真该好好心疼妻子，她每天都要洗衣服、熨衣服、刷碗、烧水、做饭、冷却食物……几乎词典里所有动词她都要做一遍……

那天他穿上了新衣服，妻子那双聪慧的眼睛温柔地看着他，那件衣服一定在海难中被打湿了。

这些特写镜头仿佛有意为之，总能将妻子表现得体贴周到。比如，她把最好的一块肉给他，把骨头和肥肉留给自己，或者用丈夫给自己买梳妆用品的钱付煤气费。

啊，他为什么离家出走？还偏偏遇上海难！做得太好了，这个笨蛋！而现在，他不得不过着死人的卑微生活。

有时，舍曼在新抵达者广场上漫无目的地徘徊，希望看见妻子到来。可是突然间他意识到：*不，不，不，我不能盼着世上我最爱的人死去。*想到这一点，他飞奔而逃。

整个天上沉浸在令人悲伤的沉默中。除了天空里一小块地方，其他地方听不到一点喊叫声。

这是完美回声广场，在这里可以非常清晰地听到从地球上传来的几个世纪之前的喊叫声、人群聚在一起参加某个重大事件的呼喊声、战斗的哭喊声和孩子们娱乐时的欢呼声。

最近，人们时常谈起萨拉米斯战役的回声。如果我们相信天文学家和音响工程师的计算，那么这场战役后飘荡了两千多年的哭声终于即将抵达完美回声广场。雅典和波斯的将军们劝说大家不要远离广场。

广场上突然响起千百种呼喊声，这些呼喊再现了战斗中各种震撼人心的真实场面。虽然战场上的领导者们发誓不发火，但在历代希腊人责备的目光下，他们还是忍不住相互谩骂。

舍曼对身陷这个过时的历史事件中非常恼火，他毫不掩饰自己的坏心情。

“啊！我完全不在乎那些两千年前大喊大叫的人。”他在人群中认出几个朋友，并对其中一个说道，“我从未体会过希腊的历史，但是现在有些将军想强行让我经历一次。我更想听到的是我妻子的声音。最起码能看她一眼也好啊！”

“舍曼，我的朋友，别再想念你的妻子了。”内心的一个声音对他说，“不要有过分的要求，你以前是老师，这应该教会你保持理性。”

但有一天，他来到一个公共广场，那里大概有十万台天文望远镜。这真是个大发现！他有些惊讶，竟然有这么多死去的人对天文学感兴趣，他加入人群之中。广场上的观察者年龄不一。对于天上的孩子们来说，没什么比用温柔、完美的望远镜观察地球上的孩子们玩造房子的游戏更让人开心的了。

一位父亲在凝神注视着女儿，一个女孩在找她的伙伴，另一个在找她的同学。所有人都拿起望远镜盯着某个建筑物的门口，五层楼的房子、工厂、车间、田舍，所有人都把目光投向了这个古老的地球，那里正在发生着一些事情，天上的人如今已经不再害怕死亡，似乎不会再有严重的事情发生。勇气、耐心、想象、意志，甚至爱情，这一切都失去了意义。人们面对彼此，就像面对已经解决的问题。而在地球上，直到咽下最后一口气之前，一切都是未知。

前中士[1]要求看看地球。

“只看地球吗？”男子神情略显嘲讽地说道。管理望远镜的人经常这样做。

“我想再看看我留在那里的人。”

“大概是您的女人吧。”男子仍旧轻蔑地笑着说。

“我不认为这是被禁止的……”

“噢！我可没有干涉您，也不会给您任何建议。留下的那些人总摆出一副惹人烦的姿态，要不就是过马路的时候过分小心，以免被撞到，要不就是反复做那道我们爱吃的菜。”

“有必要的话，我宁可不高兴——这还能让我忙起来。”

“这不是生气的理由。”

他把望远镜对准某个方向，摇了几下手柄。

“您想看巴黎的哪个地方？”

“卡内特街，如果有办法的话。”恢复平静的舍曼说。

“在这里，只要人们礼貌地提要求，总会有办法。”

啊！下面是生命的流逝，是生者真实的生活。往来穿梭的男男女女，他们的双腿在这条路上走过无数次。多么拥挤的卡内特街！还有街上的家庭主妇和四季手推车！他盯住27号房舍门口，等着他妻子现身。已经九点了，她不会耽搁采购食物的时间。

1　指舍曼。

突然，他看到了她。她穿着一条黑裙子，完全是黑色的，一点装饰也没有。

这都是因为我！她一定在报纸上看见了遇难者的名单。舍曼洋洋得意地想着，身体却僵直地坐在望远镜前，我连再见都没和她说就走了！

他对她百看不厌。她是多么清新靓丽啊！毫不费力地活着。地球上的一切都是那么明媚灿烂！竟然还有人自杀。

在他看来，地球上的一切事物都值得被热爱，哪怕是一小块木头也值得仔细端详，一只小虫也值得关怀，一颗石子也值得清洗一番。

起初，舍曼总是需要管理员帮忙才能找到巴黎。现在他自己就能找到了，但法国正下着大雨。几天来，巴黎的能见度都为零。

“这里从不下雨吗？”前教师[1]问管理员。

“如您所见。”

“长此以往，是不是有点单调？”

“我在这儿是给你们展示风景的，不是来指指点点的。”

为了打发时间，舍曼和几位同事一起回顾好天气国家的地理风貌。

一天，他说：“这就是太平洋，快看。”

1　指舍曼。

“这是太平洋？我认识太平洋。我以前在东京当过老师。您现在指的是大西洋。从波浪的长度我就能看出来。”

但是管理员指给他们看敖德萨，证明他俩都说错了。

又或者，他们不是争论这个城市的名字，就是争论那个城市的名字。

“我跟您说，这是一个专区。您等等，名字已经到嘴边儿了。”

“我们可以多用会儿这个望远镜吗？”

“你们想用多久都可以。”管理员说。

有时候，在望远镜前讨论地理累了，两位老师无意中会发现自己在为未来作打算，或者想在每天拥挤的新抵达者中找到一些老同事。这是天上最大的消遣了。即使是那些表现得不大感兴趣的人，您也会开始寻找他们，他们最终会成为您不可或缺的人。而且，任何借口都是建立友谊的好理由。

就像按职业划分的人群一样，患同一种疾病（伤寒、癌症等）的受害者也会聚集在一起。

传闻舍曼是自杀身亡，有人便建议他加入“自杀兄弟会”。为了尊重真相，他决定加入巴黎海上遇难者协会，他佩戴该协会的徽章是为了让其他协会的推销员离他远一点。

在记忆的投影中回顾过往时，舍曼不止一次想要改写前世，这里改一改，那里改一改。他为什么满足于当一名老师？他不是应该给妻子更舒适的生活吗？他的目标是不是应该定得更高些？当他时不时遇见显赫的死者时——黎塞留、伽利略或克里斯托弗·哥伦布、第一代罗斯柴尔德家族的人、布锡考特先生、五六个像荷马那样的诗人——他就会这样想。这些人是永远的“大人物”，身后信徒万千。大人物一歇脚，他们也会停下来，在他身边扎营，或者像人们说的那样，作好晚上露营的准备。紧随已故的名流，甚至紧随他的某个追随者，对很多人来说是“活下去的理由”。于是乎，我们可以看到那些追随拉瓦亚克[1]步伐的影子，而拉瓦亚克对亨利四世仍旧穷追不舍。这些追随的身影并没有恶意，这是真的，他们只不过怀有对历史真相的朴素关怀，脸上挂着知情人的微妙笑容。

法国的天气终于放晴了，舍曼在妻子离开面包店的时候再次看见了她，万里之外的她。她在那里挑选西红柿，在一辆四季小推车旁边。

嘿，她为什么不拿左边那个？那个最漂亮。我跟你说，左边那个！天啊，她离我如此遥远，他痛苦地想，我连一点建议都给不了她！

现在，死后的他只能在这台望远镜的尽头望着她，他这才意识到，他这一生从未和妻子谈论过最根本的问题：她对他来说意味着什么，或者能够成为什么？而他又希望自己对

1　弗朗索瓦·拉瓦亚克（François Ravaillac，1577—1610），暗杀亨利四世的刺客。

妻子而言意味着什么呢？他一直满足于和埃莉斯在同一事业——日常生活——中所拥有的简单合伙关系。

有一次，他在妻子进花店的时候发现了她。她拿着花束坐上了公交车。然后身影消失在一个平台上。最后，他看到她在拉雪兹神父公墓下车，去给她丈夫的墓地献花。埃莉斯，你这样做真是太好了。与此同时，他向一个管理员问道：“为什么今天这么多人去拉雪兹神父公墓？”

“今天是亡灵节。”

“啊！”舍曼失望地说，“我宁愿人们不把我们看作一个整体。”

“她们来了就是好事，见好就收吧，别闷闷不乐的。”管理员说。

有时他会一连几个小时把望远镜对准她家的门口。啊！他认识那个地方，他认识那里的台阶，认识27号房舍的临街门面，他从未这样看过它们！

望远镜的尽头，万籁无声。工厂、汽车、人们的对话、玩耍的孩子、欢快的鸟儿，以及隆尚赛马场，一切都是静悄悄的。

“真不幸，下面天气那么好！”一天，管理员看见他在望远镜的这一头饱受煎熬，就对他说，“您在这儿不是为了自怨自艾的。怎么不去找点乐子呢？搞什么鬼？看看您的周围吧！”

“以后我有大把时间关注这里的事物！但现在我只想再次见到我的妻子！”

“好吧，既然您这么不理性，很遗憾，我不会再让您用我的望远镜了。”

舍曼离开了，他决定第二天找另一个管理员。

他又在阳台上发现了妻子，手里拿着她习惯记录心事的笔记本，之前她一直小心翼翼藏着不让他知道。

这是人间五月中旬的一天。洒在纸上的阳光温暖、幸福。舍曼从他遗孀的肩膀上方读得很清楚。

7 月 20 日。今天，保罗看起来很烦恼。他才智过人，他的思想经常遨游在我难以理解的领域。

这不是真的，舍曼想，我的思想压根儿就没有遨游。

7 月 25 日。他今天又给我出难题，我都不知道如何处理。

可你做得很好，可怜的孩子。是我以前不理解你！

8 月 3 日。噢，上帝！他为什么在一个美好的日子里连再见都没和我说就去了英国？

8月5日。保罗，我原谅你了。是我配不上你。

“你错了！”舍曼喊道，更确切地说是用尽全身力气对着他的望远镜无声私语（在天上，大家说的话都没有声音），“除了你，我从来没有爱过任何人！”

8月6日。门房和几个邻居到我家来给我看今晚的报纸。保罗遇难了！！！

8月7日。失踪人员名单上有个叫吉内特·吕西安的女人。我可怜的保罗也许和她在一起……

这不是真的。啊！谁又能去纠正她呢？天人相隔多么痛苦啊！但我看到你了，埃莉斯，我看到你了。穿着丧服的她多漂亮啊！啊！她揭掉了面纱，太好了，这面纱她戴得太久了。去享受生活吧，亲爱的，四处逛逛，吃吃美食，欣赏美景，如果能让你高兴，就去做爱吧！

过了几天（我们可以称之为地球上的一周），舍曼结识的一个望远镜管理员告诉他，他们中一个死亡的同伴已经成功重返地球。

管理员似乎是可信的，许久以来，天上管理员袖子上的军职臂章和胸前的徽章比童子军上士的还要多。

“虽然有回去的路，但几乎所有人得知交换条件后都放弃了。”

舍曼说：“我愿意不惜一切代价。”他如此激动，以至于仿佛再次听到了活着的心脏在胸腔内跳动的声音。

“那好吧，您只需要在离开望远镜广场的时候走左边的主干道，也就是人们所说的远见卓识大道……一直直走，直到您感觉膝盖出现难以承受的疲惫感。然后向右转。只要发现疲惫感消失了，这就说明您走上了正确的路。您再直走，直到感觉膝盖撑不住了，您再转身，这次向左转，您听我的，下次再向右转，如此反复多次。我只能告诉您这么多。此外，这些不可或缺的考验都是为了了解申请重返地球的人是否足够坚韧、有耐心。”

“您可以信任我。”这位前中士不自觉地调整了方位，“我是一个认真的人。”

过了一会儿，管理员又补充说：“可是您真的愿意为了重回下面而接受鄙劣的条件吗？”

空气沉默了一阵子，期间中士等待着有人告诉他这个“鄙劣的条件”是什么，管理员也等待着有人询问他什么是“鄙劣的条件”。骄傲的舍曼不愿意提问，而洋洋自得的对方也不愿意在别人恭敬地提问前先开口。

“我接受这一切。”最后舍曼说。

“那好吧，请遵循我的指示，我所有的指示您都得听从。”管理员如此说道。到嘴边的消息没机会说出口，这让他有些不快。

始终毕恭毕敬的舍曼向同样军姿挺立的管理员敬礼致意。上面的人远离了一切，尤其远离了地球上的人所谓的嘲笑，所以，在舍曼即将投身令人担忧的冒险时，这一刻看到两个没有戴军帽的灵魂以士兵的方式互相敬礼，似乎也很自然。

他需要极大的勇气才能离开，踏上活着的灵魂不该游弋的道路。这里的人几乎从不冒险离开确定的街区和一些公共广场，即使是无神论者，对于神秘的恐惧也会促使他们的灵魂变得谨慎多疑。神秘之中，无限的可能性正四处游荡。

舍曼在一片始终没有云彩、不分昼夜的苍穹下独自前行，天空中暮色昏暝，布满了硕大、苍白的星辰，这似乎是这片天空最终可见的光与物质。此地寂静如斯，旅行者能听到脑海中最细微的念头，这并没有让人感觉很不舒服。舍曼走了很久也没有疲惫感，他终于开始担心了，他突然感觉到膝盖一阵疼痛，以为自己会摔倒。他转向右面，顿时松了一口气。果然，管理员提供的信息是“一流的”。

夜半时分，他走在一条很窄的小路上，夹在高度和深度的眩晕之间。四周是空中真实的悬岩与无声的雪崩。

忽然，他跌进了一个巨大的空洞，他相信自己将滚入无底深渊，永困其中。摔倒后的舍曼仍旧惊魂未定，连续重复了好几遍：“我要再见见我的妻子，我欠她一个解释……”

窘迫的他跌跌撞撞地前进，像一个知道得太多或太少的人。

星星越来越大，直到变成满满的、锯齿状的月亮。现在，我们可以近距离观看整个天体机械，上面有许多发光的滚轮，从一颗星星滑向另一颗星星。

当他左右转了十一个弯后，终于在一个巨大的广场上遇到了一些动物。整个天上他都没有看见过一条狗或一只猫，甚至连一只瓢虫都没有见过，而现在，他仿佛置身于某个没有围栏的大型动物园中，各种动物都走近他，友善地嗅他。然而，两只蛮横无理地跃起的动物蹿过了舍曼的头顶，先是一头老虎，然后是一头大象，它们又回来蹭他，同时若无其事地看着别处，以示它们没有恶意。

同样，野兽们看他的眼神也很有趣。它们当然和他一样都是脱离了肉体的生命，轻盈之极。但这种轻盈似乎给它们的存在附加了特别不安的东西。

最后，舍曼抵达一个名叫“忠实纪念馆”的地方。那是一个完美的圆形小广场，周围是写着动物名称的窗口：“猫”“鸟”“大象”“黄鼠狼”“狗”等。

一踏入这个地方，他的神经就开始无法抑制地轻微颤抖。

他遇见一个从“狗”窗口过来的男人，于是就往那里走去。窗口营业员的模样与舍曼曾在地球上见过的一个剪毛工相像……他先是注视这位老师的眼睛，凝望着他的灵魂深处，然后给他提供了不同的狗五颜六色的图片：卷毛狗、老太太腿上的哈巴狗、追着一只鹿的猎狗、纽芬兰家庭里一窝模样忠诚的小狗崽。

人们要他做这些事干什么？狗犬全家福是怎么回事？

“您明白，”窗口营业员说，“我们不能将您以人的形式送去人间。否则，这对您来说太舒适了，而且人人都会这样要求我们。所以，如果您坚持如此，我们允许您在这些样式中选择。”

舍曼羞于退缩。

他说：“我接受。”他脸红得像个鬼影。

他递给营业员一张猎狐犬的图片。他的妻子很喜欢这种狗。

“那就在这里填表签字吧。”营业员一脸疲倦地说。

纸上写着：

我同意在 _____ 市变身犬 _____（需清楚写明狗的种类），期限为 _____ 年 _____ 月 _____ 日。

接着是一行大号印刷字体：

“风险自负”

舍曼划去年、月、日，写道：尽可能长的时间。然后仿佛入伍外籍兵团一般毅然决然地签了字。

离开窗口营业员之前，舍曼恳求他千万不要把他的犬生冒险故事告诉任何人。

“那我偏要说！”那人喊道，“您能拿执秘人（人们对负责各种改造服务的人的称呼）知道的秘密怎么办呢？您放心！我们没必要守口如瓶。它自己就会传扬开去。”

窗口后面有一只长着人手和猫耳朵的大型纽芬兰犬，它示意舍曼从一扇低矮的小门进去，并在那里递给他一小瓶看起来像盐的东西……

他一边用尽全身力气呼吸，一边自言自语地重复着：“只要能再次见到我的妻子，哪怕是从一条狗的眼睛里看见她也可以。”

舍曼立刻发现自己正在巴黎的卡内特街上奔跑。它的心跳得太快了，以至于不得不停下来，躺在人行道上，伸着舌头。在失而复得的阳光下，它轻轻地闭上了眼睛。跟上面多么不同啊！

它重新用四只爪子站了起来。在离家不远的地方，他常去的理发店橱窗上有一面镜子。以往去上课前，他曾多少次在那儿照镜子，看看自己的仪表是否端庄啊。这就是它现在的样子，应该是三岁左右。虽然不是一只展出犬，但的确是一个让人看起来很舒服的小动物。

舍曼家的门房太太一如既往地坐在27号房舍门口打毛线。显然它完全不敢去舔她的手，哪怕是恭恭敬敬地，也不敢。它要等她离开后再回家。

醉心于生命的它不知道该去哪里，也不知道该如何处理这种幸福，为了表现得举止自然一些，它不安地奔跑着，皱着眉头，仿佛一个难伺候的主人正在一个定好的时间等着它。

看见它的孩子们都朝它扔石子。为了不咬伤他们，它好心地跑走了。那条崭新的白色长尾巴到哪儿都跟着它，巴黎所有被剪掉尾巴的猎狐犬无时无刻不检举它。

它自言自语道："可是，他们为什么让我带这么一个累赘来地球呢？天上的人应该只做必要的事情。"

它躲在车辆出入的大门后面，在大门的影子下一咬牙就把尾巴从根部咬断了。再次感受疼痛是非常痛苦的事情。它把自己搞得狼狈不堪，鲜血直流。只有灵魂会干净许多。可它还是喜欢鲜血的气味。一点也不像麻木的人所说的那样平淡无奇。

一整天过去了，门房太太始终都在门口。路灯一盏一盏地亮了起来。它不得不更小心地躲藏，夜里的警察比白天的更恐怖，他们已经出现了，戴着可怕的头罩，拖着没有灵魂的沉重身体。

舍曼开始思考现在的处境。

毫无疑问，巴黎有不少狗和它一样，用来自另一个世界的爪子走路。但它怎么能认出它们呢？若想获得允许重回地球，必须变成一个微不足道的动物，必须和其他动物完全相像，它的秘密就像卡在喉咙里吐不出来的鸡骨头。

终于，舍曼的妻子出现了。她多漂亮啊，比从天上看还要美丽！美妙的悸动激励它冲向她。她把它抱在怀里，让它倚在胸前，仿佛借此表达一种神秘感，然后把它放在了人行道上。这就结束了。

它跟着她。从后面看她和从前面看她一样美丽。她走进了一家店，它乖顺地待在门口。她走出门的时候假装不认识它。它努力想用眼神告诉她："是你，我的主人，除了你我从未爱过任何人。"它咬住了她的裙子。

"快走吧，小家伙，你跟着我得有理由呢。"

如何才能让她明白它就是理由本身呢？

"被人领养多么不容易啊！"狗叹了一口气，在这个行业它还是个新手。不论我们表现得多么有礼貌也是白费力气……您跟着某个人一段时间，他会抚摸您，友好地揉您的耳朵，用鼻子抵着您的鼻子，近距离看您的眼睛，您认为交了一个朋友。好吧，可如果您只是一条狗，那他们只会当着您的面关上门，就像对待一个认出来的敌人。

它忽然想起自己死前住的房子里禁止养狗。不向绝望屈膝的它还是冲向了自己生前的住所，像脱缰的马一样飞速爬上五楼。它正打算在门口的擦鞋垫上等待以前的妻子，突然想起来从前妻子外出不远的时候总是只把门虚掩着，这样就不需要带钥匙出门。它走了进去，把门朝后顶，笨拙地关上。

我想到了一个法子能让自己受到关注，它想着。

它从餐厅跑进厨房，又从那里跑到阳台。它看见衣橱上放着自己身着中士军装的画像，装在一个乌木画框中，旁边还有一簇三色堇假花。一切都达到了最佳的效果。

听到妻子的脚步声时，它还没有停止欣赏画中的自己。始终如此英俊，她真幸运。

它听到妻子感谢门房太太为她开门。

年轻女人一走进餐厅就看见这条狗坚定地舔着丈夫画像的玻璃。

“我认识这条狗，它到哪儿都跟着我，”她一边说着，一边将它的脑袋捧在手里，“可怜的小家伙，你不担心我被迫把你丢到门外吗？噢，它的尾巴全断了！”

她小心翼翼地帮它清洗伤口。

第二天，她伤心地把它放到门口。它装作不明白的样子。她坚持让它离开。它也坚持，坚持留下来。最终，她还是留下了它。带它出门的时候，她会在经过门房的小屋前时将它藏进购物网袋中。

“你妈妈很高兴你能在她身边，小家伙。行了，别叫了，你知道这栋楼里是禁止说自己是狗的。”

接待工作很完美。总而言之，舍曼只对一件事不太满意，它不喜欢妻子当着它的面脱衣服，就在它眼皮子底下，好像它只是一只瓷狗。

一天晚上，一个男人走进了房间。他又高又壮，粗俗不堪，穿着西装外套，手里拿着花。

舍曼觉得好像在哪里见过这张脸。过了好一会儿，它先是在舍曼的记忆中搜索这个人，然后又在狗的记忆中搜索，最后它说：“他是我们这儿肉店的老板！”

这对情侣正坐在沙发上。男人从口袋里拿出一盒菱形水果香糖。

吃糖可比聊天容易，狗想到。它的目光始终没有从肉店老板身上移开。吮吸、咀嚼、吞咽，再重复一样的动作。这一连串的动作足以让他被关注！

更何况他吃的数量是她的三倍。滑稽的送礼方式！

舍曼似乎看见他吻了年轻女人的嘴。当他犹豫着要不要相信这个吻的时候，男人又给了她第二个吻，持续时间很久的一个吻，这个吻无疑是对第一个吻的确认。

他心满意足地揽着她的腰，表现出一副理所当然的样子，仿佛这个女人的肉体从始至终都属于他。

“今天先到这儿吧！”

“可我才刚开始呢，美人！啊！你想想看我无功而返、暗自苦恼的样子。”

无功而返！舍曼想到，真下流！

“去我的房间吧，”她说，“我不想让狗看着半裸的我。”

这就是她为自己挑的男人，慢慢吞吞、面红耳赤、只顾自己享乐的男人。卧室里挂着五十幅不同的舍曼画像，所有烟斗一字排开，士官外套上还佩着勋章，还有他的黑板和学生们的呼啦圈，这个男人一定会在这些东西面前亲吻他的妻子！

舍曼想：可是在我看来，她本可以从我以前认识的朋友中找一个更值得托付余生的。

肉店老板第二天又来了。他们一起吃了晚饭。谈话内容索然无味。他们关心起了狗。

“你应该教它捡东西。”

他还扔出去了埃莉斯的一只手套。

狗不愿意离开它的角落。

它一旦在毯子上睡着，肉店老板就发火。

她把猎狐犬抱在怀里，用自己的鼻子抵着它的鼻子，仔细地看着它。于是，某种情感在狗的内心深处不顾一切地涌动着，迫使情不自禁的舍曼含情脉脉地望着这个女人。

大约午夜时分，他们进入卧室睡觉。

绝望的舍曼很快就在餐厅里睡着了。它在心里念着：“狗，母狗，狗崽子。”所有这些伤心的咒骂字眼，都是现在众人眼中的它。在梦里，它对着死神叫了很久。而对于这对相拥的情侣来说，餐厅里传来凄惨的“汪！汪！汪！”的声音让他们很不耐烦。狗被穿着内裤的男人从噩梦中拉了出来，他毛茸茸的小腿肚像毛毛虫一样，上面只绑着一根吊袜带。男人拎着舍曼的后脖颈，把它扔进了杂乱无章的衣柜里，里面满是曾经属于他的旧鞋、箱子和小物件。

从那天起，情夫（显然，应该用这个好听的称谓来称呼这个下流的屠夫）就养成了把狗锁在衣柜里的习惯。为了加快完成这个动作，他会将舍曼一脚踹进柜子里！他心情好的时候会直接喊以前的老师为“小衣柜”，甚至“小柜柜”。

如果不是和前妻一起度过了几小时的幸福时光，也许舍曼会走得很远。缝纫机发出了轻柔的机械声，它沉浸在小巧的双脚拍打的声音中，这种声音抚慰了一条狗的孤独。抑或是从埃莉斯的裙子上垂下来的一根美丽白线，它凝视着这根白线仿佛凝视下界的一个奇迹。

舍曼想：坏女人，为了能再次见到你，我不惜一切代价。啊！快乐，我们来谈谈吧。

“你得找点事做，不是吗？”埃莉斯继续说，“不是我给你东西吃的吗？如果我拿给你一个空盘子，你会怎么说？”

的确如此！舍曼想到这里，突然满脸羞愧，是她给我提供了食物，虽然我吃的都是剩饭，但她确保了我有剩饭可吃。

它想到了那些一起放羊的牧羊犬，它们靠工作谋生，而所谓的“恶犬”，也就是巴黎周围别墅的看门狗，它们也能够自食其力。但它是一条偷渡回人间的狗，怎么会提前考虑到自食其力呢？它不得不接受施舍的食物与住所，而作为回报，它只能用湿漉漉的舌头舔舐对方以示感激。

屠夫很恼火，因为他一直没能赢得狗的友谊。

有一天，他对寡妇说：“猜猜我这篮子里带了什么。这是给小衣柜带的。”

男人打开了篮子，里面有一条母狗。

他说：“这是我一个同事的。你明白的，我们不应该自私，也应该照顾到小衣柜的快乐。”

他让母狗从篮子里跳了出来。它使尽浑身解数挑逗舍曼。它的脖子上系着一根粉色的缎带，它为爱打扮得花枝招展。

舍曼装作什么都看不见。可是母狗一直坚持挑逗它，它用力咬了一口小母狗的腿。

“啊！见鬼！”情夫大喊道，“它把我的小母狗咬流血了。我要给你点颜色瞧瞧。你等着！”

他从口袋里掏出鞭子抽打舍曼，我们一直不知道原来他的口袋有这么深。

寡妇护着她的狗。

“你还护着它！衣柜，滚进柜子去！”

于是，他搂着情人的腰走进了卧室。

小母狗跟在他们后面，发出轻微的铃铛声。

原来这就是灵魂转世[1]！衣柜里的狗想到。它从未想过自己有一天会跟这个艰涩的希腊词语、这个似乎应该对客体表示敬意的词语产生瓜葛！啊！从词典上看到这些字眼时，没人可以说这个或那个词语不会在某个美好的日子脱离词典，

1 原文作“métempsycose”，对应于古希腊语的“μετεμψύχωσις”一词。

像一个来自地狱的标签一样粘到您的身上。它们会以狡诈的方式钻进您的生活。它以疾病的名义、以司法的名义、以明晰或玄奥的科学的名义思考着。它思索着：人类舞文弄墨，文墨对他们确有益处。

要去菜市场的情夫一大早就带着篮子里的狗离开了。他仍旧皱着眉头，仿佛不受人待见的是他。

第二天，舍曼想离开，但是小衣柜坚持留下来。舍曼反抗，不顾一切的小衣柜仿佛被粘在了这个地方。埃莉斯则在旁边重复地对它说："叫我妈妈吧。你知道我一直梦想有个保罗的孩子吗？"它返回人间是为了澄清一个误会，可现在它的出现反而让误会加深了。

"我因为什么东西而变得疯狂了。"舍曼自言自语道。几乎只要说出这句话就足以摆脱它的邪恶，但是这句话却萦绕在舍曼心头，对舍曼来说有了可怕的意义。

啊！我为什么要回到这里？半人半狗的舍曼思考着，死人只有腐烂的份。这是他们自我奉献的唯一恰当方式。

几天以来，它一直愉快地咬着妻子的小腿肚。小腿肚，是的，她允许它咬她的小腿肚，雪白的皮肤唤醒了狗的牙齿和血液。舍曼很熟悉妻子的小腿肚，这是过去他爱抚过的地方，她的皮肤和它想象的一样光滑。但它为什么不咬屠夫呢？不是因为怯懦，而是把獠牙嵌进这个肮脏男人的肉里让它感到恶心。

狂犬病？它现在还记得曾经读过关于这种疾病的描述，发病特征是改变习惯，有些类似于它那个忧郁的时期，书上说“得了狂犬病的狗充满了戒心”。正是如此。那天它不是把一块肉拖到了碗橱下面，坚持在那里吃吗？它不是还在柜子里把自己的一只鞋撕碎了，甚至吃掉了一半吗？它没有理由这样做啊。

是的，在它身上，可怕的人与狗的交汇处生发出了狂犬病。

“最近你怎么都没有跟我打招呼呀？我的小可爱，你完全不一样了。”埃莉斯对它说。

啊！女人，你为什么完全信任地看着我？这会让你付出惨重的代价。今天你缝制的亮片上衣让我四肢发抖。它在我的面前冷酷地闪耀着！而你多么安静地工作啊！

现在小衣柜的每一颗牙齿都变得鲜活自主了，它们要求从埃莉斯身上索取自己的那一部分。叫得最响的是四颗獠牙。

一天，为了不让自己有任何犯罪念头，它试着想象在完全纯洁的氛围中他第一次看到的埃莉斯。但它中了自己的圈套，它走向她，准备天真地舔一舔她的手，这时，从它作为老师的记忆深处冒出了这句话：“舔舐足以让人感染狂犬病。”

忽然，它躲到柜子下面，把舌头和致命的唾液藏了起来。

她对它说：“可怜的小家伙，你怎么了？”

它想着：不要靠近我，快拿起扫帚武装自己，是时候了！

她对它的感情越深，狗唾液里的毒性就越强。有毒的唾液流得到处都是。舍曼试图吞下这些唾液，但徒劳无果。这些唾液远远超过它能够吞下的量。

埃莉斯想把小衣柜从柜子下面拉出来，带它去看兽医。她拿着拐杖用尽力气推它，让它离开那里。狗的抵抗是徒劳的，它出现在埃莉斯的面前，埃莉斯重复着："你怎么了？你到底怎么了？"

它纵身一跃从敞开的窗户跳了出去，先是落到一个阳台上（四楼或三楼的阳台？）缓冲了坠落的过程，它发现自己的腿瘸了，血淋淋地躺在巴黎的人行道上。它不顾一切地奋力奔跑，仿佛狂犬病给了它未知的力量。它朝着不久前任教的学校跑去。他曾多次用画在黑板上的图像警示学生们远离疯狗，现在，它真实地再现了疯狗的体貌特征。它坚持在濒死之际出现在课堂上，以示教训的严重性。

忽然，它忘记了自己要去哪里，在路上犹豫不决。路人趁机击打它。整个城市都在追捕它。人们朝它扔铁棍、石头、砖头，老师仅存的一点意识阻止它撕咬任何人。

它被砸了太多次，以至于都摔倒了。随着血液的流失，狂犬病也消失了。

埃莉斯蓬头垢面地出现了，下楼梯的时候她都是一跃四级地跳下来。她气喘吁吁地冲进人群，想把狗抱在怀里。

"离远点，"一个警察朝她喊道，"您没看见它得狂犬病了吗？"

一个老太太说："它和我们一样，也会吐血的。"

埃莉斯不愿意离开已经毫无反应、闭上眼睛的狗。可以说它见证了自己的死亡，而且是在多重清醒的意识中见证了自己的死亡。那既是狗的意识，也是人的意识，同时还是他妻子的意识。妻子望着它，泪眼婆娑。

他将狗的遗体送回了天上那个被称为"更衣室"的地方，立刻恢复了人类的样子。他的鼻子，果然非常适合他。

宇宙的第一阵脚步

姚雨含　译

张艺馨　校

宇宙的第一阵脚步
（神话故事）

俄耳甫斯

直到清风静默地吹过叶间，大海悄然地抚平浪花，雨水无声地落上屋顶，人们总说着瀑布与激流的缄默。大自然正等待着它的第一位诗人。

群鸟看着您，鸟喙里哼着无力的歌谣。俄耳甫斯赋予夜莺以歌喉。时至今日，它们仍像第一位诗人出现时那般歌唱着，它们标志着俄耳甫斯的时代。

鱼儿之所以保持沉默，是因为它们早就生活在水里了，听不到诗人的声音。美人鱼虽然只有一条尾巴像鱼，但她也能汲取鱼儿的教训。多亏了俄耳甫斯，燕子才知道如何从天边带回消息。若不是英年早逝，俄耳甫斯本可以周转各处，让月亮、太阳、星星，甚至数个世纪后才可见的星辰发出声音。让我们来听听他怎么说：

“我的父亲是那壮阔的江流。而那个欢快地沐浴在这江水中的女人，应该就是我的母亲卡利俄珀。她被河水美妙的支流环抱着，无时无刻不沉浸其中，从岸上呼唤她也是徒劳。

“我便是在这种情况下结合的产物，一半肉身、一半水体，肤色一半白、一半青，一半是沉默（我出生前，母亲总是沉默寡言）、一半是音乐。我的血液里流淌着诗歌。

“我父亲这条河流，从源头到河口处处倒映着城镇、天空、云朵，光明与黑夜也交织其中。父亲顽固不化，总是闲不住脚，他像世间一切河流一样有种癖好，那就是他每日都要从山上发源，再经过同样的蜿蜒曲折，最后奔流入海。并且第二天他便又会不顾我母亲的反对从头开始，母亲希望他即使不待在家里，至少也要待在同一个地方。这也许便是为何我如此喜欢唱着歌谣漫步田间，不过我不像父亲那样，我很少途经相同的地方。"

一天，俄耳甫斯正伴着七弦琴轻柔的和弦哼唱，一头狮子卧在他脚边，这位天真的诗人谦逊地想：巧合罢了。

狮子温柔地端详着俄耳甫斯，那种温柔染上了音乐，仿佛浑然天成。而这一切都归功于这位诗人。"谢谢您，"它那双深邃的兽眸凝望着诗人，对他逐字说道，"一直以来我只会吼叫，是您让我的感觉产生了细微的差别。"接着，它仍看着俄耳甫斯说道："在众人面前褪去兽性，没有什么比这更美了。"

俄耳甫斯被狮子深情的眼神看得有些尴尬，他垂下眼眸，唱起了歌。狮子抬起头，鼻尖朝着俄耳甫斯，听得虔诚，以至于小羊羔也趴在它的影子里。就在俄耳甫斯快要唱完时，他向牧羊人示意，趁狮子还沉浸在音乐所营造的纯善中没走出来，将小羊牵走。

俄耳甫斯每次唱歌必然会受到各种动物的崇拜，这令他十分困扰。我所希望的，俄耳甫斯心想，是树木和石头都能拒绝离开它们的世界。静止是万物习得的智慧。是它们白色的胡须。从前，世间万物都在地球上移动，那是地质统治世界的年代。一切土地山石都在移动。如今，幸得神明庇佑，自然界才稳固下来。

俄耳甫斯又开始在田间一边散步一边作诗，他听到身后传来一阵响动，像是树根被拔起的声音——他的身后竟跟着一排杨树。

俄耳甫斯不再作声，那些树木很快便不动了。他又试着说了两三个字，那些杨树便移动了一步，仅仅一步，却饱含钦慕，这令诗人羞红了脸，决定一整天都不再开口。

翌日，俄耳甫斯再次弹起竖琴，杨树便又紧随其后。人们走下高山，山羊也奔下悬岩。而悬岩上的石头也离开了原来的位置，朝着音乐传来的方向走去。高山上的雪花也想亲近诗人，便从那高峰离开，诗让它不会被太阳融化；正在吃奶的孩子松开了母亲的乳房，转头倾听；杀手的刀也一动不动，在空气中生锈；候鸟停驻枝头，旅行者也不再远走，而那些杨树就在俄耳甫斯身边围成一圈。

俄耳甫斯并没有引吭高歌，他甚至常常低声哼唱，自娱自乐。尽管如此，他心中的音乐依然打破了距离的隔阂，飘向远方，经过数次停驻，复又散开，其音声几乎响彻云霄。美人鱼也匆忙赶来，声音谦卑，在他身边楚楚可怜地乞求："先生，请赐我一枚轻吻。"

然而，俄耳甫斯却掩面哭泣。他咒骂着自己。这真是莫大的不幸，他想，我扰乱了自然界最神圣的法则。雪驻于高山，人鱼游于深海，树木植根土壤，野兽彰显兽性，人类挥洒热情，这样多美啊。而现在，我这拙劣的音乐竟中断了命运的洪流，我的艺术竟对大地的肺腑产生了影响……那些只能被他们自己和神明听到的人是多么幸运啊！

俄耳甫斯不想在他周围看到任何东西，所以他决定只在无月之夜里吟唱。但萤火虫却又从四面八方飞来，落在他的七弦琴上，将黑夜中的琴身不加掩饰地勾勒出来。

之后的几周里，这位诗人完全保持着缄默。他几乎不敢呼吸。有一天，之后又有很多天，通过耐心地每隔一段时间就提出的约定，俄耳甫斯终于让自然界明白：当他歌唱时，万事万物都要保持原样。于是，大自然后来便将其视为理所当然，俄耳甫斯也得以再次踏上阳光明媚的草场，涉足山林岩间，重新开始了创作。

我只喜欢藏在暗中的奇迹，他想，就像我之所以选择欧律狄刻作为妻子，是因为在我唱歌时，只有她不像其他姑娘那样高举双臂，她能够克制心中的骚动。

然而，俄耳甫斯太过醉心于音乐，忽视了妻子。粗鲁的牧羊人阿瑞斯泰俄斯偷偷爱恋着欧律狄刻，他早已将心中的音乐抹杀殆尽。

一次，他在长满菖蒲的潟湖边追赶欧律狄刻时，后者被一条毒蛇咬伤致死，这蛇是黑夜的产物，诠释着黑夜的惊险与阴毒。

终于醒悟过来的俄耳甫斯从远方赶了回来，葬礼上萦绕的乳香终于将他的爱情从麻木中抽离出来，看着妻子了无生气的遗体，诗人被沉默吞噬了，他决心终生缄默，甚至不再答复诸神。一切音乐、一切话语，现在于他而言都成了亵渎。

诸神无法忍受永远失去俄耳甫斯的歌声，它是如此纯净、那样精妙绝伦，可以轻而易举地贯通天地。

俄耳甫斯被允许去寻找他死去的妻子，并将她带出冥界，他走在前面，目光紧盯着地狱之门。然而，距离解脱仅剩几步之遥，诗人心中的人性还是冲破了神性的禁锢——他还是忍不住向他的挚爱回过头去。一开始，他还没意识到自己刚刚的举动使得妻子灰飞烟灭，却又几乎在同时，他唱起了一首悲伤的歌，在这首歌被唱出之后，世上再无欧律狄刻的立足之地。

也正是这首残忍的悲歌让俄耳甫斯绝望地意识到，他对妻子的爱还远远不够，在极度的狂乱中，这位能撼动巨石的诗人急切地将自己曾吟咏过的诗歌从四面八方召来，试图让欧律狄刻化为石头的心脏再次跳动起来。

可是，冥界的风已将俄耳甫斯远远推离了地狱。

酒神的女祭司们厌恶音乐和诗歌，认为这不过是感官依靠淫乱来消解饥渴的法子，她们一层层地排在地狱出口，监视着站在路边的诗人，形成一道由满怀恨意的女性身躯连成的可怖的警戒线。

她们美丽而残忍，想着若是第一个勾引俄耳甫斯不成，还有第二个，第三个……第二十个——其怀里还藏有两把匕首。

而当俄耳甫斯经过她们面前时，甚至还没看见她们，她们便一齐冲向他，在海边割下了他的头颅。

哪怕诗人已沦为一颗被砍断的头颅，他也依然是乐师；哪怕他已沦为他那把浮在海面的七弦琴，也要继续用低哑的声音歌唱着对欧律狄刻的爱意。在他死后的几个小时里，他的双唇依旧在低语，说着新奇的景致，拖着那优美的、只有诗人前来才听得懂的腔调。

旁边的七弦琴看起来仍然温顺，没有人去拨动它，它仅靠着时断时续的魂气独自演奏着，就好似一段回忆，一段零零碎碎的回忆。

有时这琴随着海浪漂得远些，有时又渐渐漂向俄耳甫斯的头颅，碰了上去。

弥诺陶洛斯

这个克里特岛的孩子十分俊俏，额前长角，头发鬈曲，他的出现是大自然一个完美的错误。他智力超群，远在同龄人之上，两岁时便是个出色的学生，三岁就已长大成人，这令那些学生的家长十分反感，他们毫不妥协，因此每所学校都开除了他。

“他们都像打量野人一样打量我，”年轻的怪物自言自语道，“我就长了个牛头，所以呢？难道我其余的躯体也都不存在了吗？无论手上还是脚上，我的指甲都一样干净齐整，我也称得上温文尔雅。”

尽管相貌粗糙（还长着牛头），但他还是表现得温和友善，以赢得人们的好感，结交朋友。然而他头上长着角、手还是人类的手、前额长满毛、体型匀称，其他部位也差不多，见到他的人都觉得他实在谈不上好看。

弥诺陶洛斯总是被这样审视，他终于对自己的脑袋发了火：你这牛头，我给你四天时间从我脸上消失！他想着。而后他又重新意识到了自己的命运：啊！为何只有我要以公牛的脸孔示人？而我有着人类的本性，这毋庸置疑。若我身体的每个部分都能投票，那么，我身上人性的一面可能会以压倒性的优势获胜。

他最爱吃的东西是沾着露水的青草，但他还是要声称自己钟情于美味佳肴。他细嚼慢咽，以免让人觉得他像其他牛类一样是个反刍动物。所以，他总是最后一个吃完，拖延一下总归会令他出洋相，不过他那和蔼可亲的样子尽管不太自然，但还是会让别人谅解他。有时他会邀请几个半人马一起共进午餐，这些怪物都尝过不能好好吃饭的痛苦，因为他们不知道要怎么用四个蹄子吃饭。一天饭后，他们正要聊几句知心话，弥诺陶洛斯说："诸神彻底对我们放任自流，而我尚且可以昂首挺胸地四处出入，甚至还可以去参加沙龙，但是你们，我可怜的朋友们，你们繁忙一天后，甚至无法躺在床上休息……"

"你比我们更值得同情，"半人马的族长说道，"因为你和我们长得不一样，所以更显得怪异。况且，重要的是头和胸部。至于身体的其他部位，反正都是动物。"

"重点是，我可以像骑马一样跨在你们身上，"弥诺陶洛斯恼羞成怒地反驳道，"相反，你们骑在我身上只会让你们看起来荒谬可笑，要试试吗？"

"那可真没教养，"半人马族长说道，"没有我们的邀请，什么人能骑到我们背上？方圆十古里都要尊敬我这白色的胡须，谁敢爬到我背上？"

而后，族长一示意，所有的半人马就在一片烟尘中离开了。

这帮粗俗的家伙谈到一半就跑走，能和他们谈成什么交易？这牛头心想，他们这样做怎能不让这份友谊变得犹疑、变得可耻，最终变得毫无希望呢？

弥诺陶洛斯硕大的脑袋里大半充斥着忧愁，剩下的被愤怒填满。然而，他还是拥有一些所谓的满足感：女人对他柔情万种，他的一个眼神便能俘获她们的芳心，但弥诺陶洛斯真的不知道自己是哪里得了她们的青睐，这些女人为了不惊动自己的丈夫，就声称躲在弥诺陶洛斯的影子里可以治愈头痛。

几头母牛也跟在弥诺陶洛斯的身后走来走去，对他倾慕有加，丝毫不加掩饰。当他要去商店买东西时，这些母牛甚至比女人还要显眼，它们守在门口等他离开，看上去谦卑而乞怜。

“你们这些母牛，都等在门口做什么？”一天，弥诺陶洛斯对它们说道，“我根本不在乎你们的渴望和哞叫。还轮不到你们来关心我，噢，你们这群放肆的、可笑的疯子，你们不许出现在我面前。你们很清楚我和你们是不一样的，完全不一样！”讲完，尽管有些无话可说，但他还是补充道：“再说，你们整日待在这里，什么都不做，难道不会感到羞愧吗？”

对于这些批评，那些母牛两眼呆滞，厚着脸皮，无动于衷。弥诺陶洛斯血脉偾张，而当他还是决定离开时，这群母牛也只不过是换个地方继续吃草罢了。不得不说，弥诺陶洛斯并非对这些小母牛的魅力和姿态完全无感，只是突然之间，他凭借坚强的意志驱散了情感生活中这些简单片面的爱情。不过，弥诺陶洛斯喜欢那些眼神空洞、有着乌黑大眼睛的女人，而且两眼的间距越大越好，他的这种喜好也并不会令他担忧。但为了不弄错自己真正的喜好，弥诺陶洛斯只能对女人和母牛都表现出一视同仁的冷淡。

这些犹豫不决只会令他的脾气更加糟糕，很快，他就变得十分易怒。弥诺陶洛斯尤其憎恶一个出身低微的男子，他总是隔着老远喊弥诺陶洛斯“低贱的兄弟”，然后迅速躲进某个安全的地方。一天，弥诺陶洛斯在街角碰到了他，弥诺陶洛斯甚至还没明白自己要做什么，就用牛角顶死了他……而后弥诺陶洛斯心想：这角只有在戳进别人肚子里的时候才会有种真实的感觉，不然无论在哪儿，它都像是在流浪。而后，几乎是顷刻间，弥诺陶洛斯又用角接连顶死了两三个听闻男子死讯前来赴丧的朋友。

在接到死者家人的报警后，城中的治安官开始警惕起这个怪物的一举一动，并决定派遣一个使团去见他。

“还有什么能比这匀称身躯上那颗力大无穷的牛头更美呢？”有人这样对他说道，“诚然，人们愧对于你，但现在就是补偿的时候了，我们决定献给你一座宫殿以示敬意。通往这座宫殿的路线会有一点点复杂，但在那里你也能得以清静。只要你愿意，我会做你的向导。”

说话的是使团团长，就是那个代达罗斯。

第二天一到，他们二人便动身前往宫殿。

“那宏伟的宫殿位于僻静之地，在那儿你会有家的感觉。这里，我们先向右转，然后左转，然后再向右转，之后我们抄这条近道，绝对不可能走错的。我们虽然还没到，但已经离宫殿很近了，或者不如说我们其实已经到了。”

“他可真机灵，”这牛头自言自语道，“而且还很殷勤，这就更好了。”

“你看，就在那片小树林后面。我们要沿着这座不大的房子走，然后刚才那片小树林就不算数啦，因为我们已经说过了，接着后面还有最后一栋小房子。你会认得路的，直走就对了。”

事实上，他们一直在拐来拐去。但弥诺陶洛斯并没想到要怀疑代达罗斯的诚意，与他相比，代达罗斯显得那么瘦小纤弱。况且，弥诺陶洛斯也不想被当成个粗人，去索要一个连普通人可能都觉得没必要的解释。

“我就说我们到了吧！”站在一座异常美丽的螺旋状宫殿前，这名向导说道，“你在餐厅等我，我去给你准备些好吃的。那东西端上桌时很烫，入口就变凉，你会赞不绝口的！”

弥诺陶洛斯对代达罗斯十分信任，丝毫没在意这位谨慎的奉承者什么时候回来，突然，城中各处响起阵阵笑声，传入迷宫深处。弥诺陶洛斯焦急万分，仿佛有群硕大的蚂蚁一齐涌上了他这半人半牛的迟钝前额。

“我被耍了，我一直在兜圈子，都白走了，我在一个陷阱里，换个地方就像转了个身，还是在原地。当我停下脚步，我就能立刻听到刚刚走过的脚步声，它们躲在我的脑子里，又变成了另一座迷宫。”

片刻后，他又说道：“告诉我，我的角！给我建议！角啊，我愤怒的部位，我智慧的顶峰，我幻想破灭时最后的依托，角啊，我该怎么做？您是我的力量，您是我的意志，您是我仅剩的意义。”

而后，弥诺陶洛斯对着一棵树用头撞了三两下，将其连根拔起，他要向自己证明，即便身处迷宫，他还是以前的那个自己。

怎样才能从这里面出去呢？这半兽人的愤怒令他的头颅燃烧起来，他烧焦的牛角开始散发出刺鼻的气味。是的，当弥诺陶洛斯的牛角开始冒烟时，没有什么比这更臭了。这是一次长久而隐秘的报复，最终这股气味弥漫在整座城市之中。夜晚，弥诺陶洛斯的怒气在睡眠中有所平息，但当他吃过饭，恢复体力后，怒气又比之前恢复了更多。臭气也变得格外浓重，甚至能飘过整条海湾蔓延至陆地。对于当时令整个希腊和希腊群岛颤抖的那场瘟疫，便无须去别处寻找源头了。

臭气再度爆发，人们首先想到的是弥诺陶洛斯刚咽了气，于是人们便不再谴责他，转而谴责起他的尸体。那些贵族和掘墓人的头上喷着特制的香水，在代达罗斯的带领下毫无顾忌地走入迷宫，而当弥诺陶洛斯惊诧地将头转向来者时，代达罗斯刚好有时间溜走。

“大人，”这些人对弥诺陶洛斯说道，“很抱歉打扰到你，但瘟疫已经开始在国内肆虐，我们想知道它究竟源自何方，你对此有什么看法吗？毕竟瘟疫总不会凭空出现。”

“我越高兴，这气味就越淡。”这牛头说道。

“如果这些地方不再合你心意，你想改变主意离开这里吗？你不是感到十分孤独吗？”

牛头并没有回答。

“那就送你些年轻人供你消遣吧。”

牛头依然默不作声，使团离开了，他们都赞同了这个更多由沉默而非言语所给出的可怕答复。

两个月后，人们向弥诺陶洛斯献祭少男少女十四人，由于弥诺陶洛斯有着强烈的羞耻心，害怕受人耻笑，也有可能只是因为怕麻烦，这怪物索性直接将他们吞了下去。

到了第三个月，舆论开始分外担忧弥诺陶洛斯的需求，更何况瘟疫随着其造成的破坏已经发展得愈加猛烈，它还在继续肆虐，毫不理会同弥诺陶洛斯心照不宣的约定。代达罗斯刚因瘟疫过世，他一并带走了进入迷宫的秘密。希腊只能将希望寄托在一个名叫忒修斯的年轻人身上，他被半人马族的喀戎抚养长大，从各种意义上来说，忒修斯所受到的教育让他足以从一个男孩成长为一个男人，或者说，成长为一个不惧怕任何怪物的男人。

忒修斯一开始曾尝试与各类巨人交手，而后自告奋勇要去同弥诺陶洛斯战斗，然而比起动脑子，这个毛头小子更擅长舞枪弄棍，他甚至没想过要如何在没有向导指引的情况下进入迷宫。

在去克里特岛的帆船上，众人一直在说他这次的冒险缺乏准备，以至于最终这位年轻的英雄被全体船员当成了傻瓜，就在这时，他看到一个年轻的姑娘站在码头，手中挥舞着一个发光的线圈。

“拿着，我已经想到您了，”阿里阿德涅对新来的忒修斯说，“这个线圈会指引您进入迷宫。您在正确的路线上时，它就会更亮一些。”

“不过，这到底是怎么回事？”

“这是我自己的发明。或者倒不如说，我拿着它恐怕没什么用：这是希腊神话对一个年轻姑娘的心灵产生的影响，她在还没认识您的时候就爱着您了。”

忒修斯并没听懂阿里阿德涅的话，但他对这个线圈的喜爱溢于言表，他觉得它很可能会带来奇迹。

这位英雄在神奇线圈的指引下，带着献祭给弥诺陶洛斯的孩子们，潜入了迷宫深处。忒修斯一棍下去，这怪物便倒在地上。他喷出的鲜血浓得像红醋栗果酱，忒修斯很快又补了一棍，这次一击毙命，就这样，忒修斯完成了这项被认为十分困难的任务。

孩子们难以掩饰他们的失望。他们本来还期待看到更为持久的战斗。忒修斯和孩子们意犹未尽，为此，他从口袋里掏出一个小工具，耐心地锯下弥诺陶洛斯的角，这两只角还没从战争中回过神来，甚至仍留有余温。

然而，阿里阿德涅之线在完成了它的使命后，上面的光芒就在一处角落中慢慢暗淡下去，或者倒不如说，它保留着最后的力量，来帮助忒修斯和孩子们走出迷宫。

从前，曾有专家研究过弥诺陶洛斯这个怪物，发现他当时正值盛年，而且还是个处男。死亡让所有人之间的关系骤然明晰起来，人们终于明白世道对这个半兽人是多么不公，他的天性使他无家可归、无人可爱，也令他是非不辨、善恶不分。

弥诺陶洛斯的尸体被十二位志愿者拖到了墓地，他们都是半人马族，族长走在前面，而更值得注意的是，此前半人马族并不同意被套在车上。弥诺陶洛斯没有法律上的父母，也没有朋友，还是忒修斯这个亲手杀死他的人主持了这场哀悼会，但没人觉得这有什么不妥。送殡行列中有贵族和他们的妻子，还有他们高挑的女儿、颀长的儿子和许许多多其他的孩子。

几头母牛小心谨慎地远远跟在后面，若说它们也是这送殡行列的一部分，那也确实只有它们自己才知道。

劫持欧罗巴

每天早晨，朱诺都会在奥林匹斯山的山坡上一边漫步一边呼喊：“忠诚。”而后众人也纷纷回应道：“忠诚。”山上的野兽也会发出吼叫或呜咽来附和。

“你也可以像其他人那样回应我。”一天，朱诺对朱庇特说。

“我回应了。”

“你的声音太低，我根本听不到。”

“你明知道我的喊叫能够呼风唤雨。可是凡人都在抱怨这些天已经下了太多的雨。”

朱诺继续着她的巡游，口中一直呼喊着：“忠诚。”在山坡上探险的萨堤尔们也毫不犹豫地回应她：“没错，忠诚。”然后朱诺回到家中，觉得一切都安好。

这天早上，女神听说她的丈夫为了追求新欢，要再次变身。在朱庇特作好决定之前，有人撞见他在仔细检查各类野兽。朱诺还没忘记朱庇特上一次同勒达的艳遇，所以她一看见落单的天鹅，甚至是鹅、火鸡或者鸽子，就要走到其面前去碰碰运气：“你难道不会为你放荡的行为感到羞耻吗？”看着这头无辜的野兽，朱诺别无他法，只能说：“我要掐着你的脖颈，看看你情妇的名字会不会从你那庄重的鸟喙里蹦出来！”

而后她又意识到自己的错误：“噢！我会疯掉的！世上最差劲的女人都活得比我快乐。连她都可以监控住自己的丈夫。让我们也同样对待这样一位权势滔天的先生吧。只要我的丈夫愿意，一粒尘、一颗星、一只虫都可能成为他的藏身之处。我要像个怨妇一样一天报复个二十次。问题是我只喜欢完全诚实的事物：怀着丈夫孩子的女人，合法降生的新生儿的啼哭，给自己的双胞胎喂奶、给其他孩子擦鼻子的母亲，刚洗过的衣物上清新的气味，配餐间里码放整齐的食物罐子。”

她还喜欢在女孩子步入洞房前给她们提些建议，不过就连她自己都知道这些建议没什么用。这也是朱诺唯一的毛病。

然而，在娶了忒弥斯后，朱庇特又娶了欧律诺墨、妹妹刻瑞斯、谟涅摩叙涅和另一个姐姐勒托，以及同样是他姐姐的朱诺。这些女神啊，他想，总是有些乏味。她们知道自己拥有永久的时间，便不再费心去成为真正的女人，一次都不肯。

于是，朱庇特藏在一片小树林后，说道：“白！”他就变得通体雪白。他说：“公牛！”他就变成了一头牛。他又说：“年轻力壮！”他就化身成一头三岁的公牛。而后他哞哞叫了几声，以熟悉自己新的样貌和身份，小跑着冲下奥林匹斯山的山坡。朱庇特很满意自己的新伪装，为了确保伪装的效果，他决定和以往那几次一样，从朱诺身边经过。

“哪里来的公牛这样匀称健美！”朱诺说道。

噢！你大可以随便看，朱庇特心想，你是绝对看不出来的。

公牛哞哞叫着，为了表现自己完全自在的状态，这个伪君子在朱诺面前小解起来。

“勇敢的野兽啊，”朱诺说，“同你在一起，我的心情很平静。我知道自从我变过小母牛之后，朱庇特就再也不敢化身成公牛了。我的丈夫还不至于这样不尊重我！人不该嫁给自己的兄弟，即使他是朱庇特也不可以。一个姐姐，又算什么呢？我们从小一起长大，所以也不会因为相互欺瞒而感到为难，对吧？”

年轻的欧罗巴正在岸边同女伴们玩耍。这头通体雪白的公牛走近她，又缓缓停下，如同一块矗立的丰碑，圣洁而羞怯。欧罗巴十分惊奇，她离开朋友走了过来。

“你怎么会是头公牛呢？”欧罗巴说道，“这肯定搞错了，你就是只小羊羔。我来骑上去证明给你看。”

她这是想掩饰些什么？朱庇特心想。

“现在，跑上一会儿吧。”

公牛不用她说第二遍，便驮着少女在河岸上奔跑。披着白皙皮毛的朱庇特已为这种幸福神魂颠倒，他甚至搞错了叫声，发出了马儿的嘶鸣，而非牛的哞叫。只是少女沉浸在喜悦之中，并没有注意到。

远处，人们听到朱诺清晨巡游的声音："忠诚！忠诚！"

朱庇特十分喜欢这副新皮囊，也满意于这次完满的化身。他可不是半人马族或奥斯特里翁那种血脉混杂的弱神。然而，他心想，若是他继续保持公牛的形态，那他沉重的身躯和笨拙的姿态定然会极大地妨碍他向年轻的欧罗巴求爱。第一次见面，自己怎么就选择变成这样笨重的动物了呢？变成羊羔或蝴蝶不是更好吗？

若我想成为野兽，难道我就失去了至高无上的权力吗？

不，你还有。

那如果我想用整个牛身的重量压住她呢？

你可以这样做，但那场面可不会太好看。

可如果我并不在乎是否好看呢？

那你当心，你会毁了你的兴致。

"就是这样，"朱诺重新登上奥林匹斯山的山坡，喃喃自语，"现在大家都在谈论这头公牛，我是唯一没能认出我丈夫的人！"

怒火中烧的朱诺索性打开天空之门，放出了所有的乌云。

"啊！啊！"朱庇特思忖着，"她又给我的爱情泼了冷水，那么我会展示给她看，就算变成公牛，我也根本不惧怕任何雨水。"

欧罗巴骤然发现自己落在了一片汪洋之中，便大声叫起来。公牛颠簸摇晃得厉害。为了安抚欧罗巴，朱庇特将长在牛脖子上的人脸转向了她，但这只令她更加惊恐。于是朱庇特又完全变回了公牛的样子，但由于他这条活体小船实在过于颠簸，朱庇特便让身体两侧长出坚硬的鳍，之后他就在海浪中不慌不忙地前行。

被劫持的欧罗巴感觉既疯狂又完全清醒，既莽撞又万分安全，既冒险又无限谨慎，而这头新婚的公牛拖着庄重的步子涉水而来，圣洁的涎水为海中的泡沫增添了光彩。

忽然，这只冒牌的反刍动物停下脚步，变回天神朱庇特的样子。他久久地将年轻的欧罗巴抱在怀里。

“宙斯在上，”欧罗巴叹道，“您羞辱了我。”

“您都说了宙斯在上，”对方说道，“我就是荣誉本身，我施人以荣誉。在我身边，没有什么能羞辱您。您守住了贞操。我是天、是地、是过去、是未来，而且，我爱您。”

诚然，为了满足征服欲，朱庇特相当有手段，他还为此感到羞愧，但是，与诸神一样，这种羞愧总是转瞬即逝，他心中的愉悦很快便淹没了其他的情感。

“现在，您要把我变成什么呢？”少女问道。

“不多不少，您会成为我的妻子。”

当他们再度抱在一起时，朱庇特突然感觉被戳了一下，仿佛被什么带着三个尖角的东西整个提了起来……

“谁如此大胆？”这位奥林匹斯之主怒吼道。

那是尼普顿的三叉戟。

“我怎么会知道呢？”海神说道，“我本以为天地之大足以遮掩你的私情，你应该提醒我一下的。”

事实上，尼普顿早已认出了他这个兄弟。一个如此美丽的少女，再加上这泡沫制成的大床不远处还放着那张鲜活的牛皮……不过他早就想要表明他才是海洋之主。

“他这是要用他的液体来阻挠我们了，”说着，朱庇特走远了，“欧罗巴，您将是我在这片岛屿上的妻子。我们将会无拘无束。我们的爱情也终将海枯石烂。”

欧罗巴没太听懂朱庇特的这番话，彼时她依偎在诸神之主的身旁，身处这片刚从海里冒出来的崭新小群岛的中心。岛上有棕榈树、飞鸟、家畜和一座美丽的纯白色宫殿，宫殿门口站着笑脸相迎的奴仆。海水还在岛上流淌着，一切都在等候差遣。

那天晚饭时，朱庇特本会迟到很久，好在他将太阳牢牢地藏在云层后整整两个小时。这是他拖延时间的法子。他做得很好，以至于任何天文学家或家庭主妇都没有觉察出来。农夫也没有发现。到了收干草的时候，所有人都自言自语道：“我们从没想过今天能将这些活全干完。我们还真是能干！”

当朱庇特回奥林匹斯山山顶吃晚饭时，他打好了算盘，若是妻子朱诺问他都在忙什么，他就简单回答一句“在忙神圣的事业”。然而朱诺并没有在那里接待他，诸神之主从女仆的沉默中意识到，他的正妻已经得知了一切。

说到底，我搞不懂为什么我要这么小心翼翼地变身。我不是权势滔天吗？

然而，朱庇特决定以后要再机灵一些，头一件事，就是他不会给双脚雪白的朱诺献上那份本要给她的礼物：一块洁白的床前地毯，正是用他身上的牛皮制作而成。

伊　娥

朱庇特一直记着变成牛的好处。以他对牛的了解，他知道这种庄重肃穆的动物能长久地保守秘密，不被人发现。

于是，他决定将他在这世上的最爱，也就是温柔的伊娥，变成一头小母牛。但朱庇特并没有将他的打算告诉给这个紧张兮兮的美人，毕竟她十分畏惧朱诺。

让她躲起来总没坏处，他心想。

而后，诸神之主抚摸着他的情人，用力想象着：小母牛，小母牛。直到年轻的伊娥在他手下变为一头小牛，发出满足的哞叫。

“你瞧，一点儿都不可怕。”朱庇特说道，语气轻松得仿佛只是轻轻拔掉了她的一颗牙齿。

然而朱诺，她绝不能忘记丈夫曾化身公牛劫走了欧罗巴，于是她就对许多牛类产生了怀疑。这头母牛黑白分明，色泽纯正，简直完美得令人屏息。

“这是什么意思？”朱诺向朱庇特问道。

“这是为了让你能喝到新鲜的牛奶。”

朱诺立时就想反驳一句“你明知道我从不喝牛奶”，但她心生一计。等丈夫刚一离开，她便绕着伊娥转来转去，伊娥就睁着那双真正的牛眼看着她。可朱诺却质疑道：“好了，你这个骗子，你真的以为我会被区区一只反刍动物迷惑了双眼吗？”

伊娥不知所措，直接反驳道：“女神，我听不懂您的意思。”

“那你还真是自相矛盾，你竟开口说话了。”

伊娥狼狈不堪，视线被眼泪模糊，滚烫的泪水从她雪白的脸颊上滚落。

“我先走了，但我不会把你一个人留在这里。”离开时，朱诺这样说道。

伊娥回过头，就看到一个男人，他的脸上、胸口和胳膊上长了上百只眼睛，这些眼睛都直勾勾地盯着她。

在一道道灼热目光的注视下，伊娥一动也不敢动，这些目光如影随形，直盯进她思维的深处。

朱诺找到朱庇特，对他说：“我很喜欢那头小母牛，我要将它永远留在身边。”

“噢！你太抬举它了。”

“我没有。”

“不，你有。”

朱庇特心想：等着瞧吧，我才不怕你！于是，趁着阿尔戈斯将眼睛一只只地闭上，朱庇特抚摸起他的小母牛，用力想象着：女人啊，女人，变回你从前的样子吧，我亲爱的姑娘。

在神的注视和抚摸下，伊娥又变回了从前的样子，她变成母牛脱身的短暂时光就此结束。朱庇特深情地抱住伊娥，越过她的肩头，他看到伊娥还没消失的牛尾巴正欢快地拍打着他的身侧，但在碰到朱庇特责备的目光后，这条尾巴便如同暖阳下的融雪一般消失了。

模范夫妻

在当时那个年代，人们还不知道地球的主宰是人是神。村落建成，神灵只好躲进了森林和原野之中。诸神并没有抱怨，他们喜欢保持神秘，只有在草木、溪水和深深的寂静中，他们才能感到自在。

可是樵夫们已经在树林间出没了。他们中的一个挥着斧头猛砍几下，树木就好似遭了雷击一般。一天，这樵夫正准备去伐木，途中他惊讶地看到一条年轻女人的腿从树干中伸了出来。而且，离得越近，那条腿就显得越僵硬。樵夫一把抓住她的脚踝看了看，又将它轻轻拉向自己。她还有生命，但仍然一动不动。樵夫那双大手握了十五年的斧头，早已在日复一日的撞击中变得坚硬无比，他就用这双手抓着那条腿，抚摸着它。这条腿就静静地横在他的面前。然而樵夫总不能一直抓着这树仙的腿不放。他打算放开手瞧瞧。但那条腿很快就缩回了树里，然而它并没有从樵夫的心头消失。

第二天，樵夫又回到那里，他看到那条腿还摆着和前一天同样的姿势，上面还能看到他留下的指痕。他攥得多么用力啊！于是樵夫赶快去捧了一抔泉水来消除这些指痕。一碰到凉水，仙女就忽然降临在他的面前。樵夫试图用一个吻来抚慰她愤怒的双唇。

“您简直不知羞耻！”她说道，“还当着我的树这样做！您砍掉橡树还不够，现在竟然还想得到树中的精灵！您扰乱了大自然的奥秘，还自以为能逃脱惩罚吗？”

樵夫是个行家，他静静看着这棵树，试图通过眼神来表达他强烈的同情和保护欲。

“我知道我的树已经老了，”仙女说道，“其他树仙也会嘲笑我。她们就是喜欢年轻的树！她们扮演着妻子的角色，管树干和树叶叫‘亲爱的’，这些可怜的姑娘注定终身囚禁在树木之中，为森林守贞。”

“你说得对，”樵夫说道，“来我的怀里吧，我的双臂可比树枝好多了。”

树仙再怎么抗议说樵夫误会了也没有用，樵夫最后终于知道了一位仙女是什么模样。

突然，樵夫仿佛听到周围传来一阵低声窃笑，细细听来，这声音就更为恼人。那是几个萨堤尔和艾吉潘在谈论这件事。

于是这对男女躲藏起来，想听清这些长着羊蹄的怪物都在说些什么。

“我不明白，”其中一个说道，“这樵夫怎么会喜欢上一个树仙。人类很快就会对神灵感到厌倦。无比的纯洁与质朴伴随着永恒的冷漠。快来吧，快来一个这样的女人吧，她会有着人类的大嘴，嘴唇厚实而丰满，还有着人类的红鼻子，脸上长着三两颗痘，一双手冻得发紫，我们能让她的双眼为爱落泪！快来吧，快来一个这样的女人吧，她染上了风寒，双眼因为发烧而变得通红！怎么会有人爱上那既不懂死亡也不知风寒为何物的仙女呢？有盈有缺，这才是生活啊！会死的女人万岁！打倒她们的丈夫！那些男人纵火烧掉我们的胡须，想让我们变得虚弱而无力！”

一天，当樵夫去找树仙时，他只看到了那条伸出的腿，就如同他们的爱情故事开始时那样。樵夫正想伸手去抓，突然感到一条腿上传来一阵剧痛，仿佛成千上万只昆虫正在有意用它们的小嘴撕咬他的腿。樵夫转过身来，看到一条腿变成了山羊腿，末端的脚趾也像羊蹄那样叉开。另一条腿则没什么变化。

樵夫——他当然还是他——觉得这条新腿总是想要走路。那条人腿则有所保留，它似乎在悄悄地说它没兴趣走路。人腿感到郁闷而绝望，因为现在它变成孤家寡人了，至少在樵夫看来，这条腿变得和另一条腿同样可疑，同样难以忍受，大自然的质疑和嘲讽似乎都落在了这条腿上。

我这双腿根本不成对，要怎么回家呢？樵夫心想，就算我妻子再天真也……

那天清晨，天气晴朗。远处传来斧头劈砍的声音。树木和它们的树仙一齐倒下……突然，樵夫听到了一声叫喊：“爸爸！爸爸！”那是他的一个孩子在叫他。樵夫躺到地上，将那条山羊腿藏在枯叶下，只露出另一条无辜的人腿。

这个向他跑来的女人是谁？是他的妻子！女人也喊了起来："爸爸！"樵夫的家里人都来了，他躺在地上，迅速将那条山羊腿又往枯叶里藏了藏。

"他怎么了？为什么躺着？怎么有股山羊味？"她说道。顺着气味，她找到了那条被枯叶盖住的羊腿。

"别过来！"她向孩子们喊道，这个年纪的孩子显然还无法理解这件事。

"他们对我施了咒语。"樵夫说道。

"你还长出了角！你变成半神啦！"她笨拙地来回抚摸着樵夫山羊一样的大腿和额头。

樵夫伤感地伸出他那条人腿，他的妻子也不知说什么好，她对两人关系的看法有些摇摆不定。

"想什么呢，"樵夫说，"不过是工作中的一点小麻烦。"

他的妻子还是对这种变化感到欣喜，哪怕这只是部分的变化。尽管不是真正的萨堤尔，这个半萨堤尔还是让她很高兴，她挽着她的丈夫，看起来颇为自得。

她对自己的男人感到十分自豪，跟女伴们说道："现在，我可有了只山羊。"

她对这个新晋羊人寄予厚望。但是很快她就失望起来，而且还指责他缺乏野性。

"有这么一条腿真是不值！你不会真的以为跟半兽人睡觉的感觉很好吧？我宁愿你没有这条羊腿！"

村里人都对樵夫很感兴趣，大家都知道他的故事。樵夫家中有位旧友，总的来说是个虔诚的人，有天他对樵夫说：“您还有时间忘记那个树仙。只要您诚心希望，您的两条人腿就能恢复。现在还来得及。这只是上天小小的警告。我每晚都会为您向朱庇特祈祷。”

奥林匹斯之王终于听到了。他不喜欢做事半途而废，也同情男人因为变异而落得残疾。然而上天所做的，是直接将他的第二条腿也变成了山羊腿，从伦理上解决了这个问题。

于是樵夫成了真正的羊人，同时他也忘掉了他的树仙，越来越喜爱他的人类妻子，在樵夫看来，她可变得很是神秘。人们常常看到他们一同外出，温柔地搀扶着彼此。樵夫身着村民常穿的粗呢内搭，只能看到他露出的双脚像羊蹄一样叉开来。

没错，他们现在就是模范夫妻。

伏尔甘

赫柏女神是奥林匹斯山宴厅里的侍者。她的双足小巧玲珑，令诸神十分喜爱。

“怎么了呢，我的脚？”赫柏问道。

“让我们好好瞧瞧。你的脚总是动来动去。谁都没法知道它们是怎么长的。”

是的，她这双脚实在太小了，以至于有天她在餐桌前侍奉时摔倒在地，扭伤了一只。只因一段时间以来，诸神开始大量地享用牛羊肉，赫柏手中的托盘也变得十分沉重。诸神早就对那些所谓的正统食物感到反胃，例如“比蜂蜜还甜上九倍”的神餐，还有不含酒精的神酒。而且，他们就像吃药一样，只会在享用盛宴前定量服用，以维持长生不老。他们也更乐意延长用餐的时间，只有这时，他们才能逃避那些祈祷。宴厅斑驳的墙壁和金色的大门皆由消音宝石制成，无情地将人类源源不断的祈求声隔绝在外。诸神对人类越来越缺乏兴趣。丈夫和情夫、正妻和情妇、父母和孩子，当他们每个人都同样虔诚地向诸神祷告时，神明要如何满足他们彼此矛盾的愿望呢？

将一切都交给“命运”显然要方便得多，这“命运”既不受道德的束缚，又可以想做什么就做什么——毫无顾忌。

在等赫柏康复的这段时间里，谁来侍奉诸神呢？诸神都想侍奉朱庇特。但若是找墨丘利这样的神，他会在餐桌上大肆赞美偷窃；若是找普路托这样的神，他一离开冥界就浑身不适（他说他完全忍受不了矛盾对立，因为他已经习惯于在冥界好好教育死者，这是唯一要紧的事）；若是找弥涅尔瓦这样的神，她的性格冷得像盔甲，她绝不会对侍奉她的人展露笑颜或多看一眼。所以怎么能将这样的荣幸赐给他们呢？诸神也不可能将这一职务交给一个普通的凡人。诸神在进餐时畅所欲言，若是他们的秘密就这样被人类听到看到，那可能会有危险。

朱庇特思前想后，决意钦点一位神祇来端送盘盏，但他又犹豫于命令那些与他力量相当的神祇。单就海神尼普顿而言，不仅是最强大的海域，连最小的沙丁鱼也归他管辖（前提是这条鱼还得活着，否则它就归冥王普路托管辖了）。

在此期间，谁起得最晚，谁就要去餐桌侍奉。最终，伏尔甘下定决心。这铁匠是位善于打破僵局的神祇，没人给诸神传菜吗？没关系，他会接手的。

不得不说，只有跛着双足的伏尔甘才会如此天真地以为自己能够代替他可爱的妹妹赫柏，而不会招致奥林匹斯山诸神的嘲弄和残忍的恶意。当他端着水壶走上前时，朱庇特便放声大笑道："赫柏只是扭伤了一只脚，我看你还比她多扭了一只。"

诸神哄堂大笑，笑声让奥林匹斯山所有的山羊都滚落到海边。

这跛子感到深受冒犯，随即，他撂下水壶，回到了他的铁匠铺。他，一个残废，也是奥林匹斯山唯一的工匠，有什么必要以这种方式在那群冷酷而散漫的家伙面前出丑呢？这些无情的神只顾着自己的身材比例，只想着自己外表上冰冷的和谐，好像他们随时会变成青铜、大理石或花岗岩制成的雕像一样。

你要是再离开你的铁匠铺，可是会得到教训的，噢，你瘸着双脚，噢，你的胳膊也长短不一，噢，你还有斜视，没错，你的双眼也是瘸的！你的两只跛足至少在你打铁的时候还有些用处，它们来回摆动，重心时而压在这只脚上，时而换到另一只上，这样才能更好地用铁锤发力捶打。如果说你还对朱庇特和他那一伙神明有什么好感的话，那就都将它一次性粉碎在这铁砧上吧。你会表明你才是诸神中最有人情味、最具男子气概的神祇，你一直都很厌恶那些卑鄙的变身术。是的，你可不是那种只会躲藏在鹅羽或牛毛下逃避责任的懦夫。

伏尔甘的妹妹赫柏不顾脚上的伤，率先赶来找他。

“我很难过，一切都因我而起。”她说道。

“啊！这些神祇尽可以嘲笑一个工匠、一个残废，他们也想不出什么高级的法子了。”

“他们不是在笑你，只是觉得这件事似乎很有趣。”

“哪件事？”

“我也不知道。”

赫柏走出铁匠铺，变成了一个山民，她就像普通的女人一样，总算从奥林匹斯山的山坡上走了下来，混进了凡人里。

而后，赫柏在广场上穿梭于人群之间。

“为什么？”她问道，“为什么我们不多多向伏尔甘祈祷呢？让我们善待这唯一总是自寻烦恼的神祇吧！他每日都念着我们的苦楚，他和我们最为相像！他也在受苦，跟我们一样，他就是我们中的一员！”

那天，这些凡人的祈祷带着强大的穿透力和凝聚力，很快便击破了神明宴厅的那扇金色大门。

“现在我们连吃饭都不得安宁，”朱庇特大声叫嚷道，“真是疯了！伏尔甘明明向我们保证过这些门能完全隔绝掉那些凡人的哀号。”

“噢！诸神啊，”人们说道，“请尊重诸神中最具人性的神明吧！”

“人性……人性……”朱庇特重复着，他越来越恼火，“这是什么意思？下面的人类，他们是不是不知道人性之于我们，就如同兽性之于他们？”

然而，这些十分巧妙的祷告还是进入了诸神的内心。奥林匹斯山的诸神转念一想，他们几乎都曾受惠于这个丑陋的铁匠，伏尔甘总是不求回报地劳作，无论是战车和盔甲，还是那些最为精致的小摆件，他做得都一样好。诸神承认他们欠他一个补偿。

墨丘利总要卖掉那些偷来的物件，他打算送给伏尔甘一个衣柜、一件皮大衣和一个刚从贵妇手里抢来的金色钱包。

“你让他拿个女士钱包做什么？”维纳斯说道，“你会再次侮辱他的，他需要的是一份有生命的礼物。”

“我还有只神奇的猴子，”墨丘利反驳道，“它是我从非洲人手里带回来的，我将它让出去也得不到什么回报，这毕竟是个善举。”

“蠢货！”美之女神骂道。

“那这个有生命的礼物，难不成还能是你自己？”

“怎么不能？”维纳斯简单应了一句，“这铁匠的丑陋让我越来越感兴趣。我爱他认真劳作时那张勤奋的面孔。”

深夜，当伏尔甘离开铁匠铺时，他发现那位世间最美的维纳斯女神竟然在床上等他。维纳斯立即感到自己被伏尔甘心中升腾的爱意灼伤，而后她又感到有只大手压在了她的背上，那是一只惯于使用铁锤和铁砧的手。

少年们，你们梦想着娶进家门的女人既纯洁又顺从；二十多岁的士兵们，你们已然厌倦了只能看到男人的营地营房；还有残疾人、胆小鬼和那些疑神疑鬼的人们啊，无论你们多大，在面对你们渴望的躯体时，你们又觉得自己一句情话也说不出。噢，你们所有人啊，无论你们是谁，想想丑八怪伏尔甘吧，那晚他回房以前，还以为房间里空空如也呢。还有，你们不要忘记，即使诸神故去，希望依然永存。

冒牌的阿玛宗人

阿玛宗人与一群母马亲密地生活在一起，每天早晨，在树下，母马会轻柔地向她们的脸上吹气，将她们从睡梦中唤醒。这群女战士视男人为敌，她们只容许这群母马对她们大献殷勤。她们渴望展现自己的凶残，因此她们会杀光她们见到的一切雄性，连鸟儿和昆虫都不放过，难道不是这样吗？

浓重的女性气息，如同暴风雨来临时的气压，笼罩着整个国家，这令她们更为暴躁，可她们却不知道该去怪谁。一切借口对她们而言都是发动战争的好借口，她们的胸脯气势汹汹，似乎这也是她们武装力量中的一部分。直到有一天，她们发现右侧的乳房会妨碍到她们搭弓射箭。于是她们想要尽可能地压缩乳房。但是，阿玛宗人的新任女王彭忒西勒亚却讥笑着说："压缩！这种不够彻底的方法有什么用呢？像我们这样的女战士不能满足于这种偷懒的办法。既然右侧的乳房妨碍了我们瞄准，那我们就把它烙掉。"说罢，彭忒西勒亚双手举起一支燃烧的火把，火光照亮了人群，她用火烙掉了自己的乳房。她的女下属们也模仿起来，从此阿玛宗人就被称为"烙胸者"，而"阿玛宗人"这一叫法只会在正式场合和涉外交往中使用。

处女赫柏也是阿玛宗人，但她更像位宁芙，女王想将她占为己有，当轮到赫柏烙胸时，烙胸官还没动手，她就晕了过去，彭忒西勒亚便不许烙胸官将火把插进赫柏雪白精致的乳房……是的，众人之中，女王唯独将赫柏视若珍宝，却没有表露过她的爱意，赫柏纤细优美的身材就成了她当时自保的筹码。

赫柏苏醒后，发现女王的其他宠姬都围在她身旁，嘲笑她胆小，甚至满心期盼着她去死，赫柏心想：啊！这些女人要对我做什么？她们只知道打打杀杀，给人开膛破肚。

那段时间，所有适龄的阿玛宗人都要去到她们的邻居加加尔人那里，这是一个由来已久的部落，负责为阿玛宗人繁衍后代。但彭忒西勒亚对男性的鄙夷与日俱增，她曾经想要试验一种无需男性也能让女人怀孕的方法。她带领着军队前进，去迎接风雨，那风携带着种子，她希望那雨能令她们受孕。但不出所料，一个阿玛宗人都没怀孕。今年，她们只好再次决定忍辱前往加加尔人的部落。

“你不用去山民那里，”女王对赫柏说，“我免了你的苦役。你就和我待在一起吧。”

赫柏在女王面前装出一副顺从的样子，但她对女人没有任何兴趣，于是她想办法混进了启程的队伍中。

这次远行的指挥官正是那位烙胸官，见赫柏到来，她便开口嚷道：“啊！某些人还真是不知廉耻！居然挺着完好的胸脯出现在男人堆里。等你回来，我会把你的两个乳房全都烙掉，好好教教你什么叫规矩。等着瞧吧！”

说罢，她当着赫柏的面露出了胸膛，她早已烙掉了自己的双乳，来给赫柏做个示范。

在去往加加尔人部落的途中，她们会在头上撒满灰尘，唱着传统的哀歌。其实，她们就是将这种长途跋涉视为狡诈的大自然强加给她们的极大羞辱。一旦越过了边境，为了避免山民怀疑，她们就不再吟唱，把灰尘掸在身后，将黑色的面纱藏到来年。尽管加加尔人住在高山上，他们却并不装出一副趾高气扬的样子。加加尔人骁勇善战，却十分惧怕女人，只有当他们三两结伴地待在漆黑的大厅中时，他们才敢面对阿玛宗人，唯有情欲才能将这些厅堂点亮。阿玛宗人根本不愿同男人纠缠，这样昏暗的环境也正合了她们的心意。男人的大手摸索着女人紧张的手指，在黑暗中，有人抓住了一只脚、一个脖颈或一条手臂就再不松手。甚至还有些笨拙而高大的山民就像雪崩一样扑到了女人身上。

出于对阿玛宗人的尊敬，应召前来交配的加加尔人总是比女战士多一点，而这些候补的野蛮人很会等待自己的机会，也懂得克制。

现在，赫柏就躲在一个巨人温柔的怀抱里。她听不懂伴侣的语言，不过他们的身体已经美妙地交融在一起，因此很快他们的思想也互通起来。

“和我在一起吧！”那山民说道，“你是个真正的女人，而不是‘烙胸者’。”

“谁在说话？”一个可怕的嗓音响了起来——是个阿玛宗守卫，“你们很清楚，无论是谁，都禁止在大厅里说话，不然就会被立即处死。”

第二天，这队阿玛宗人开始折返。在抵达边境的关隘时，她们惊讶地看到了前来迎接她们的女王。整支军队便在这里驻扎过夜。而后，彭忒西勒亚伏在她最爱的赫柏耳边，愤怒地低语了几句。不过赫柏却装出一副听不懂的模样。

正当赫柏迟迟无法入睡时，她听到不远处传来声响，猫头鹰和鸽子的咕咕声此起彼伏。赫柏甚至觉得黑暗中的这些声音都是对她一个人发出的，似乎是有什么话要单独告诉她，她应当对此多加重视。荒唐！赫柏心想，这鸽子和猫头鹰还能对我做什么吗？而后她便躲进回忆里，想着她深爱的加加尔人。

第二天夜间，在阿玛宗部落里，女王将手放在赫柏的胸上，在她耳边说着话，女王温柔而阴险的话语令赫柏心生恐惧。然而少女还是装作听不懂的样子。于是，彭忒西勒亚伏在赫柏耳边，又低声说了一句：“晚安，明天天一亮，你的死期就到了。”赫柏愈加体会出女王语气中的残忍，良久，她才垂下眼帘，进入梦乡。

过了一会儿，赫柏又像昨晚一样听到了猫头鹰和鸽子的叫声，她心想，鸽子不应该在晚上叫才对。她骤然起身，跨过女王和那群睡在地上的阿玛宗人。然后她径直走向声音的源头。是的，那里有个男人，正是前天的那个情人，他就躲在树后面，一见到她，猫头鹰和鸽子的叫声便消失了。两人的身影交织在一起，随即飞奔而去，他们冒着哨兵射出的流矢，很快就跑回了加加尔人的部落中。

卡斯托尔和波吕克斯

那一天，阳光闪烁着无比纯粹的光彩，天地甚至忘记了它们之间的差别，在人类面前把它们最为隐秘的想法融合在了一起。

“那天跟往常一样，”勒达对一个女友说道，“我躺在草地上，一只天鹅从天而降……”

“怎么了？你看起来怪怪的。”

“我是说，在我半睡半醒的时候，那只天鹅靠了过来，它趁机在我身上下了很久的雪，啊！让我一个人静静吧，我好想哭。”（倒不如说我是想要下蛋，勒达心想。）

随后，勒达叫来女友：“你看这两颗蛋。真是太漂亮了！”

“好了，亲爱的，现在你可得开始孵蛋啦。”

“我把它们收进箱子里。拭目以待吧。”

几周后，箱中传来婴儿的啼哭声。里面一共孵出了四个孩子，两男两女，他们还在笨拙地破着壳。

“这些天鹅干得不错啊。”女友说。

“噢！不是只有天鹅。忘了告诉你，一个名叫廷德尔斯的男人也在我睡觉时靠近了我。”

“你也睡得太久了，”女友回道，“很快你就会拿这些孩子没办法了。”

她们弯下腰凑近孩子，发现其中一对兄妹波吕克斯和海伦的下唇上长了些天鹅的绒羽。

“别碰，”勒达说，“不然我要怎么区分出他们呢？”

事实上，连她自己也惊愕地看着孩子们，仿佛自己生了四个怪物。

要如何喂养这群孩子呢？是用乳房还是用鸟喙？是喂奶还是喂饲料？他们的小脑袋里都在想些什么？他们是拥有人类的思维还是鸟类的本能？勒达还想看看他们的背部和腋下是不是都长不出翅膀。

“翅膀以后也许会长出来，在那之前，我要拿他们怎么办呢？”勒达不知所措地说道。

“我可以照顾这两个男孩子。”一个声音穿过大开的窗户，从一簇草丛后面传来。

“谁在说话？”

一个男人从草地上站了起来。

“您是谁？”

“我是墨丘利。”

于是勒达就将她的四个孩子都塞给了墨丘利。

“不，我只要男孩，不要女孩。”

信使墨丘利将卡斯托尔和波吕克斯带到帕伦半岛上，男孩子似乎能在那里受到最适合他们的教育：岛民们性格粗犷，如同一片岩石横生的土地，足以抵抗海水不断的冲刷和侵蚀。

卡斯托尔和波吕克斯一起长大。他们就像是一个人，只有一点点空气能将他们依稀分开，但二人深厚的感情使他俩的联系如此紧密，连空气也无能为力。兄弟俩从两颗一模一样的蛋中孵化而来，他们身量相当，眼神和思维也很相像，但他们对自己奇特的血统一无所知。为了让他们像人类一样满怀信心地活着，他们的老师并没说他们是破壳而生的。

然而有一天，波吕克斯和墨丘利赛跑，波吕克斯赢得了比赛，墨丘利一气之下，忍不住对他说："反正这也没什么好骄傲的。你能跑得那么快，因为你是鸟类的后代。"

"请问，你说的是什么鸟？"

"去问你的母亲吧。"

波吕克斯再也待不住了，当场便跑去找勒达。

"我的父亲真的是只鸟吗？"一见到母亲，波吕克斯连招呼也没打，开口便问。

"你怎么能问一位母亲这种问题？谁敢这样暗示？你不许再在我面前提这件事！"

这就是承认了。在回帕伦半岛的途中，波吕克斯和一只天鹅擦肩而过，刹那间，他的脑中如遭雷击，他恍然意识到这就是他父亲的模样。波吕克斯感到很不自在，他拔足狂奔，回到家后不禁当着弟弟卡斯托尔的面哭了起来。

“你干吗把这当回事呢？”卡斯托尔说道，“墨丘利说我也是从蛋里孵出来的，更过分的是，我也不是什么鸟类的后代，我的父亲是廷德尔斯，我出生时他甚至还没和母亲结婚。相信我，我们的父亲半斤八两。一方面他们扮演着丈夫的角色，另一方面，他们是天鹅还是情夫，又有什么区别呢？”

狄俄斯库里兄弟是从蛋里孵出来的，这件事令他们不再信任女性，甚至厌恶女性。后来兄弟俩都长成一副身强体壮、光彩照人的模样，他们依然躲避着女人，选择投身于英雄主义。这对他们而言要容易得多，因为他们是被神抚养长大的。当然，两兄弟还是有些担心这位神祇。每天太阳一落山，他就会像个粗俗的好色之徒一样消失不见，难道不是这样吗？

卡斯托尔和波吕克斯夜以继日地为正义的事业奔忙。他们出门时，寡妇和孤儿便会组成护卫队来护送他们，每次兄弟俩只能远远跑开才能甩掉他们。

这对双胞胎在战斗时配合得十分默契，当地所有的恶人都惧怕他们，在战斗中，兄弟俩像是长着两套四肢的同一个人，他们的手臂和大腿一同发力，动作极其敏捷。而经常令对手感到困惑的是，他们往往分不清刚刚是两人中的哪一个打到了自己……另外，兄弟俩还学会了一种特别高效的双人泳姿，让他们在绝境中也能解救出被海盗或风暴袭击的船只。

尽管墨丘利认为兄弟俩太过年轻，还无法同怪物交手，但卡斯托尔和波吕克斯还是毫不犹豫地研究起如何镇压巨人——当时，巨人是名副其实的祸害。

巨人性格残暴，似乎是因为他们很难找到与自己身量相当的女人。那时，女巨人的确十分稀缺。大量的女巨人纷纷自杀，她们的性别及其所代表的风情与她们可怕的外表并不相配。这些女人大部分都长得巨大而粗糙，她们既不温柔也不精致，像是忍受屈辱一般，这令她们备受煎熬。若是有人上山时不小心在转角处撞到了一位女巨人，她就会立刻垂眸看着自己肥大的脚掌，极力同那人道歉，然后跑进山洞里躲藏起来，任谁都找不到，除非用些极端手段，否则她绝不会出来。

一天晚上，卡斯托尔和波吕克斯发现两个巨人和一个女巨人正在卸船，船员被他们打晕在一旁。兄弟俩潜伏在一处岩洞中，惊讶地发现这些以凶猛著称的家伙正谦卑地听命于一个小个子，那晚没有月光，看不清这小个子的身影，他正骂着这几个巨人干活干得还不够快。

“哎！都说巨人很蠢，看来也没说错。”这强盗头子嚷道，还伸出脚踹了他们几下，巨人硕大的脊骨如同胀满毒液的巨蟒，他却毫不畏惧。

卡斯托尔和波吕克斯见有个巨人正独自站在船舷上，便一起跃上了他的头顶，趁机一人挖了他一只眼睛，与其说他们像天鹅，倒不如说像雄鹰一样敏捷。这怪物拼命挣扎，最后掉入了海中，好在这不情不愿的利他主义之举也令他摆脱了这对双胞胎。然而兄弟俩已经解下了船帆，还待在岸上的巨人们和他们的头领都十分意外。头领几乎立刻便站上了甲板，他的脚上还穿着一双飞行鞋。

“你就是那个给海盗下命令的小个子吧。”卡斯托尔说道，他认出了这是墨丘利。

“我只是被他们衬得身板很小。”

“你带人劫船，又丝毫不以为耻，亏你还声称是我们的神师。”

“我亲爱的朋友，”墨丘利说道，“我得向你们坦白。太阳一下山，我便总是撇下你们，因为我在晚上会不得不变为窃贼之王。你们不要怪我，这是我的生理反应：一到黄昏，我的眼神就变得贪婪，道德感也立即丧失，我的双手颤抖不已，只有放进别人口袋里才能得到暂时的缓解，这并不影响我在第二天又变回那个完美而正直的老师，可以去教导世上最诚实的双胞胎。”

不过，波吕克斯刚被一个巨人划伤了咽喉，伤口很深，正淌着血。流出的血液十分古怪。波吕克斯似乎对此毫不惊慌。大量珍贵的血液从动脉里喷涌而出，而这些血液总要从另一处补上。波吕克斯的脸色只是微微发白，反而是卡斯托尔，看着他兄弟的伤口，脸色惨白。

“卡斯托尔，你不必担心，”墨丘利说道，“波吕克斯拥有永恒的生命。他那位天鹅父亲其实就是朱庇特。”

“那你为什么不早点告诉他？”

“因为我想让他接受合适的教育。”

“那就是说卡斯托尔也一样是神吗？”波吕克斯问道，他的伤口已然愈合，没留下任何痕迹。

墨丘利没有回答。

卡斯托尔和波吕克斯彻底了解了老师在夜晚的所作所为，从此以后，他们再见到墨丘利时，也丝毫不会感到开心。甚至可以说，他们一直在躲墨丘利，如果没发生那些令人担忧的事情：忒修斯掳走了他们的孪生妹妹海伦。虽然兄弟俩从出生那天后就再没见过海伦，但这场绑架只会激起他们内心沉寂的怒火。还有什么会比一个妹妹、一个亲生的双胞胎妹妹更美丽呢？他们心想，一个妹妹，她不是弟弟但胜似弟弟！过去她不在，我们都是怎么活过来的呢？

兄弟俩想知道妹妹究竟长什么模样，他们发誓不惜一切代价救她回来。这样的家族精神（或者说鸟窝精神）驱使着兄弟俩，他们杀了看守海伦的守卫，将她带回了希腊，但他们很快发觉他们良好的教养令他们无法爱上自己的妹妹。最后，兄弟俩甚至整日无所事事，痴迷于这个美丽的姑娘。他们开始幻想其他的女人，那些更有女人味而非近亲的女人。

兄弟俩受邀去埃托利亚参加几位表姐的婚礼，他们假装无视她们各自的丈夫，从婚礼上劫走了她们，将她们带到附近的山路中结合。不过很快几位新郎便赶来抓住了兄弟俩，一番苦战后，新郎夺回了自己的妻子，但因为兄弟俩的怀抱，这些姑娘还在浑身发烫。

卡斯托尔受了重伤。这次轮到波吕克斯来关心他头破血流的弟弟："噢，我的弟弟，你怎么了？"

"别担心。我不过是演了出假死的把戏。"

这可不是什么把戏，而是场悲剧，波吕克斯心想。他眼睁睁地看着一片无法驱散的莫名黑影慢慢笼罩上弟弟的面庞。

"啊！我现在开始相信了，我们并不是同一颗蛋里孵出来的。"卡斯托尔叹息道。

波吕克斯立刻将唇覆在他兄弟的伤口上，口中呼出永生的气息，他希望这些气息可以令他的胞弟死而复生。接着，波吕克斯意识到卡斯托尔已经彻底离开了自己，于是他也决定赴死。他沉浸在对弟弟深厚的情谊中，甚至忘记了自己其实拥有永恒的生命。他拔出佩剑，深深插入自己的心口，剑尖从后背透了出来。他在田野间奔跑，发出的哀号并非出于疼痛，而是出于人类的苦难和那被斩首的亲情。他的心脏没有流出一滴血，也不知道这一整把剑想要对它做什么。

波吕克斯大声哭号着，声音最终传上了奥林匹斯山，传入了朱庇特时刻警觉的耳朵里。于是他落到一片寂静的云上，不是要去打雷，而是出于一位父亲对孩子谨慎的关心。

"我会尽力而为。"这位至高无上的神明开口说道。

波吕克斯想要感谢他的父亲，可他此时已变成了远空中一颗闪烁的星星，迸发出耀眼的光芒，卡斯托尔就在他的身旁。他们二人之间的情感如此炽烈，哪怕化为星星也能认出彼此，而后他们又因彼此相认而庆贺起来。

此前，无论是对星星还是对自己的孩子，勒达都一样漠不关心，后来，她每晚都要从家里出来，抬头凝望那两颗崭新的星星，它们比其他所有的星星都要漂亮，在一片混沌的夜空中熠熠生辉。

刻耳柏洛斯

冥王普路托心想：比起养一只整日狂吠的猎犬，我更喜欢严肃可靠且叫声响亮的狗。我只要一只强大无比的野兽就足够了，它能长两颗脑袋就不要只长一颗，能长三颗就不要只长两颗。我很珍惜这份清静，我也总是偏爱死人。

刻耳柏洛斯生来就已成年，是个天生的怪物。这怪物应该立刻去服侍冥王。童年对他而言不过是浪费时间。

这只地狱犬是巨人堤丰和另一个半人半蛇的怪物厄客德娜的孩子，他很享受现在的工作和自己凶猛的外表。我们可不是寻常人家，他心想，我的兄弟是斯芬克斯和涅墨亚狮子，姐妹是许德拉和客迈拉。她们都还没结婚。至于我，随便别人怎么说，我们只会折磨亡灵，这也没什么大不了。我想要在这里看到所有新来的亡灵，看他们不断掉入地狱，就像一场瘟疫。竟然还有人以为死后就能获得安宁！

赫丘利常被称为“一切美德的模范”。这对他来说太容易了，刻耳柏洛斯心想，赫丘利长了副好面孔。他只长了一颗脑袋，头又很小。这对他来说没什么。而我有三颗脑袋，让我整日不停地思索，哪怕打个瞌睡的工夫，我也会做梦。只是我怎么都想不通，不知为什么赫丘利总是十分厌恶我们一家。他这个出了名的杀手早就盯上了我的弟弟涅墨亚狮子，尽管他是头凶猛无比的野兽，赫丘利还是想办法杀了他。而现在，他又看我的姐姐许德拉不顺眼。但是他会知道他对手的厉害的。我的姐姐精力充沛，她比赫丘利更有想象力。砍掉她的一颗头，上面又生出十颗头，这引得赫丘利对她说："你还是来跟我学学怎么数数吧。"可要是他不幸打伤了许德拉，哪怕只伤了她一点儿，那他可要当心了！我姐姐非常记仇。她生气时，一滴血液可能就足以毒死一整支军队。况且，许德拉已是荣耀加身。毕竟她可比初出茅庐的赫丘利有名得多。

而刻耳柏洛斯则一直默默无闻，整日在地狱工作。在那里，亡魂沉默不语，形成了一堵无法逾越的厚墙，就连声望女神也拿它没办法。但是由于离家太远，刻耳柏洛斯还是很想念家人，一天，他对普路托说道："我想去看我的姐姐。"

"但是，我的朋友，你知道没人能离开这里。"

"我想去看我的姐姐，"刻耳柏洛斯的三个脑袋固执地重复着，"若是都不能去看她，那我长着六只眼睛又有什么意义？"

"来，你叫吧，我的朋友，"普路托说道，"随便闹出点动静。这样你还能打发时间。我又不在乎。"

于是，刻耳柏洛斯继续低吼着。

"理智点，小家伙，"冥王对他说，"你很清楚在这里大家都很尊敬你。如果那些刚下船的亡灵没有受到你的迎接，那他们会说什么呢？你对他们的不幸考虑不周啊！”

“我想知道我的姐姐被砍掉一颗头后是如何又长出十颗的。”

“这对你有什么用呢？我的小狗，你只需要跟死人打交道。”

“噢！死人可比你想象的还要狡猾。”

而九头蛇许德拉并不了解她的弟弟，她也为此哀叹不已。“可怜的宝贝，”她说，“只长了三颗头，而且还都无法再生！”

“冥王，”刻耳柏洛斯坚持道，“如果我对自己的家都一无所知，那家对我而言还有什么意义呢？我真的要回去见我的姐姐。”

“刻耳柏洛斯，你可要当心。赫丘利十分强大，他讨厌一切怪物，而你姐姐就是其中之一。”

“你的意思是，我也是其中之一吗？”

“噢！你啊，你可是个对社会大有用处的怪物，因为你是个守卫。此处生人禁入，亡灵禁出，在你的掌管下，冥界才会秩序井然。”

就在此时，一个健硕的男子手持棍棒出现在普路托面前。

“这里貌似有人想去见他姐姐？”

“是我！”刻耳柏洛斯喊道。

“陛下，”赫丘利开口道，“难道您不让您的狗……”

“那这段时间我的这些亡灵要怎么办？”

“噢？”赫丘利说，“自从我清理了地面上的危险分子，上面已经很干净了。”

刻耳柏洛斯跟在赫丘利身后，耷拉着脑袋。

上面天气很好。时值七月，这天烈日炎炎。

“我会带你到你姐姐那里，”赫丘利对刻耳柏洛斯说道，“就在这附近，我很抱歉你只能分成几次去看她了……我之前和她发生了口角，只好将她打倒，又把她分成了几块。你看，这块还不错。”他用棍子顶端指着一大块软绵绵的东西说道。仔细看会发现它还在轻微地蠕动。这东西微微发白，血肉模糊，四周开满了象征死亡的紫罗兰。“这一块也是她，那一块也是。上面流淌的鲜血还是她。我给你看的这些确实不太好看，但是你的姐姐，她很危险，我必须迅速采取行动。为了彻底摧毁她，我只好特意为她搬了几块石头。”

“我们不去安葬她吗？”刻耳柏洛斯这样问道，以表示他对姐姐的感情一如既往。

“那你要问这群乌鸦和老鹰。现在这是它们的事了。”

“我还是回冥界去吧，”刻耳柏洛斯说道，“普路托还在等我。”

刻耳柏洛斯没和赫丘利道别，便向厄瑞玻斯奔去，尽管他已经格外小心，却还是被赫丘利掷出的棍棒打到了肋骨。

“怎么样，你见到你的姐姐了？”黑暗神问道。

“噢！这可和我想的不一样。”

“那你想的是什么？小家伙，还是顺其自然吧：姐姐、妻子、母亲，她们从来都和我们想的不完全一样。”

巨人族

小朱庇特将阿玛耳忒亚留在克里特岛，独自从岛上回去，他一直认为自己是奥林匹斯山唯一的神。朱庇特习惯了身边只有一只山羊跟他唱反调，他这才惊讶地发现世上竟还有和他一样名副其实的神，他们有的掌管海洋，有的掌管冥界，有的掌管商贸，当然还有很多其他的神。但很快朱庇特便自我安慰："算了，我也没什么可抱怨的。天空和大地还不都是属于我的？"朱庇特望着脚边陡峭的山坡——奥林匹斯山上难以逾越的堡垒——说道。

不过，最近山谷中出现了一群巨大的生物，他们刚刚站起身来行走，围着他的住所转来转去，一言不发，脚步声就像是缓慢的抗议，他们是要做什么呢？

这群巨人刚刚晃了晃身体，他们还不敢公然向神权发起攻击，现在，他们只是在天空下展示他们那高峻且带着敌意的赤裸躯体。

是的，当时世上遍布着那些传说中的生物，梁龙和其他古生物，它们迈着迟疑的、几乎是形而上的大步。不同于山川峡谷，这些生物的真实大小和潜能无法衡量。在原始的空间里、在地质灼热的脏腑中，它们或多或少地认识着自我。

这些数量不断攀升的巨人究竟来自何方？应当从人类本

身的贪婪中寻找他们的起源，人类总要寻求那些难以企及的幸福，单纯地想要越长越大，寄希望于不断靠近一个虚无缥缈的目标。

他们就这样不断长大，尽管这些懒人什么也不做，他们是否还会有种他们已经付出了许多的错觉？他们是不是认为自己只需要天真地裸露着身体，就不必再认真努力？（“我已经没日没夜地忙着用这样的身体创造出唯一的存在，也要花费很大的力气才能不让它在空中消散，你们还想要我怎么做呢？”）

这些巨人总能找些冠冕堂皇的借口让自己变得更加高大，他们的身形和人类最初的模样相差无几，既可以延展，还有进行各种调整的空间。一些在这片依旧荒芜的大地上忍饥挨饿的人就这样在绝望中长大起来。这是最糟糕的解决办法。

“你都这把年纪了，难道不觉得羞愧吗？”一天，一个巨人对他的父亲这样说道。直到那时，他父亲的体型还很有限。

“这也不是我能控制的。生活太过艰苦。长得太过巨大就等于是自杀。”

一家人都无能为力，只能经受着这场灾难，更可怕的是，这是场毫无痕迹的灾难。

这对父子到巨人议会上讲述了他们的不幸，这一议会是专为这些巨型人类设立的，常在山洞中召开。议会由一人主持，这位议长的家里只有他自己，他凭借着意志力和好脾气成功地保持着正常的身型。他总能发现有趣的笑话，又能找来一群野牛给那些饥饿不堪的家伙填饱肚子。至于他自己，他吃得很少，而这似乎也没怎么影响他的健康。但是有一天，当变成侏儒的议长出现在洞口时，巨人们不得不承认议长确实承担了太多。他们每个人就都朝他背过身去，或者说背过腿去，仿佛此后议长那张几乎和地面齐平的嘴巴里再也说不出什么有价值的话了。但是，尽管议长变成了侏儒，他却一点也不悲观，还试图将他坚定不移的意志强加给世上的巨人。他被赶了出去，眼中含着愤怒而微小的泪珠，小小的双手大大地比画着，表达着他的失望。

失去了议长的忠告良言，饥肠辘辘的巨人们放弃了老老实实地谋生，他们需要的食物实在太多了！

突然，其中一人猛地拍了拍脑门，毕竟巨人的脑门里也多少有些智慧。“如果是命运让我们变成现在这副模样，”他大喊道，“那我们便只能同诸神抗争。弟兄们！他们对我们为所欲为，难道你们还没发现吗？为什么这帮生来阔绰的家伙索要肥美的公牛作为祭品，就只是为了闻个香味？真是糟蹋了这些烤肉！这些神明没尝过饥饿的滋味，然而我们还在为了食物垂死挣扎。让我们一举占领奥林匹斯山吧！在那儿大家都能找到食物。”事实上，巨人们算是遇到了劲敌。如果诸神和人类身量相当，那他们将是无敌的存在，神明体内流淌的永生之血极为黏稠，即使是最为可怖的伤口都能够轻易愈合。另一个优势在于，诸神可以轻而易举地变成任何事物来躲避危险。而那些头脑迟钝、动作迟缓的巨人，他们的胆量只能体现在身材高矮的变化上，永远无法摆脱这副可悲的皮囊。他们对自己缺乏足够的信心，从不敢轻易尝试变身，生怕再也变不回来他们本就成问题的特性。

为了给自己造势，巨人开始威胁诸神。

“啊！你们等着瞧吧，我们的力量比起你们也毫不逊色，我们还比你们更加背信弃义，手段也更为卑劣！”

于是，巨人们开始往奥林匹斯山上投掷整块的石头和巨大的岩块。后来石块不够用，他们便仿佛合为一人，用山谷一般宽大的手将皮里翁山堆在奥萨山上，爬上了奥林匹斯山。而巨人们走进神殿后，却连诸神的影子都没见到，原来诸神早就通过一扇暗门去了埃及。

过了一会儿，巨人们既没找到诸神来决斗，也没找到可吃的食物，他们开始怀疑自己的动机是否正当。最终，他们甚至自己都认为这是一场自相残杀的斗争，他们本来还觉得这场战斗颇为可取。而为了表达自己的诚意，其中的一个巨人突然渐渐变回了人类的大小，而后他的一位好友也是如此，接着是一个敌人，然后是一个冷漠的人，最后是所有迷失在巨型身躯里找不到出路的巨人们。在肉体和骨骼疯狂逃离之后，他们最终还是回归了理性及其限度之中。

诸神懂得拖延的重要性，他们才是这场战斗真正的胜利者。但出于谨慎，他们还是决定跟在弥涅尔瓦身后返回奥林匹斯山，她总是让一支由智慧与稳重组建的、无形而强大的护卫队走在前面。

女巨人

当人们看到她，哪怕是远远地看到时，一切风景就都发生了变化：百年橡树变为灌木，高耸的植被也顿时失了明。她心想：我的身材就像一条龙，这样的身材抹杀了我所有的精致。在这样庞大的身躯里，我不可救药地迷失了自我。与自我迷失相比，在森林里迷路简直不值一提。无论在哪儿，我都显得过于庞大。我的气色很好，看起来却阴森恐怖，甚至令巨人感到害怕。没想到有一天，我正在河口沐浴，河边的一个婴儿只是看了眼我一侧的乳房，便如遭雷击般昏死过去。噢！换了别人也许看不出这二者有什么联系，但我心里可一清二楚！我居然要每晚起来寻找食物，来喂饱这具总是饥饿的身体、这双扫兴的大腿、这个令人沮丧的小腹，还有这些总是感到焦虑的硕大脚趾！一有风吹草动它们就会竖立起来，听听声响。

可怜的姑娘，她的泪珠像鸽子蛋那么大，却永远也孵不出幼鸽，注定无法生育的姑娘啊，你的哀叹有什么用呢？你什么都做不了，你将会变成山洞里的老处女。

不出所料，这不幸的姑娘爱上了一个正常身材的男人。她是个巨人，便尽可能地缩起身体，用那双悲伤的眼睛目送男人外出工作。我的幸福走了！她心想。女巨人躲进了树林与疯长的藤蔓间，她梳理着头发，兴奋地清洗着自己的指甲，隔一片洗一片——这是当时的时尚——而后她漫不经心地嚼着一棵可以将她变小的草，这是个好心的女巫送她的礼物。但这年轻的姑娘注定长得如此高大，她丝毫没有变化，就像冰山一般稳固。“我还是个女巨人”，这令她颤抖不已；“我还是个女巨人”，这算是敲响了丧钟；“我还是个女巨人”，这令她的五脏六腑都疼痛起来。

她乐于牺牲，又厌恶情爱，因此她梦想着能砍下一条腿来送给她的爱人，以表示自己对他盲目的依恋。可怜的傻瓜，她心想，现在你可需要拐杖啦，难道你的处境还不够悲惨吗？

然而有一天，这个正常身材的男人生了病，他的妻子将他照顾得十分糟糕，他也日渐衰弱。于是，女巨人稍稍靠近他，与他保持着一定的距离，等候在黑暗里。男人忧郁地坐在床上，身旁这股巨大而未知的力量让他好受了一些。女巨人渐渐鼓起勇气，开始用最温柔的声音同他说话：“我就站在黑暗里，我是个年轻的姑娘，一个二十岁的灵魂。”

“别喊得这么大声，您这是要我的命。我的身体还很虚弱。”

“您别害怕，我只是为您好。我将成为您陌生的小个子情人。”

是的，这个不幸的姑娘急着辩解，便说了“小个子”这个词。而她的声音，天啊，简直大得要命！病弱的男人直接晕了过去。

于是他的情人再也按捺不住，冲向了男人，将她热情的双唇紧紧压在了男人的小嘴上。

在她的怀抱中，男人的躯体、头部和手臂都变得巨大。身体的其他部分也是一样。少女用她爱情的痛苦与力量将男人变成了巨人。她立刻就不再爱他了。

宁 芙

宁芙化为雨水逃出天界。她们终日混迹江河，常常东奔西跑，弄得满身潮湿，只有在树林中，这些水神才能安分下来，在那里挥洒着她们曼妙的水汽。在她们身旁，草地绿意盎然，老人靠近她们，坚信自己也可以返老还童。

作为乌云的女儿，她们不停地纵身跃入水中，永远眷恋着云彩，哪怕它转瞬即逝。她们只会在雨中舞蹈、震颤。水滴从天而降，这是宁芙恋爱的时节。这些白得耀眼的女孩如果不逃离阳光，太阳就会烤干她们的心脏。她们湛蓝的双眸是对晴天唯一的妥协。不过她们的泪水不含盐分，而是像雨水般甘甜。

并不是所有的宁芙都来自天界。通常，树脚边会有几处青草长得格外纤细而茂密，蔚蓝的水面上泛起更为柔和的波光，甚至连空气都只是小心地停驻。远处的萨堤尔和艾吉潘，还有给这些森林之神卜测水源的神祇，都有所感知：那里孕育着一位宁芙。人们若是仔细看，便能在某处水洼中发现一条迷人的手臂和一个可爱的肩膀，它们混在泥土中却没被玷污分毫。等到全身都作好准备迎接以后，她才会露出头来。刚一露面，那位宁芙便立刻站起身来环视四周，仿佛是在寻找着同伴。这位同伴很快便出现了，她来到她的新朋友耳边轻声细语，热情微笑。

宁芙生来体态高挑，又对情爱十分敏感。她们在小时候尚未体现出这般美丽与优雅，却依然光彩照人、清纯惹眼。

树木是否要对出生在自己脚边的宁芙负责呢？这些树木乐于相信他们之间是息息相关的，我们也不忍心加以纠正。但是，我们必须承认，这些仙女的父亲还是来历不明，甚至她们也许会有多个父亲，毕竟她们源自流水、土壤和天空。因此她们也得以免受家庭问题的困扰。一位父亲，无论他是河流、云朵，还是树木，都没什么影响。他的劝诫也并不重要，宁芙可以轻易逃避这些劝告，只要再去寻找其他的水源、树荫和天空就好。

宁芙只会对萨堤尔、艾吉潘和弗恩产生爱慕之情，这些神灵往往凶残暴力、忙忙碌碌，与她们耳鬓厮磨之后，又像跟母鸡交配的公鸡一样健忘。

但她们中还有位神秘的宁芙，她是个树仙。她没有抛弃那棵赋予她生命的树。这是她本性中潜藏的美好品质。她窝在树干清新的汁液里，找到了人类所谓的家。大树用满怀珍重的缄默来回应宁芙的柔情。但一棵树的静默是完全可信的吗？在不经意间，一阵轻风微微拂过，大树便发出含混不清的声响。字词如旋风一般掠过她的耳边，却连不成语句。

“你说什么？”树仙彬彬有礼地问道。

大树重新发出声响，声音还是一样模糊。宁芙便不再坚持了。

无论是在比例上还是在质地上，大树都与其树仙相差太多，他们只能纯洁地相爱。尽管如此，他们还是为彼此而生的，一个包裹着另一个，合乎形式。但他们的关系也就到此为止了。当这种爱情达到顶峰时，几乎就像诗人喜爱星辰、孩子喜爱风筝那样纯洁。大树不仅是树仙的情人，也是她的衣冠与首饰。对于树仙而言，无论她要去往树枝或树干中的哪一处，她总能想办法到达，是的，就像神明一样灵活自如……

有一些树仙没有勇气在她们的树木被砍伐时随它们一同死去。她们躲在附近几个光秃秃的树干上，那些树干被雷电击中，又被同伴遗弃。在那里，她们围在一起，俨然是一群体弱的寡妇，她们四下环视，仿佛是在等待着某个不会到来的画家的垂怜，好向他诉苦。

树仙们想方设法地阻止樵夫砍伐她们的树。只要樵夫一出现，她们便开始痛骂："你想对我的树做什么？它可算不上木头，不过是根麻线罢了。但你看看周围吧。还有那么多别的坚固树干。你可以拿它们生火、做家具，创造各种各样的幸福！"

有些树仙口才惊人，能让几棵树木存活上百年，甚至上千年。但无论树木的年龄有多大，它们美丽的守护者们依然十分年轻，她们总是十三到十八岁的年纪，不多也不少。

宇宙的第一阵脚步

混沌与黑夜还交织在一起时，世上便诞出了第一缕生息，最终接连诞生了命运、时间、大地、天空和太阳。还诞生了几个大人物，人们称之为神。

萨图恩即刻感到自己身负神力，是宇宙之主，他拥有强大的气息，双足巨大却不触及地面。然而宇宙属于他的兄长，他的兄长不懂如何管理这茫茫苍穹，宁愿把时间花在沉思上，将天地的支配权让给了萨图恩。但前提是萨图恩不能拥有子女，不能将继承权留给他们。

萨图恩不能接受自己没有孩子，不是因为家族精神令他彻夜难眠，而是因为他想知道这些孩子是如何诞生的，哪怕这些小家伙刚一出生就会消失。他的妻子瑞亚则一直都活在恐惧之中，她的内心呻吟着：

> 噢，瑞亚，你犯了何种罪愆，
> 为何生出的孩子都注定遭难？

第一个出生的孩子是温柔与忍耐的化身：朱诺。人们从没听过她哭泣、叹息，甚至没听到过她的气息，哪怕人们将耳朵凑在她胸前也听不到，她很害怕给自己招来灾祸。朱诺没日没夜地睡觉，连吃奶都闭着眼睛，很是贪婪，事实就是如此，但这也只有她的母亲才知道。

“我们的女儿在哪儿？”一天，萨图恩问他的妻子，她总是尽力将孩子藏在某块岩石或某处草丛的后面。

“你这倒霉的家伙，找她做什么？”

“你放心，我不会伤害她的。”从不撒谎的萨图恩说道。他刚刚发现了那树叶制成的摇篮，拽着孩子的腿，把她从里面拖了出来，小女神不安地颤抖着，但依然紧闭着双眼。

“我的朋友，孩子可不是这样抱的。你吓死我了！”

乖巧的姑娘
人生才开启，
父亲便将她
投入这天地，

一个，两个，三个，
人们对自己的女儿负责。
而我将吞入肚囊，
你这小小的光芒。

只消一口，
将你整个吞下去，

不留伤口，
我知道我已胜利。

需要为萨图恩补充的是，他的咽喉和喉管十分巨大。并且他的胃也与今人的完全不同。他的胃一分为二，小朱诺就好好地藏在其中一个胃袋里面。然而，瑞亚还是惊恐万分，她亲爱的孩子销声匿迹，她想要朱诺回来。

我不会将她还给你，
我可是她的父亲，
每当她坐在我膝上，
那副模样懒洋洋。

身为一位好父亲，
我会对她讲诚信，
我会喂饱我女儿，
就像喂饱我自己。

瑞亚逃走了，双眼含着泪水，她没料到萨图恩还能救活她的女儿。只因瑞亚又怀了孕，她绝不想这个即将降生的小家伙落入他父亲贪婪的口中。夜里，她一边跑一边念叨：

诅咒莫应验，
后代皆平安。

那时，人们常常谈论起动物，分不清它们是人还是神。当时世上涌现出许多有名的野兽虫豸，它们都备受指责，比如涅墨亚狮子、九头蛇许德拉、厄律曼托斯山的野猪、伊米托斯山的群蜂。若世上某处存在着这样一匹马、一头公牛，甚至一只非常聪明的乌龟，其有着无比辉煌的一生，那人们一定会知道。也正因如此，瑞亚才得知克里特岛上有一只人人称赞的母山羊，名为阿玛耳忒亚，瑞亚可以放心地将年幼的神祇托付给它。原始森林中的狼与狮子都是女神瑞亚的导师，它们对它很有好感，瑞亚便决定将年幼的朱庇特托付给这只长着山羊胡须的野兽：

所以这幼小的神明
并不会流离失所，
因为那阿玛耳忒亚
补给他一处小窝。

这只山羊已经有了两个孩子，朱庇特是第三个。这个孩子通体光滑，肌肤透亮，一双从天空中凝练而来的蓝眼睛，毫无疑问地昭示着他神祇的身份，一对细眉闪闪发光，一双小脚坚硬结实却又能稳稳地站在云上，小小的腹部健壮有力，现在这一切就待在这两只天生毛茸茸的灰羊身旁，待在这个毛色灰暗的羊妈妈身旁，它所有的光辉、学识和狡黠都藏在眼里。她和那时的人们一样心直口快。“听着，孩子，”阿玛耳忒亚说道，“是地上的女人都没生过孩子，所以才要找一只山羊给你喂奶吗？”

“是我母亲坚持要找一个手腕强硬的乳母，我是说一只山羊。不管怎样，这里还是我说了算。”

我已将雷电
用作以一当十的弹弓，
我轻皱眉尖
便可决胜于百步之中。

若你那神圣的狂热
令人将你视为神明，
须知族中之羊众多，
其中唯我精益求精。

一条、两条腿，
独我一人堪称神祇。
三条、四条腿，

那是乳母长着四蹄。

这小小的神明
本活不到如今，
若不是他的唇上
贴着母羊黝黑的乳房。
我只能竭尽全力
将我的乳汁都献给你，

为了你那身体健康完好，
我便为你折下一只羊角。

但是那两只小羊不喜欢讨论哲学，它们把蹄子乱放在年幼的朱庇特脚边，将他绊倒，迫使朱庇特和它们一起玩耍。而朱庇特也模仿着他的朋友们蹦来跳去。而且，身为日后化形的一把好手，朱庇特早就具备了非凡的模仿天赋，他看起来浑身都长着毛发。相反，头上长角的小羊也试图模仿这个粉嘟嘟的奥林匹斯山人，却并没有成功。

年幼的神祇就这样一天天长大，直到他变得强大，也能开始吃肉，便不得不返回奥林匹斯山。临别时分，他们四个互诉温情，不免让人联想到发车前的站台。

“阿玛耳忒亚，等你临终时，我将会在天上留出一个美丽的地方，送给你和你的小羊。”

“你这暴君，你很有可能将我绑在天界的木桩上。”

“没错，但拴你的链子会很长很长，长得看不到尽头。每当我趴在你肚子下面，你的羊皮总能使我暖和起来，等你死后，你这羊皮还能为我的一位家人所用，它会成为一位出色的女神手中的神盾，我还不知道这位女神的名字，尽管我已经感到这个名字就在嘴边了。”

一只母羊，一位神明，几只羊羔，
或者说新的时代由他们创造，
当大自然刚刚焕发生机，
它正尝试着谦虚。

其他故事

创造动物

动物们一个接一个从天界坠下，毫发无伤地落到地上。大多数动物已经被创造完整。有些动物还要等上片刻才能获得自己的特征。

“看来我会有个长鼻子，”新来的大象说道，“从前额长出来，一直拖到地上。”

“一个鼻子嘛，没必要长那么长。”狐狸说。

“我正需要这样的鼻子。”大象反驳道。

话音刚落，长长的鼻子从天而降，从此，所有大象的脸上都长出了这样的长鼻。

我应该吠叫吗？狗思索着，它已经可以发出声音了，不，还是保持安静吧，我要遵守秩序。

至于马儿，它还少了两只耳朵，但它对此一无所知，它正奔跑着，忙着摆脱自己的影子。

这对耳朵奋力追上马儿，它们还没从震惊中缓过神来，不停地向四面八方转动。

马儿说：“听说没谁能在赛跑中赢过我，我还不太清楚这意味着什么，但我猜这会令我无比自豪。”

突然，动物们都感到一阵不适。驴子刚刚大叫了一声。它在大家面前吐出噪音，似乎对此心满意足。

造物主改造着一个又一个动物，加点这个，添些那个，十分用心。他刚赋予斑马一身黑白相间的斑纹，斑马高兴极了，展示给每个动物看。

“有什么好骄傲的，”驴子说道，“这些条纹也没什么大不了的。”

“也许吧，不过我可不用大声喊叫，好不被人遗忘。”

河马、犀牛、单峰骆驼和双峰骆驼都成群结队地生活在一起。蟾蜍、猫头鹰和秃鹳则如有所感地跟在其身边，它们也不太明白为什么要这样做。

很久之后，它们才明白这是为了符合审美（它们是如次被告知的）。它们回答说自己还只是初具雏形，只有等造物主考虑好这个问题，才能看出些眉目。

熊想知道自己是否已经彻底完整了，但它什么也没跟别人说。它四处找寻着一种纯天然的果酱。最后它真的找到了，并将其命名为蜂蜜。

毒蛇说自己马上就要有爪子了，它时刻等待着。

“很快你们就能看到我的毒液遍布世界。”

“住嘴！”乌云后传来一个浑厚的声音，“首先，您凭什么觉得自己会有爪子呢？”

“就凭我的逻辑！”其中一条毒蛇急切地回答道。

“好吧，那您现在没有毒液了，改名为游蛇。这是对您的惩罚。”

而惩罚还在继续。

另一个品种的毒蛇始终一言不发，这才得以保留下自己的毒液。

游蛇对神明的裁决提出申诉. 它声称自己刚才之所以抗议，是因为它还不太会表达脑子里的想法。

“胡言乱语！”乌云后的声音只是这样回应道。

啊！可没时间发愁了。每时每刻都发生着意想不到的事情。

“瞧啊，”鸟儿说道，“这东西比大象还高！枝头还缀着成百上千的小东西，风一吹，它们便随风摇曳。”

“我管它叫大树，”乌云后的声音回答道，“你们可以随意使用。”

“这要怎么使用？”猴子问道。

声音没有回答，而是伸出一根无形而有力的食指，将一头母牛推到树荫下，母牛就卧在了那里。于是其他动物也立刻模仿起来。由于那天十分炎热. 动物们便明白了树的用处。

世上还有遍地盛开的鲜花。动物们对此不屑一顾。它们看不出这些花朵有什么用处。

“它是没什么用，但看起来很漂亮。”那声音说道。

漂亮，动物们并不太理解这是什么意思，不过仅凭着对这个词的信任，它们最终还是明白了花朵的意义。

突然，在动物们面前出现了另一只跟它们相像到难以区分的动物：由于动物们都觉得在它们的品种里自己是独一无二的，所以一开始，它们很厌恶这只动物。它们互相提防、彼此逃避，但又在远处观察着对方。

“你们都互相靠过来，”乌云后的声音说道，“你们要生养众多。”

“我不明白这有什么关联。”有个动物自作聪明地说道。

“你们绕着对方转一转，就能明白了。”

消息开始如野火般迅速蔓延，说这世上存在着雄性和雌性两种性别，而不同的性别会彼此相爱。

动物们开始繁衍后代。雌性觉得这很不错，但雄性却不太清楚要如何看待这帮复制出来的小家伙，他们觉得似乎没有什么繁衍的必要。

“我们真的要互以为食吗？那我可真不知道要怎么办了。”狼对羔羊说道，它的声音带着假惺惺的谦虚，不过，狼会对这个毛茸茸的小东西感到亲切，可不是因为羔羊对了它的脾气，而是对了它的胃口。

“行啦，”熊说道，“我还不知道这一切意味着什么。但我们先不要急着下结论。”

有一天，动物们发现它们中的一员——一条公狗——从前一天起便是一副断了气的样子，动物们围在它身边，无论如何触碰它、轻咬或撕咬它，它都一动不动。母狗说：“别打扰它了！你们明知道它从不喜欢早起。”

第二天，这条狗不仅一动不动，还开始散发出一些难闻的气味——从某种意义上说，这也确实是一种活动的方式，至少让动物们动了动鼻子。

母狗声称这附近还有其他气味很大的动物，例如狮子，这毋庸置疑。但是那个声音又从乌云（哪怕天气晴好，也还是要说它是乌云）后面传了出来："别管这条狗了。它不会再好转了。我叫它腐尸。"

"它什么也没做错，我们就这样抛弃它吗？"母狗抱怨道，"怎么能这样？就在两天前，它还备受尊敬，现在就要在恶臭中腐烂，而您的安慰，就是一句要我们别再管它了吗？"

"你们要生养众多。"云后的声音说。

"没兴趣！"动物们异口同声道。

"兴趣总会有的！"那声音说。

于是动物们又开始交配繁衍，但这次它们颇为感伤。

对于下一个要诞生的动物，动物们很早就开始谈论了，它的前肢也许非常灵活，头脑可能十分聪慧。

"我们都讨论了这么久！"熊说，"它简直像是永远都不会出现了。"

一个年轻力壮的男人被放进了这群动物之中，他立刻环视起四周，仿佛早就长好了眼睛。

男人甚至没有跟这群动物打声招呼，就用胳膊和双手摆出各种动作。双脚弹跳，奔跑，再倒退着跑回来，平躺，下跪，单脚蹦跳，四肢着地，又一下子跳起，像个剑客一样做出冲刺的动作，吹声口哨，往掌心里吐口唾沫。

“我不饿时也能吃东西，”他说道，“不渴时也能喝水，不悲伤时也能落泪，不困时也能睡觉。”

说罢，他对自己很是满意，发自内心地笑了起来，脚后跟撑着打了个转。

狮子率先冷静下来。

“可怜的家伙，”它说，“他确实狡猾又机灵，但也得意不了几天了。过几天就是严冬，寒霜会如同箭矢一般刺破他毫无防备的肌肤。”

动物们很是惊讶，明明造物主通常都有更好的点子，他却费力创造出这样一个如此脆弱的生命，身上还几乎没有毛发。出于嘲讽，一只大猩猩从身上扯下一小撮毛发递给男人。

男人接过毛发，朝上面吹了口气，竟再次放声大笑起来！他捡起一把石子掷向远方，石头贴着每个动物的身体擦了过去，却没有伤到它们，而后他接连模仿起动物的姿势和声音：小猫、小狗、马儿、老虎、狮子、大象，最后是大猩猩，他都模仿得惟妙惟肖。

接着，他的女人小跑着赶来，男人冲她吹声口哨，抚摸她，亲吻她，又与她一起躺下。而后，他们在动物们的鬃毛下进入了梦乡，还打起了鼾。

第二天，男人临时造了个乡野作坊，开始制作斧头和火石刀，他将绒羽和皮毛穿在身上，同样也给妻子披在后背上。他先是捡了些小木头，而后又捡了些大的，再拿起两块石头互相擦撞，便生起了滚着浓烟的大火。然后，男人兴高采烈地鼓掌，大声咒骂起神明，引吭高歌。

这便是世上第一个男高音，第一个皮货商，第一个行吟诗人，第一个石匠，第一个不知羞耻之人，第一个渎神者。

他杀了条毒蛇，因为它有毒；又杀了条游蛇，因为它没毒。他既能玩弄死亡，又可以操纵逻辑、会唱那伤感的歌曲。动物们都因此目瞪口呆，失去了说话的能力，不过它们倒也不是完全失语。众所周知，它们还是保留了狮吼、哞鸣、犬吠、马嘶、驴叫的权利，时至今日，这些权利也完全没有丧失。

小树林

您可以安然无恙地在这片树林中漫步多年，然后某天，大限即至，您就也变成了一棵树。即使您死在床上，人们也会在小树林里发现一棵新树。所有人都认得出您。是的，没人会迟疑。在这棵树和那棵树面前，大家都一致同意，它们是费利西姑妈和让叔叔。树和人之间总是有种莫名的相似，所以人们能远远地认出他们。连小孩子都不会认错。不过这种相似并不直观，更多是一种微妙的、本质上的相似。就像费利西姑妈生前明明是个如同军人般高大敦厚的女人，死后却变成了一棵瘦小低矮的树。

“这真是她吗？”

“肯定是，毕竟大家都这么说。”

若是当地人死在异乡，那么林中就会立刻出现一棵新的树木。一位客死他乡的传教士就是这样。一开始，人们好奇这棵新树究竟代表着谁。它看上去不像任何人。这位修道士没有家人，又早早离开了这里，因此没人记得他。后来从中国传来了这位修士的死讯，他去世那天正是这棵新树长出来的日子。

没错，从表面上看，这片树林和其他树林没什么不同。没有墓地里悲伤的氛围，春季发芽，秋季落叶，和法国所有的小树林一样……

一天，有一对青年声称要自杀，而后便失踪了，起因是小伙子的父亲不同意他们的婚事。当地警署已经收到了挂号信，上面签着两位当事人的姓名，尽管如此，小树林中却并没出现新的树木。

一周过去了，还是没出现新的树木。人们对这位固执得出了名的父亲大加谴责，甚至还在他家门前引发了一场小小的骚乱。

这可能吗？连最微不足道的人也有属于他们自己的树。“这两个可怜的孩子，小树林中竟没有他们的一席之地。”真是难以置信，难道是因为这位父亲过于苛待这两个年轻人，他们才无法顺其自然地化为树木吗？

在一些人看来，这似乎太奇怪了，以至于他们怀疑起青年死亡的真实性。

“只要没看到这两棵新树长出来，”那姑娘的母亲说，“我就一直抱有希望。”

整日整夜，她一遍又一遍地数着林中的树木，逐一排查。噢！不会有错的，那两个年轻人不在那儿，小树林以它自己的方式完美地记录着这里的死亡。它从不出错。

再后来，那对青年失踪了一周以后，在一个晴天，人们发现了两棵新生的白桦，它们紧挨着彼此。众人都认出了他们。也许，这对青年在决定结束自己生命之前，也曾在这里徘徊了许久吧？

但姑娘的母亲早已在其中一棵白桦旁啜泣不止。母亲抚摸着那棵桦树，止不住地落泪，仿佛她就在那里，以另一种方式活着，对植物界以外的其他一切都无动于衷，她再也听不懂人类的语言，也不会因此苦恼，她再也不需要任何情感，任何事物都无法触动她的心灵。是的，像树一样活着。

托彼特和多俾亚父子

托彼特听不得犹太人在痛苦中死去后又曝尸荒野。当有人死在白天，托彼特就会将他的尸体保存在地窖中，等到天黑后再避开国王散乃黑黎布的警卫将其下葬：散乃黑黎布会处死那些给犹太人举办葬礼的人。

因此，托彼特是在冒着生命危险救助他的同胞，甚至是陌生人。在他的妻子亚纳看来，托彼特这位圣人的正直足以代表他们二人，于是她毫不犹豫地去偷一户邻居家的小山羊和羔羊，又将偷来的羊羔摆上了家宴的餐桌。然而托彼特拒绝享用这些菜肴。

“你最好去挣点钱，”亚纳对托彼特说道，“不要总是跑去掘墓。死人就是死人，他们已经什么都不需要了。”

“让尸体曝露在天空下是对天主的大不敬。”

“得了吧，你最好多考虑考虑你妻子的需求，她可还没咽气呢。要是没有我们的大儿子给我们提供食物，那我们要怎么办？”

一天，托彼特连续挖了好几个小时的地，而后他筋疲力尽，倒在城墙边睡了过去。这时，一只燕子的粪便落入了他的眼中，倒霉的托彼特疼痛不已，一路摸索着回了家。

“我早就告诉过你别去管死人。你就好好享受上天给你的回报吧：燕子的一坨粪便！”

啊！上主啊，我的双眼疼得厉害，而她竟还要责备我！

“你不说话是什么意思？”亚纳说道，“承认吧，你就是不该埋葬那些犹太人！”

托彼特十分谨慎地保持着沉默，只是断断续续地发出几声痛苦的呻吟。

“你总是这样傲慢，不肯承认你的过错！可我已经受够了这种自我折磨。去把我的大衣拿过来！”

于是托彼特站起身来，双手在空中摸索，不知道要朝哪个方向走。

“你就像什么都看不到了似的，你是在博取关注吗？”

上主啊，原谅她吧，托彼特心想，她还不知道我瞎了。

托彼特想要离开房间，却撞到了墙上，脸也撞出了血。

“这是天主在惩罚你关心死人远甚于关心活人。”

上主啊，原谅她吧，她不知道她在说些什么。托彼特想着，用袖口的卷边擦了擦脸上的血。

“现在我还要给你洗这件上衣。你今天究竟怎么回事？”

说罢，亚纳靠近她丈夫，终于看出他的双眼已然失明。

“既然现在你自己找不到事做，那就是要我来找事给你做了。你不用再去管死人的闲事了，这不是更好吗？得了，承认吧，痛快点！”

托彼特还是一声不吭。

“你永远都不会承认，是吗，自大狂？”

而托彼特什么也没说，他知道他的言语和沉默都要听命于天主，可他的妻子却双手抓着他来回摇晃，像是要将他不愿说出口的话从他嘴里晃出来似的。

第二天，托彼特叫来了他的大儿子，对他说道：“我昨夜做了个梦，唉！辣杰斯的加贝罗还欠我十塔冷通[1]银币，我只知道现在是时候去取回来了。拿着，这是那个老实人给我的契据，还保存得很好。不过辣杰斯在遥远的厄克巴塔纳，那里是米底王国的地界，旅途漫长，你必须得找个人与你同去。”

父亲们就是爱说笑，多俾亚心想，他们觉得一切都很容易，觉得我会去找人陪我前往远在世界另一端的米底。

儿子多俾亚很像他的母亲。有人曾说他们的眼神看上去如出一辙。

于是亚纳叫喊道：“你要我和我心爱的儿子分开，就是为了这点钱，而且这钱肯定也不归我儿子！谁告诉你加贝罗还会认这张二十年前的旧契据？啊！挖出这么张没用的废纸，真不愧是你这个掘墓人的主意。”

婚姻的风暴就随它去吧，托彼特心想，我只要知道天主

1 古代中东和希腊—罗马的质量单位。

是站在我这边的就足够了。

“而且要是没有大儿子给我们提供食物，我们要怎么办呢？”

这时，门开了。托彼特的二儿子和三儿子走了进来，背上扛着一只羚羊。

这是他们第一次去狩猎。

然而亚纳却责怪起他们：“你们带着那只该死的猎物进来之前就不能稍等一会儿吗？难道你们看不到那畜生的嘴还在流血吗？你们把我的厨房全都弄脏了！”

托彼特一家住在一条荒芜的小路上，他们的长子刚要启程，就惊讶地看到一个年轻男子正在他家门口来回踱步。这人很强壮，还有些驼背。

他也许是警卫派来监视我们的人，多俾亚心想。一时间，他想到了母亲偷的小羊和父亲埋葬的犹太人。

“您是要去厄克巴塔纳的辣杰斯吗？”刚认识的陌生男子向多俾亚问道。

“去厄克巴塔纳的辣杰斯？”多俾亚愣住了，只得跟着重复了一遍。

“我可以给您带路。我就借住在加贝罗家里。”

啊！不过他是怎么知道这些的？多俾亚思索着。

“可这太麻烦您了，这里离辣杰斯有百古里之远。”他对陌生人说道。

“一点也不麻烦。”

多俾亚立刻被这三言两语影响，他感到自己确实并没有麻烦这个陌生人。

好了，多俾亚想着，也许我父亲是对的，要对未来有信心。他发现这个和蔼可亲的青年十分俊美，不免有些自惭形秽。

只可惜他驼了背，明明还这么年轻！

“太阳这么大，您还穿着外套，”多俾亚对他说道，“您一定很怕冷吧！”

“可能也不是因为这个。”

而后这位陌生人就转移了话题。多俾亚知道他不该再纠结这个问题，但他还是不由自主地心想：为什么他要在这么热的天穿着外套呢？

第二天，阿匝黎雅（陌生人的名字）问多俾亚：

“你昨晚难道没有做梦吗？”

“你怎么知道？啊！梦里那个女人真是太美了！我从没见过这样的人。”

“你想认识她吗？”

“你知道的，我还要去远在厄克巴塔纳的辣杰斯。”

“若是那女人就住在辣杰斯呢？”

“噢！那可就太好了。”

“但我已经透露得太多了……”

“噢！再跟我说说吧！”多俾亚恳求着，他爱上了他的梦，

“她是不是真的叫撒辣？”

“是的。”

“她是不是很年轻？”

“不是。她已经结过好几次婚了，但这也不是她的错。”

他听到了什么？无所谓了。多俾亚只听到了那句“这也不是她的错”。这个陌生人说出口的每句话都闪烁着光芒。这些话就好像是一种源自宇宙与真相深处的真诚。

第二天，在旅馆里，多俾亚急着动身，便直接闯进了他同伴的房间。他看到那人正梳理着自己的翅膀。

“噢！不好意思！”多俾亚边说边退了出去。

在此之前，多俾亚并不信天主，但如今，他看到这位天使明明长着翅膀，却为了不引人注目而心甘情愿地陪他步行，还要在大热天里捂着大衣，此时，他怎能不被这样的恩宠打动呢？

他们继续上路，过了一会儿，多俾亚忍不住说道：“是不是天使有时会隐姓埋名降临人间呢？”

天使竖起手指放在唇上。他们二人继续向辣杰斯走去。

多俾亚十分感动，又有些担心身边有这样一个对他的未来无所不知的人，然而他自己就和其他很多人一样，拼尽全力还是一无所知，只求尽力做到最好。

我在和一位天使一同游历。那我还会碰到什么？我又该怎么做呢？也许，都是些十分困难、可能还很恐怖的事情吧。

正当他们要过河时，一条大鱼粗喘着浮出水面，想要挡住他们的去路。这条大鱼轮番朝着他们转过身来。没错，它似乎和他们有些私人恩怨。

多俾亚看了天使一眼，目光仿佛在说："我待在家里难道不是更好？"但随即他又换上另一种眼神，说道："我接受旅途中的一切后果！"

事实上，天使已经对这只怪物展开了攻击，并将其杀死。而后他立刻挖出了一块鱼肝和鱼胆递给多俾亚，对他说道："好好留着这些，以后会有用的。"

我想知道这到底是怎么回事，多俾亚不禁思索着。不过多俾亚太过崇拜天使，看来对他的话也是深信不疑。

当他们又踏上旅途后，多俾亚问道："我梦中的那个女人，她结过多少次婚？"

"六次。"

噢！这也太多了，多俾亚心想。而后他又镇定下来：不过也许就该这么多，既然我的同伴觉得这很正常，那应该是我错了。

"她是个圣洁的女人。"天使猜到了同伴的担忧，便这样说道。

"可是，这也没影响她有过六个丈夫，"多俾亚叹了口气，"好吧，我们等着瞧吧。"

这是多俾亚第一次不太满意天使的答复。

“她现在是再婚了还是在守寡？”

“她再婚了。”

“那我在这里头扮演的是什么角色？”多俾亚忍不住叫喊起来，语气有些不耐烦，这是他母亲遗传的残存。

天使再次竖起食指放在嘴唇上。不过很快多俾亚就等到了答复。正是一个葬礼车队给出了解答。当他们走进辣杰斯时，人们正抬着一具尸体向墓地走去。

“那是谁？”多俾亚向天使问道。

“那是撒辣的第七任丈夫。”

“噢！我的天啊！那我会怎么样啊？”多俾亚自言自语道。但他很清楚自己再也没有退路了。天使的手指将他直直地推向前方。

“她的丈夫怎么都一个接一个地去世了？既然她是个圣洁的女人，天主难道不该为她留住她的丈夫吗？”

天使只是冲着他的朋友微微一笑，这样透着坦荡的笑容也令多俾亚笑了起来。可他还是想要得到更为确切的答复。

多俾亚一到辣杰斯，便前往撒辣的父亲辣古耳的家中。

“他长得真像他父亲，真像我的兄弟托彼特，托彼特可是我见过最高尚的人了。”

自从遇到天使阿匝黎雅之后，多俾亚就越来越像他的父亲。这种相似感在旅途中逐渐展露出来，如今，它闪耀在年轻的多俾亚脸上，仿佛一场无声的宣道。

“你的眼神告诉我，你就是个正直的人，”辣古耳说道，“愿你幸福！”

当撒辣出现在多俾亚面前时，他就知道这确是他梦中的女人。撒辣也对多俾亚很有兴趣，但一想到她那七个丈夫的命运，她又移开了视线。不过，她无辜的双眼还是不由自主地去捕捉来访者的视线。她只是更为坚定地想着：年轻人，不要靠近我，我就是死亡本身，只会害死别人。我向天主发誓，我从没责备过我的任何一任丈夫，但他们七个现在已经覆盖在沉重的泥土之下了。

多俾亚看向撒辣的父亲，眼神坚定而温柔，像是要向人请求一件会令他无比愉快的事情。

“辣古耳叔叔，若能娶到你的女儿，将是我的荣幸。”

“可怜的多俾亚，你在说什么？我不是说了愿你一切都好吗？难道你不知道她的七个丈夫都在新婚后的几天里死在了她的怀中吗？”

“我知道，但我有自信。”

“其他人也一样有自信，不然他们也不会娶她了。可怜的年轻人，你的到来令我非常高兴，但为什么一定要让它这么快就变成一场绝望的悲剧呢！”

但撒辣紧接着开口：“我也一样，我也有自信。”她说道。

“真是够了！”她的父亲反驳道。

“这次不会像前几次一样了。”

“又不是只死了一两个人，而是七个！可怜的孩子们啊，你们要怎么保证呢？”

“我相信我的梦。”多俾亚回答道。

“我也相信他的梦。”撒辣说道。

婚礼后的第二天，辣古耳心想：我还是得给他挖个坟墓。反正这也不会害死谁。而且如果多俾亚的父亲知道他的儿子死无葬身之地，他会十分绝望的，毕竟他对这种事可讲究得很。

撒辣的父母和他们的佣人只能对多俾亚表示深切的同情，找各种机会为他效劳，仿佛他命不久矣。

“您还好吗？”多俾亚每天总要被他的岳父问上好几遍，他对这个问题有些过于重视。

“噢！我很好。”

“一旦您感到丝毫不适，请立刻告知我们，我们好去给您找医生。”

当多俾亚在妻子的房间里时，辣古耳有时会掀开厚重的门帘观察：他正在屋子里踱步，和妻子轻声说着话，老实说，他看上去还活得好好的。

有一天，辣古耳可吓坏了。那天早上十点，多俾亚还没起床，辣古耳赶紧叫女仆去他房里仔细查看。

“他看起来在睡觉。”她说。

“你有没有拽他的耳朵？”

“我没敢。”

“我命令你去拽。否则我们可不知道会发生什么。”

女仆回来后说道：“那位先生彻底生气了，他平常那样温柔的人，刚刚甚至差点咬到我的手指！”

“真是幸运！”辣古耳大叫道，“我可以去把他的坟墓填上了。或者，要不我们还是再等等吧。”

三个月后，多俾亚的体重很明显地不降反增。人们再也不必担心他的健康，只是因为多俾亚听从天使的劝告，早就在房间里烧掉了一小块鱼肝，也就是从那条他们在途中杀掉的大鱼身上取下来的鱼肝。在恶魔阿斯摩太准备潜入婚房时，这块烂肉散发出的可怕气味将他赶了出去。而天使等待的就是这一刻，他喊道：“现在就是我俩较量的时候了！”

天使盯着阿斯摩太，推他向前走，仿佛押送着一头待宰的猪，直将他推进上埃及的沙漠里。在那里，天使绑住他的腿和胳膊，将他扔给了他悲惨的命运。

撒辣的智者父亲辣古耳决定让多俾亚回他父亲家去，把加贝罗已经痛快偿还的那十塔冷通还给他父亲。

然而，亚纳却一直在唉声叹气：“我的儿子怎么还不回来？他真的娶了那个食人魔吗？已经有七个男人死在她那张可怕的床上了。你父亲做事总是欠考虑，他为什么要派你去那么远的地方？所有孩子里，只有你懂得在我悲惨的人生中陪伴着我。”

当多俾亚准备和阿匝黎雅一起回家时，阿匝黎雅对他说道：“带上那条被我们共同杀死的大鱼的胆汁，它还有用。”

当然，听了天使的想法后，多俾亚放松下来，他心想，我怎能就这样不带着鱼胆启程呢？他就像那些明智的旅人一样，回家时总得备点食物。实际上，他也不知道这有什么用，但当他见到父亲时，他突然听到自己开口说话——他自己的声音和说出口的内容都令他倍感震惊：“父亲，请让我在你的眼皮上抹些胆汁。”

他的父亲便任由他摆弄，当父亲复明后，多俾亚便指着阿匝黎雅大声说道：“是他想到的这个主意，你应该感谢他。”

“不管您是谁，”托彼特说道，“我都会将我一半的财产给您。”

于是阿匝黎雅满怀歉意地揭示了自己的身份，推辞道：“不必麻烦了。我不需要钱。我是在天主身边侍奉的七位天使之一，辣法耳。”为了避免给他的主人制造混乱，他说完便消失了。

父亲和儿子相顾无言，正当他们慌乱不安时，他们看到多俾亚的母亲冲进了房间。

“谢天谢地！”她说，“那个像我的人终于回来了！”

亚纳早就将儿子的面容彻底记在了心里，因此只有她没发现儿子其实样貌有变。

托彼特跟妻子说道：“你还不知道呢！多亏了他，我的眼睛才得以康复。”

但他的妻子从来不肯好好听他讲话，她嚷道：“你的眼睛！你这个自大狂只会聊你的眼睛！哪怕今天你儿子历尽艰险回到我们身边，你也一刻都忘不了自己是个瞎子！”

而后，她又转向多俾亚：“好了，我亲爱的儿子，给我讲讲你的妻子撒辣吧。”

国王的樵夫

他为宫廷效劳。他高大的身躯像树一样，一动不动地站在国王客厅的门口。天气好的时候，会有一只鸟从打开的窗子飞进来，有时鸟儿还会从很远的地方飞来，像停在枝头一般落在樵夫的肩上唱歌，而后又很快飞走。

老国王喜欢让这个林中人待在自己身边，这人的沉默和严肃令那些想要面带微笑、卑躬屈膝的朝臣们有些不快。

他从没经历过城市和森林中的任何奇遇。他不相信树仙的存在。“那都是些懒惰的樵夫发明出来的。”他这样说着。事实上，樵夫十分热爱他的工作，这种热爱甚至可以取代爱情。他二十岁时额头上长着一道竖向的皱纹，这皱纹是所有那些还没被他砍掉的树木给他留下的，它们在被砍倒之前都还骄傲地挺立着呢。

国王很怕冷，尽管几乎整座森林都已被樵夫砍了个精光，但国王还是暖不起来。岁月的冰冷、死亡的阴冷和冬季的寒冷正对他图谋不轨，国王有时觉得自己能听到这三个罪魁祸首正在他的皮肤下窃窃私语。此后，它们三个用霜白涂抹着他的头发，在他身体里开辟着一条直抵骨髓的捷径，冻住他的手脚，像是要把它们从国王身上分离出来。国王瑟瑟发抖，目光在熊熊燃烧的壁炉上徘徊，徒劳地寻求着庇护。

寒冰早已将国王的声音堵在了喉咙里，他已下令焚烧他儿时的榆树、订婚时的桦树、结婚时高大的橡树，以及晚年的松树，这棵松树的正中间有根竖琴形状的枝丫，微风拂过，它还会奏响乐曲。国王反复叮嘱道："千万不要轻易去动那棵橡树，它的枝叶已逾千年，也忠诚地服务了近千年，它比任何东西都神圣。我想死在它之前。"

是的，这棵橡树如此古老，哪怕只是想到它或梦见它，似乎都是对它的亵渎，它向四周延伸，如同一个巨大无比的阴影，带着千百年来的敬意。

人们烧了一整年的木头，已经到了五月，但雪还是下个不停。每当有人询问起国王的身体近况，他总是回答："我很冷。"之后，他还不忘问："我的橡树还好吗？"

"它很好，陛下。"

"我还留着一口气，是因为它还活在这世上。"

然而，国王的身体愈加虚弱，体内要命的血液让他要盖上十二床厚厚的羊毛毯才得以艰难维持住身体。遍地都是死去的燕子，它们的心脏被锐利的白霜冻裂。内阁不得不下令给最后仅剩的一棵树判了死刑：那棵神圣的橡树。人们给国王的樵夫摊开一张羊皮纸，上面写着"鉴于季节异常严酷且按照医嘱"，这棵无辜的大树即将遭到砍伐，"砍成很好取暖的木柴"供皇室的壁炉烧上几天。

"砍倒神圣的橡树！"樵夫重复着，仿佛他还没有完全理解刚接到的命令。

为了尽快摆脱自己的不安，樵夫决定在当天晚上砍掉这棵橡树，渐渐昏暗的月光微微落在那棵大树上。但当他刚劈下第一斧时，一个女人的身体就从橡树的树顶朝他跌落下来。仿佛是森林的灵魂落在了他身上，还带着木头、树叶和蕨类的清香。这是樵夫生平第一次见到树仙，这个天真的男人还对她完全赤裸的身体感到惊讶。她身上有着适龄女子精致的白皙，还夹杂着女神的光芒。

“行了，赶紧离开这里，”樵夫厉声道，“您难道没看到我要拿斧头砍掉您吗？”

树仙并没有动，与树干同向，她巧妙地斜靠在树上。早在中世纪前，这棵橡树还只不过是株灌木，当时的一场暴风雨将它打得歪斜。于是这位优雅的女神便在倾斜中学到了谦逊，这令她变得更为性感，而相较于脸部，她一头浓密的橡树叶也倾斜着，为她的面容增添了几分古怪。

“我告诉您，离开那里，”樵夫又重复了一遍，“您是无论如何也拦不住我干活的。”

“您也拦不住我保卫我的树！”

说着，树仙跳上了樵夫的脖子，两具身体滚到地上，交缠起来。在亲热间，樵夫叹了口气：“该死！这下我永远都没法砍掉这棵橡树了。”

忽然，一大片乌云遮住了月亮，天色暗了下来。黑暗变得凝重，将那半神彻底掩藏起来，樵夫的双眼看不见她，连双手也触不到她。于是樵夫急忙拿起斧头大力砍向树干，趁着月亮还没从云端投出悠长的目光，那月光与其说是在照明，倒不如说是在指引。

当太阳升起时，树仙早已消失不见，樵夫唯一能做的就是把这棵流血的树木劈成木柴，堆成一座可耻的小山。然后，樵夫冲进了光秃秃的平原，逃避自己的罪行，而受伤的树仙步履维艰地挪行到了宫殿旁，在她那棵橡树劈成的木柴中找了个缝隙安顿自己。她还想再闻一闻橡树清新的气味。是的，整棵橡树都堆在那里，只要有耐心，人们还可以让它重新生长起来。

厨房的下人们发现了树仙，她满身泥泞，斧头劈伤的身体还淌着血，下人们凑过去仔细看了看。“是那棵歪树。”他们说道，他们本可以抢先捉住她，但她在那堆木头下面像条蛇一样自如地钻来钻去，最后消失在里面，找不到了。

当这棵神圣的橡树在国王眼前烧掉时，国王还不知道这棵树的命运，他继续问道：“我的橡树还好吗？”

壁炉中不时迸出很大的火星，只有那冒出的一点点烟才能体会到这种痛苦。当这棵树几乎被烧光时——只剩下十几根木头——国王最后一次要求到高塔上看看他的橡树。

“没什么好害怕的，”国王说道，“四名守卫会掩护我，将我护送上去。”

没人敢反驳国王，他的话语旦还带着死亡的寂静。太子妃走在国王前面，登上了塔楼，她看到脚下有一处为那些被砍倒在地的树木修建的巨大墓地，这时又听到国王穿着靴子缓缓踏上高楼的声音。但国王已经冷得不行，他在踏上最后一级台阶时，就已变成了一具尸体。

樵夫哀悼起来，他不知道自己是该哀悼国王，还是该哀悼树仙，或者该哀悼橡树，抑或该同时哀悼他们三个。

樵夫变得心不在焉，他对一切都漠不关心，以至于他的鸟类朋友们都开始效仿他。这样，他就可以自在地同麻雀、黄莺——还有它们产下的蛋——雀鹰、红隼和老鹰一起玩耍，和睦相处。

牛背鹭

其他的牛也太幸运了！一头牛心想，它们身边总有一两只牛背鹭陪着，负责给它们的皮毛做清洁。而我，当我发痒时，就得像个白痴一样在地上打滚。

它对另一头牛吐露了心声。“这是你的错，”另一头牛回答道，“你太干净了。你总是自己把身体擦得干干净净。所以那些牛背鹭飞过你身边时，很快就会发现你的后背跟撒哈拉沙漠有一拼。你要像我们一样，放任一些寄生虫在你身上寄生。你得学会碰运气。”

牛记住了这条建议，很快它就脏得吓人。它在浑身瘙痒中整整熬了两个星期，但一只牛背鹭都没有出现。这头牛对它的影子说道：“我就说我们很倒霉吧！我身上的虫子都多到能喂饱三家牛背鹭了，可这些家伙甚至都不屑一顾！我是对那头统领世界的牛王做了什么吗？除非这牛王就是只牛背鹭，但这是不可能的。”

其实，这是因为它的皮毛上有颗白星，它还对此有几分自得，结果那些牛背鹭从天上就能通过皮毛认出它来。于是附近所有的牛背鹭早就将这头牛归入没什么可吃的那一类了。

然而有一天，天气晴朗，一只外来的牛背鹭照例在这头牛上面飞了三圈，而后轻轻落在了它的背上。它进食了很久。第二天这只牛背鹭还在，日复一日，直到两周后也仍然如此。这只牛背鹭属于十分节省的那类。我还是很有长进的，这头牛心想，我也有了自己的牛背鹭，那我就只能叫它“牛的绝望”。

这只鹭鸟是如此节俭，它宁愿看着牛在地上打滚，任它毁掉自己第二天的食物，也舍不得立刻从牛身上获取食物。不过，这只牛背鹭还是继续和这头牛一起生活，它们两个都说：“对方跟我也差不多。”牛甚至认为这只鹭鸟很有教养：在它进食的时候，它的眼神中并没有流露出满足，但它依旧保持着举止的礼貌得体。

这只牛背鹭很欣赏这头牛严谨守序的品质。简而言之，它们也不是不满意这样的供求关系与它们之间的某种友谊，这种友谊建立在相互尊重、你来我往的基础上，迫于频繁的暴风雨，它们一同寻求庇护，这又让它们的友谊得以巩固。

牛背鹭和牛成了很要好的朋友，这只鹭鸟很喜欢围在它同伴的耳边打转，用它们都能听懂的语言对它叫喊着：“在我到来之前，你还是脏兮兮的。现在，你的毛发闪闪发亮，光可鉴人。我真是你的守护天使。”

“有谁会去照顾一头健康的牛呢？”牛反驳道。

“你真是忘恩负义！”

“这正是我要说的。”

牛背鹭张开双翼飞走了，仿佛去意已决。明明才争论到一半，牛背鹭就“把它晾在了原地”，再没有什么比这更令牛感到烦躁了。它原本也想和牛背鹭一样傲慢，但它又没有牛背鹭那样轻盈。

于是牛反复思量着：好吧，你走了更好！不然身边总有这么个活物跟着！这要是另一头公牛、母牛、小牛，或是随便什么同物种的动物，我都能接受。但它是一只牛背鹭！这太不像话了！我长蹄子，它长羽毛；我长口鼻，它长鸟喙；我头上长角，它头上什么都不长；我浑身浅黄，它周身雪白；我浑身湿透，而它干干爽爽；它只有一只鸟爪，而我长着四蹄。

这头牛大概不知道，正是在有着巨大物种差异的动物之间，最为伟大的友谊和最大程度上的相互谅解才时有出现。都出来吧，鳄鱼跟你的牙签鸟，鲨鱼跟你的领航员，母鸡跟你的小鸭子，智人跟你的贵宾犬和金鱼！

当然，只有当牛背鹭生病时，牛才意识到它们曾是多么要好的朋友。

“你之前在我背上吃了些不干净的东西。”牛对牛背鹭这样说道，好让它舒服一点。

牛很同情鹭鸟的长腿，它的腿天生就那么细瘦。

牛背鹭食欲不振，牛也不敢再给它吃自己身上这些不干净的食物。

一天，牛在池塘附近沉思着，为鹭鸟的状态感到忧愁，它想：无法真正地互相帮助是件多么痛苦的事啊。我看着这些小鱼游过。我能拿它们怎么办呢？我当然什么都做不了！唉！我们两清了。但是突然间，它又打起精神来：“你们瞎说什么呢？你们什么都不能为我做吗？小家伙们，等着瞧吧。”直到现在，牛仍然记得，有天它突然冲进了池塘，把五六条活蹦乱跳的鱼弹上了岸。牛对这些鱼完全没有胃口，以前它这样做也只是为了分散注意力。但是今天它发疯般地冲进水中，溅出的水花像油星一样炸开。牛用嘴叼着几条鲜活的鱼，将它们带到它愁容满面的朋友脚边。牛背鹭的眼里一下子亮起了光，这并不是因为发烧，也不是出于礼貌。在牛背鹭开始大快朵颐前，牛就知道它已经康复了。它们这段关系里多了点新东西，那就是这些活蹦乱跳的小礼物！

重修旧好后，牛背鹭完全赞同了牛的提议，决定从此以后只吃鱼，而牛背鹭之所以继续给它的伙伴驱赶寄生虫，也仅仅是出于友情和感激。有时，它们还会一起去钓鱼呢。

带着三只绵羊的寡妇

这个寡妇心肠宽容，她有三个儿子，是三只小绵羊，他们并不是假绵羊（不是说他们没脾气、随大流），而是浑身长着羊毛的真绵羊。但还是要为他们的父母辩解一下，因为这三只绵羊都会说话。他们反而不知道要如何咩叫。他们偷偷尝试过，但都是徒劳。他们无法从嗓子里发出羊类通常会发出的呜咽。

他们的父亲、母亲，以及所有父系和母系的先祖，都从没生过绵羊。仔细想想，我们只能推测这三只绵羊的品种也许来自朗布依埃，那是他们父母度蜜月的城市。

他们勉强过着小市民的生活。每天晚上，母亲会让他们躺到各自的床上睡觉，只是等她一关灯，这三只羊就立刻将被子丢到一边，跑到房间的同一个角落里蜷缩起来。

尽管天生会说话，我们的小羊却并没有表现出学习的天赋，也不能去参加正经的考试，虽然他们精明的母亲同时向动物保护协会和人权与市民联盟推荐了他们，但考官们都拒绝给这些因为天热而新剃了毛的蠢货颁发文凭，然而众所周知，面向众人的考试往往都在初夏举行。

即使在她丈夫还在世时，这位母亲也没有因为自己孩子的怪异而大惊小怪，就好像她的女友们也都生了绵羊似的。

她在拜访朋友时，总会带着她的三个孩子，她会管他们叫“我的小羊羔”，好让人们不必感到拘谨。没有装模作样，也不做一些滑稽的动作。他们绝不会像哈巴狗那样蹲着后腿要糖吃，也不会像贵宾犬那样在头上系丝带。他们是绵羊，能抛头露面就心满意足了，这也并不妨碍他们交谈，因为他们很喜欢听到自己的人声。

“您能带孩子们过来可真是太好啦！”

“我带他们出来见见世面，好让他们不要变得跟小熊一样不合群。”

当他们说“早安，女士”时，人们也不太清楚要不要摸摸他们，通常，人们只是很友好地冲他们点点头。只要有人给他们的茶碟中添点牛奶，他们就会表现得十分彬彬有礼，当然了，毕竟他们也不可能端着一个茶杯。

只要是对孩子们发出的邀请，这位母亲都会毫不犹豫地接受，但是一些花园派对除外，她没有勇气阻止这三个藐视茶会和礼仪的“小傻瓜”在众目睽睽之下吃草。母亲随意地同孩子们谈论着他们的职业与前途，把他们当成小人儿一样。当有人和她谈起孩子们的婚事时：“噢！我的这些小宝贝们，他们还小呢。”（事实上，很难从他们的面貌看出这三个孩子究竟多少岁。必须查看他们的牙齿才行，但他们能开口说话，所以没有人敢这么做，他们多少还是有些尊严的。）“他们还没有独立呢。”母亲总这么说。要不就是：“我们又不是奔着姑娘的嫁妆。等时机一到，我会给他们找个认真可靠又善解人意的年轻姑娘，她不会一天到晚地逛商店，也不会在意某些从未使任何人感到羞耻的体征。毕竟一个人鼻子是长是短，还是后背长了点羊毛，这又有什么关系呢？她要有个坚韧的灵魂，这才是重点，尤其是在日子如此艰难的今天。”

然后，母亲让孩子们先离开房间一会儿，她接着说道：“你们能相信吗？有一天，我们共同的一个女性朋友，我不想说她的名字，她竟敢直接冲我说这几个孩子应该娶母羊做妻子。真是可耻。我一辈子都不可能跟她和好了。她这种人竟然还称得上朋友！”

而后，她将孩子们带回身边：“坐吧，我的孩子，坐到妈妈身旁，妈妈因你们而感到万分自豪。你们将先祖动物时期的经验同人类的智力与声音结合起来，你们不就是小小的神明吗？相信我，你们的身上都带着些神性……”

“噢！妈妈。”孩子们谦逊地应道，他们十分清楚自己小脑袋里的知识有多匮乏。

“这不是由你们来评价的。而是由妈妈和妈妈真正的好朋友们评价的，我们都能说出你们所有的价值。我再说一遍，若是在古埃及或印度，你们就会是那里的宠儿，但在现今唯利是图的风气和理想的匮乏下，人们只想要记住含糊的外表了。”

“你知道他们可以去美洲发大财吗？”一天，一位好心的朋友问她。

“多可怕啊！”她回答道，“我绝不会坚持让我的孩子们出国。法国对他们来说已经够大了。真到万不得已时，我会把他们送去属地，但是出国，想都不要想！”

这位母亲只念叨着自己的国家，说说法国这儿，聊聊法国那儿，还说起勃艮第、皮卡第、香槟地区和阿尔萨斯 - 洛林，法兰西家庭从未做出足够的牺牲，等等。

“那你的孩子，他们在做什么呢？”邻家的一位母亲问她，那时凡尔登战役爆发，死伤近千人。

“别再往我的伤口上撒盐啦！我没能把儿子们送上前线已经十分不幸了。”她眼含泪水，情绪激动地抽噎着，“要是能送他们上战场，那我可太高兴、太自豪啦。只是老天没有这样安排。”

然而，当寡妇带着她的三只绵羊出去散步时，人们开始用充满恶意的眼神看着他们。

“我们需要吃肉。”人们围在她身边说道，“您瞧肉店前的队。”有一天，一位戴着勋章的老先生彬彬有礼地跟她打招呼：“活体牲畜售价过高。我们可能要考虑下您的……”

“这是谋杀！是渎神！”这位母亲尖叫着，“你们难道不知道我的孩子是会说人话的吗？”

“那他们就该去扛枪。”

“这是他们的错吗？他们天生就长了四只可怜的小蹄子，

所以他们没法扛枪，不然我很乐意让他们为国捐躯。”

“好了好了，明天我们会第一时间过来找他们的。”说话的是这片街区的警长。

在宰杀他们之前，人们问这三个长着羊毛的小家伙还有没有什么话要说。人们希望他们能在临死前说出他们长相古怪的秘密，但他们的情绪十分激动，一个字都说不出，而是咩叫了起来，他们无休无止地叫着，叫声过于悲惨，惹恼了那些刽子手，所以还没等轮到他们，刽子手就割断了他们的喉咙。

世间的一位强者

沃达纳沃是个十分强势的人，他能在一条葡萄藤都不长的国家做着大笔红酒生产的买卖，他生来便是个支配者。他在十八个月大、还在吃奶时，就强迫乳母一直将胸部裸露在衣服外面，好让他在想吃奶时不必等待，难道不是这样吗？他的气场无比强大，在他的注视下，哪怕是最为无辜的人，都会像个罪人一样低下脑袋。

沃达纳沃有个合伙人名叫希利弗利，是个性格腼腆的富人，他唯一的价值就是出钱。每当沃达纳沃和他讲话时，这人总是紧张地找着他的手帕，摸到手帕后，又把它立刻换到另一个口袋里，好再找一遍。

有一天，希利弗利忘了带手帕，他不知道还能抓着些什么，便鼓起勇气在这位世间强者的面前抬起了头。

“我不是什么可有可无的人，”他喊道，“我不许您拿我当小孩。”

“您不许我那样。”沃达纳沃说道，脸上忽然泛出各种色彩，组成一道无情的彩虹。沃达纳沃的目光对上他合伙人的眼睛，牢牢地盯住它们。这时，希利弗利发出了一声短促的惨叫，他的身体痛苦万分地扭曲了几下，而后，希利弗利真的变成了一个八岁的小男孩。

到了门口，门卫给这孩子罩上兜帽。“再见，做个乖孩子[1]。可别着了凉。妈妈会不高兴的。拿着，别忘了您的小书包。”

希利弗利回到家，他的妻子见他变成这副模样，大发雷霆。

“啊！你又被捉弄了！”她对他嚷道。

“是卑鄙的沃达纳沃……”

“我早跟你说过要当心。现在你要我拿你怎么办！我的人生全完了。这简直比守寡还要糟糕。”

“这个时候你还只考虑你自己，你难道不感到羞愧吗？”

噢！这个小家伙，别人拿硼酸水给他洗眼睛时，他甚至恼羞成怒！他那光溜溜的腿肚，水手服的海军领，还有成套的套装。这些都让他气得要命！愤怒让他的面部表情变得僵硬，唉！可这并没有让他看起来成熟一点。童年啊，人家还以为不必再去经历你那些丢脸的小事，结果它们又要来一次了。

然而希利弗利不甘绝望，他每天都一件一件地翻看着他的西装、礼服、燕尾服，还有那些外套，他想碰碰运气，希望像重新穿上一件衣服一样重返他原来的年纪。到了学校下课的娱乐时间——不过他还能怎么娱乐呢？——他只能独自

1 原文为英语。

待在庭院的角落有些不安地咬着指甲。

“他总是胡思乱想，心不在焉。”老师这样说道。

而他什么也没说。毕竟孩子的话能有什么可信度呢?

不过，沃达纳沃的妻子一直偷偷暗恋希利弗利，爱他腼腆的性格和温柔的软弱，这些都是她原本希望能在自己丈夫身上找到的特质。

就在希利弗利于那场重要会面上变为小男孩的那天，沃达纳沃的妻子早早就在门廊的阴影处等他，可她对他的遭遇还一无所知。“开始新生活！开始新生活！”她念叨着，这时一个奇怪的小男孩从她的视线中经过，他头上还严严实实地罩着兜帽，但那天既无风雨也无严寒，只有五月快活温暖的阳光。

晚上吃饭时，沃达纳沃没对妻子透露半点他又滥用能力的事情。直到第二天，妻子看了报纸，才得知可怜的希利弗利已经“消失”了。她再也按捺不住，便去看望这个可怜人的妻子，发现她正在让一个八岁的孩子背诵课文。

“真是爱子心切啊！”沃达纳沃的妻子说道，她试图从中调解一二。

“滚出去！”她的朋友回道，“你赞同你的丈夫做出这样阴险的事，难道不会感到羞愧吗？”

“你这是什么意思？况且，我一直都恨我的丈夫。”

“看看他对我丈夫的所作所为吧！”

“你俩就让我一个人清静清静吧。”孩子跳起来，把两个女人赶出了门。

沃达纳沃的妻子在希利弗利上学的初中周围闲逛。送希利弗利过去绝不是为了学习——他已经具备了一个成年人的全部知识——而是因为他不知道要怎么打发时间。

“夫人，您还是走吧，”希利弗利羞愧地对她说道，“我根本不认识您。”

“来这家糕点店。”她固执地回答道。

不过，一个孩子能一直反抗大人的意愿吗?

起初她很谨慎，闭口不谈她的爱慕之情，能买蛋糕给希利弗利吃便已经心满意足。这个小家伙气得满脸通红，胡乱吞了些食物，试图让自己消气。

“要是我也能吃到你送的蛋糕就好了！”女人说道，她不择手段地想要极力扮成一个小孩。

“我的小朋友啊，我可以说，这些话可源自一个三十岁（她已经四十岁了）的可怜女人的世界深处。我爱您，我想在您崭新的孩童世界里与您相聚。啊！有小裙子，有跳绳，我俩重新经历一次在学校上课的感觉，这可太美妙了！”

沃达纳沃的妻子回到家时，看到了端着杯红酒的丈夫，她借口帮沃达纳沃整理领带靠了过去，试探着看进沃达纳沃那双富有魔力的眼睛。

然而沃达纳沃的怒火猛然窜到了顶峰，他突然开口叫道："贱人，我就知道你要做什么。你喜欢希利弗利，还想要借助我的目光去和他欢聚童年。很好！我要开始报复了！"残忍的沃达纳沃将他眼中的锋芒刺入了妻子的眼球。

妻子险些在粉身碎骨般的疼痛中昏倒，她冲向水罐：她化形的时候还打起了嗝。

不过这双满是皱纹、已无法辨认的手是怎么回事？身上这件旧时的裙子又是怎么回事？

这家的一位友人旅行回来，前去探望沃达纳沃。

"您近来可好？沃达纳沃太太也好吗？"

"噢！我可怜的妻子近来可老了许多。您认不出她的。那些医生一会儿怪肝脏，一会儿怨胃肠，又说她这是更年期。其实他们根本什么都不懂。"

"我们就是会不知不觉地老去啊。那希利弗利呢？"

"他啊，那就是另一回事了。他又变回了小孩子。不过不要告诉别人。他可是我的合伙人，我是无论如何都不会伤害他的。"

假期

父亲留着山羊胡子，他也知道这样会被人取笑。他执意要留下这把“饱经风霜的胡须”，还对此颇为自豪。

当别人问他过得怎么样时，他通常都会回答道：“一切都安排在我那小小的理性之石上。”

“你也没那么了不起。”他的妻子说道。

“我跟那些人可不一样，他们留山羊胡子只是为了掩盖自己逃避问题的下巴。”

他女儿的脾气出了名地糟糕，他在女儿面前说话时都要字斟句酌。但有时父亲也会突然发怒，口无遮拦起来。而这个十八岁的小姑娘就和同龄的孩子一样，躲进楼梯，坐在台阶上抽泣，双脚踩在另外两级台阶上，混乱的脑袋靠着第四级台阶，楼梯间里此起彼伏的哭声和抗议声充斥家中。

“孩子真神秘啊。”父亲说道。

“人人都可以神秘。难的是我们身处这由脏器和神经组成的充满迷雾的小岛中，还能保持清醒。”

一天，天气干燥炎热，成千上万的蝉都对此议论纷纷。地中海迎来了前去度假的大人和小孩，淡紫色的海水中泡着数以千计的脚丫、大腿和各式各样的身体，最后人们总要将脑袋浮出水面，朝着耀眼的日光露出微笑。

在花园里吃晚饭时，母女俩就女儿佩戴在衣服上的一个白色金属圆筒讨论了一番。

“这东西太难看了。”母亲说道。

“这是我的吉祥物，”女儿反驳道，“我爱它，胜过世上的一切。”

“什么？”父亲惊道，“这难看的小东西像是个坏掉的机械零件。”他甚至想强行扯下这个圆筒，但父亲看到女儿衣服下气鼓鼓的胸脯，手就停下了，僵在了半空。

他的大个子女儿比他高了一个头还多(他确实不怎么高)，这让他感到害怕。他怎么会有这样一个身材高大的姑娘呢?她有着特立独行的性格，天马行空的想法，还长着一双美丽的蓝眼睛，一头长发源源不断地生长（而他已经秃了顶），朝气蓬勃，青春靓丽，可他却日益衰老，岁月在他身后留下一道沉闷的轨迹。是的，每天的新奇之处也正在于此：随着女儿的茁壮成长，他自己的衰老也显现出虚弱的特质。他害怕向女儿作出妥协，于是言语变得粗暴，他总是毫无喜悦地用一句让人伤心的“不行”作为威胁，老人往往都是这样，这句“不行”已经能让人感受到他对坟墓的拒绝。

夜幕降临。不见一丝月光。树木隐匿在一片黑暗之中，比起那有无数星子持续照亮黑暗的夜晚，这样独属于树木的夜晚显得尤为紧张而压抑，或者说，这种夜晚才更为成功、更有说服力。

一家人围坐在一张小桌旁，这属于植物的夜晚对他们人类的话语很感兴趣，那张小桌也开始嬉笑着回应放在它上面的手对它的关怀和疑问。

女儿西蒙娜狂热地相信他们与彼岸存在着联系，当然，此时的父亲为了更好地取笑她，便装出一副对她这些小故事很感兴趣的样子。

他们决定联系一位已故二十五年的叔叔，他生前从未伤害过任何人。父亲倒也乐意和一个毫无防备的死人较量一番，向他展示自己的优越。

父亲认真地提了几个问题，好让彼此重新熟悉起来，又得到了几个含混不清的回答，而后借着一片黑暗，父亲忽然心血来潮地问那位叔叔，为什么西蒙娜今天在衣服上佩戴了一个可笑的小圆筒，从厅堂照来的微弱光线让他脸上那抹狡黠的笑意一览无余。那位埋在墓中的叔叔只以过度的冷漠作为回应，但女儿却气急败坏，甚至一度喘不上气来，她用手掌捂着心口（或者说是捂着上方的那个小圆筒）。总之，凭借着这股不知名的力量，她就在众目睽睽之下消失了。

父亲一遍又一遍地呼喊着她的名字。而后，他对着这张死气沉沉的小桌子和周遭的一切大发雷霆。但黑暗就像一张冷漠的吸墨纸，将他的怒火吸收殆尽。

这家人找来了一两盏马灯。寻遍了灌木丛，却一无所获。只发现了女儿的围巾。父亲让儿子赶紧上路去找妹妹。“夜里凉，她会感冒的。”他很自然地补充道。

“确实如此，”这家的一位友人说道，“不过她走的不是路。我看到西蒙娜在夜空中直直升了上去，冲进了黑暗里。”

“她升上去了？”父亲问道，脸上挂着难以置信的冷笑，“我没想到像你这样的老朋友居然也能说出这种话。”

于是他的儿子接过了话头：“肯定是西蒙娜的怒气不知怎么将她从地上抬了起来。她径直飞上了夜空，仿佛是被一股悬浮的力量推上去的。期间还伴随着胡蜂的嗡鸣。”

“我看你像胡蜂！”父亲说道，但他嘲笑的嗓音听起来十分古怪，于是他赶紧咽下了笑声，装作无事发生。

“好吧，我也看到了，我看到她飞上了空中，”母亲确认道，她刚从目瞪口呆中缓过神来，“她就像天使一样立在那里：空中刮起微风，我这可怜的宝贝还害羞地用手压住了裙摆。”

“我可不相信有什么天使。”父亲说道。

这家的那位老友也不知接下来该怎么办。难道要留这位母亲独自一人吗？她的女儿离奇失踪，她目瞪口呆，嘴巴大张着，仿若深渊。

过了一会儿，一位医生闻讯前来，手里还拎着一个小药箱。是周围没搞清楚状况的邻居急忙通知的他，他们还以为女孩是生了病，于是医生便走上前去，竖起耳朵听，可听诊器里只传来夜晚潮湿的气流声。

“噢！医生，”父亲说道，“真抱歉让您白忙一场。我的女儿没有生病。她最多就是有些脸热头晕。”

这个残忍的字眼让父亲说不下去。仿佛西蒙娜又会在他们面前莫名其妙地人间蒸发。[1]

医生离开了。天色已晚，这家的朋友们也相继告辞。

然而父亲想着，他不该为了这么件事情就云责骂西蒙娜，这个问题明明如此微不足道，或者说如此奇特，或者说……啊！他简直可以这样无止境地或者说下去。他到底应该怎么说呢？他需要跟妻子好好谈谈。他朝妻子房门紧锁的卧室走去。

“开门。”

一片寂静。

“开门，是我！”

“我求你让我一个人静静吧。”

父亲打算从半开的窗户爬进去。推开百叶窗时，他还碰倒了一个花瓶。

“你就不能让我安安静静地祈祷一会儿吗？”他的妻子说道。

“亲爱的！”

“是你虐待了她！”

---

1 “脸热头晕”，原文作“vapeurs”；“人间蒸发”，原文作“é-aporée”。这两个词都有相同的词根 vapor。这里是一个文字游戏，指父亲说到女儿“脸热头晕”时便联想到她的“人间蒸发”。

“我？”

这一夜，母亲跪在床上祈祷，而父亲为了惩罚自己，坐在一把坏掉的椅子上，无神的双眼直直盯着前方，黑夜的虚空中慢慢渗入了晨光的优雅。

父亲再也忍受不住，这次他承认自己也看到了，或者说他相信自己看到了（原文如此）女儿飞上天空（但他其实根本不相信）（原文如此）。他觉得这绝不可能发生，六十年来积攒的常识令他极力抗拒相信此事。没错，有些事情明明已经近在眼前，人们还是得学着对此视而不见。这就是所谓的集体幻觉。

“这并不能让我们找到我们那可怜的孩子。”母亲说道。

父亲早早出了门，四处转了转，保险起见，他又看了看天空。啊！就是现在！天上连一架飞机、一只燕子都没有，最多只有几只小飞虫，还有一只胡蜂。于是他低头看了看地面，发现了一群蚂蚁，他很确定它们与此事无关，便朝蚂蚁窝用力踢了一脚，跑到海里游泳去了。

沉闷的午餐过后，一家人在花园里喝茶。大家知道女儿会以某种方式再次出现（那还真是可怕）！他们也没有到附近四处寻找或搜查。他们只是等待着，等一阵胡蜂的嗡鸣声唤回父亲游离的思绪。这声音变得如此清晰、如此尖锐，正对着父亲的耳朵，令他忍不住抬起了头。

一个穿着夹克的年轻人，身体挺直，双脚并拢，十分自然地从天而降。他落在离父亲稍远的地方，礼貌地拉开距离，他轻轻撞了下脚跟，打了声招呼，嘴边挂着礼貌的笑容，看起来与这个世界的人别无二致。

“先生，”年轻人说道，“我很荣幸来向您求娶您的女儿西蒙娜。”

父亲立刻就认出了这是乔治·德谢勒，他女儿的一位乡邻朋友，两次落榜于巴黎综合理工学院，算是个半吊子的发明家，就在两个月前他向西蒙娜的求婚才遭到拒绝。

“先生，”父亲说道，这时他在年轻人的前襟上也发现了一个小圆筒，和他女儿失踪时佩戴在身上的那个一模一样，“先生，我很乐意在我们的家族中为您留一个位置。您是一位伟大的发明家，我很高兴您身上的这个小引擎不是得益于什么神迹，而是得益于您的聪明才智。”

“噢！”谦虚的年轻人将手按在了弹簧上，小圆筒和蜂鸣声便立刻安静了下来。

然而母亲已经叫嚷着冲了出来：“那我的女儿呢？”

父亲则回答道：“你看，她就走在路上，跟普通人没什么两样。”

图书在版编目（CIP）数据

宇宙的第一阵脚步：苏佩维埃尔故事集 /（法）于勒·苏佩维埃尔著；储春花，陈虹燕，姚雨含译. —南宁：广西人民出版社，2022.11
（苏佩维埃尔文集）
ISBN 978-7-219-11411-7

Ⅰ. ①宇…　Ⅱ. ①于…　②储…　③陈…　④姚…
Ⅲ. ①故事—作品集—法国—近代　Ⅳ. ①I565.45

中国版本图书馆CIP数据核字（2022）第145507号

拜德雅·苏佩维埃尔文集

宇宙的第一阵脚步：苏佩维埃尔故事集

YUZHOU DE DI-YI ZHEN JIAOBU: SUPEIWEIAIER GUSHI JI

［法］于勒·苏佩维埃尔　著
储春花　陈虹燕　姚雨含　译
王　云　张艺馨　校

出 版 人	韦鸿学	策　　划	白竹林
特约策划	拜德雅	执行策划	吴小龙
特约编辑	任绪军	责任编辑	李亚伟
责任校对	周月华	书籍设计	雨　萌

出版发行　广西人民出版社
社　　址　广西南宁市桂春路 6 号
邮　　编　530021
印　　刷　恒美印务（广州）有限公司
开　　本　889mm × 1194mm　1/32
印　　张　11.375
字　　数　228 千字
版　　次　2022 年 11 月　第 1 版
印　　次　2022 年 11 月　第 1 次印刷
书　　号　ISBN 978-7-219-11411-7
定　　价　69.80 元